怪屋女孩 ⑤

群鸟会议

MISS PEREGRINE'S HOME FOR
PECULIAR CHILDREN:
THE CONFERENCE OF THE BIRDS

[美] 兰萨姆·里格斯 | 著　姚箐箐 | 译
Ransom Riggs

天地出版社 | TIANDI PRESS

图书在版编目（CIP）数据

怪屋女孩.5,群鸟会议/（美）兰萨姆·里格斯著;姚箐箐译.— 成都：天地出版社,2024.1
ISBN 978-7-5455-7432-6

Ⅰ.①怪… Ⅱ.①兰… ②姚… Ⅲ.①长篇小说-美国-现代 Ⅳ.①I712.45

中国版本图书馆CIP数据核字（2022）第217008号

BOOK #2 OF NEW TRILOGY OF MISS PEREGRINE by Ransom Riggs
Copyright©Ransom Riggs, 2020
Simplified Chinese translation copyright©2023
by Beijing Huaxia Winshare Books Co., Ltd.
Published by arrangement with Writers House, LLC
through Bardon-Chinese Media Agency
ALL RIGHTS RESERVED

著作权登记号　图字：21-2017-409

GUAI WU NVHAI 5: QUN NIAO HUIYI

怪屋女孩5：群鸟会议

出 品 人	杨　政
作　　者	［美］兰萨姆·里格斯
译　　者	姚箐箐
责任编辑	杨　露
责任校对	卢　霞
封面设计	挺有文化
内文排版	四川最近文化传播有限公司
责任印制	王学锋

出版发行	天地出版社
	（成都市锦江区三色路238号　邮政编码：610023）
	（北京市方庄芳群园3区3号　邮政编码：100078）
网　　址	http://www.tiandiph.com
电子邮箱	tianditg@163.com
经　　销	新华文轩出版传媒股份有限公司

印　　刷	河北鹏润印刷有限公司
版　　次	2024年1月第1版
印　　次	2024年1月第1次印刷
开　　本	880mm×1230mm 1/32
印　　张	11.25
字　　数	272千字
定　　价	52.00元
书　　号	ISBN 978-7-5455-7432-6

版权所有◆违者必究

咨询电话：（028）86361282（总编室）
购书热线：（010）67693207（营销中心）

如有印装错误，请与本社联系调换。

生活在和平环境中，

你总是无法判断自己的朋友

是不是那种愿意为你赴汤蹈火的人。

但在战场上，

你的朋友有机会证明他们的勇气。

——威廉·"水牛比尔"·科迪

Chapter 1

THE CONFERENCE OF THE BIRDS

怪屋女孩 5：群鸟会议
THE CONFERENCE OF THE BIRDS

在一个内脏遍地的唐人街海鲜市场里，有一条摆满了螃蟹缸的走廊。在这条走廊的尽头，我们蜷缩在"食光女孩"努尔·普拉德什制造出的黑暗之中，被成百上千双奇异的眼睛注视着。里奥·伯纳姆的人怒气冲冲，正在往这边走。他们在市场里横冲直撞，一边叫喊，一边摔打。他们正在找我们。"求您了，"我听见一位老妇人正在乞求，"我什么也没看见啊……"

我们意识到这条走廊没有出口时，为时已晚。现在，我们蹲在一条排水沟旁，被困在了这里。螃蟹缸十个一堆地码放着，顶上碰到了天花板。我们与缸里那些注定要死亡的螃蟹之间只隔着狭窄的缝隙。尽管那边传来砰砰的声音和叫喊，尽管我们急促而慌张地呼吸着，但是蟹爪不停挠着玻璃发出的吱嘎吱嘎声，就像一台坏掉的打字机发出的打字声，那声音直往我的头盖骨钻。

至少它能掩盖我们的呼吸声，有它就够了。如果努尔制造出的黑暗能稳定地存在，如果不是那沉重的脚步离晃动的黑暗边缘看上去那么近——那是空中裂开的一道口子，如果你定睛一看，绝对不会看不见它。努尔用手在周围的空气中划拉了一下，光线像蛋糕糖霜一样聚集在她指尖，黑暗便蔓延开来。她将那些"糖霜"塞进嘴里，吞了下去，瞬间，那些光在她脸颊和喉咙里闪烁着，接着消失了。

他们要找的人是努尔，但是如果能射中我，他们也会要了我的命。目前，他们肯定已经发现了死在公寓里的H，看见了他只剩下两个眼眶的惨状。那天早些时候，H和他的空心鬼将努尔从里奥的时光圈里救了出来，打伤了里奥的几个手下。伤了几个人也许可以原

Chapter 1

谅,但有一点是无法被原谅的:里奥·伯纳姆,第五自治区部族的首领,被羞辱了。在这个横跨美国东部的异能人帝国权力中心,在他眼皮底下,居然有个异能儿童被劫走。如果他们发现帮助努尔逃脱的人也包括我,那就等于我被判了死刑。

里奥的人越来越近,喧闹声越来越响。努尔走近她制造出的黑暗,大拇指和食指并在一起,将那片黑暗的边缘拉直,这时,黑暗开始扩散,填充了中央变薄的地方。

我真希望能看到努尔的脸,看到她的表情。我很想知道她在想什么,她是如何坚持下来的。一个初来乍到的人居然能承受这一切,这让人难以想象。过去的几天里,她被拿着涂上镇静剂的飞镖和开着直升机的平常人追赶着,被异能催眠师绑架,又差点被卖掉,刚刚逃脱,又被里奥的人紧追不舍。她曾被关在里奥总部的牢房里,接着稀里糊涂地跟着H开始逃亡之旅,却发现他死在了公寓里的地板上——在这可怕的刺激之下,她身上的光线变成一个火球(一个差点把我脑袋炸飞的火球),迸发而出。

当她从昏厥中醒过来,我将H临终时告诉我的话全部告诉了她:这个世界只剩下一位空心鬼猎手,是个女人,名字叫V,我要把她交给V,让V保护她。要找到V的下落,唯一的线索是H家墙上一张被撕碎的地图,以及H的空心鬼霍雷肖发出的乱七八糟的指示。

但我还没告诉她为什么H要那么拼命地帮她,以至于将我和我的朋友们也卷了进来,甚至为了解救她而付出了自己的生命。我没有告诉她那个预言。自从我听见H公寓外走廊传来那些家伙的喧闹声,我们就一直在逃命,显然来不及告诉她这些。但除此之外,我还是觉得,现在就告诉她未免为时过早。

  她的到来是有预言的,这样的人有七个……
  异能人的解放者……将开启一个危险时代……

  这些话听起来毫无逻辑,就像狂热邪教徒的胡言乱语。她的轻信,她的心智,令她难以应对异能人世界的种种要求——我担心这会让她逃往山谷里。换成任何一个平常人也早就逃跑了。

  当然,努尔不是平常人。她是个异能人。除此之外,她骨子里还有一股韧劲。她朝我低下头,低声说:"那么,我们什么时候离开这儿……你有什么计划呢?我们去哪儿?"

  "离开纽约。"我说。

  她稍作停顿,然后问:"怎么离开呢?"

  "我不知道。乘坐火车?巴士?"我还没有想那么远的事情。

  "哦,"她带着一丝失望说,"你不能用魔法把我们从这里弄出去吗?用你的时间之门?"

  "它们起不到那样的作用。好吧,我想有一样东西可以做到,"我想起了全景敞式时光圈,"但我们必须先找到其中一个入口。"

  "你的朋友呢?你没有其他同伴吗?"

  她的问题使我的心一沉:"他们不知道我在这儿。"

  然后我想,即使他们知道……我感觉她的肩膀垮了下来。

  "别担心,"我说,"我会想办法的。"

Chapter 1

换成别的时候,我的计划都很简单:去找我的朋友们。我是多么想去找他们啊。他们知道该怎么做。自从我进入这个世界,他们就是我的定盘星,没有他们,我便无所适从。但H特别警告过我不要将努尔带到伊姆布莱恩那儿,而且我不能确定自己现在是否还有朋友——至少回不到从前了。H所做的,我现在所做的,很可能正在破坏伊姆布莱恩在部族之间达成和平的机会。几乎可以肯定这会损害朋友们对我的信任,所以我们只能靠自己了。这样一来,计划变得简单了,也很愚蠢:飞快地跑,并且认真地思考,同时希望能撞上好运。

如果我们跑得不够快呢?或者不走运呢?那我就永远没机会告诉她那个预言了——在她余下的人生中,不论长短,她都无法知道自己为什么会被追杀。

不远处传来一声巨响,接着,里奥的人又喊了起来。他们很快就会找到我们。

"有件事我要告诉你。"我低声说。

"能等一下吗?"

这是最糟糕的时机,可能也是唯一的机会。

"你现在就需要知道。万一我们分开了,或者……发生了别的事情。"

"好吧。"她叹了口气,"我在听。"

"这听起来可能很荒谬,所以在告诉你之前,你要知道我是明白这一点的。在H临死之前,他告诉了我一个预言。"

在附近的某个地方,有个人正在和里奥的人吵架——他说广东话，里奥的人说英语。我们听到了一记响亮的耳光声、一声喊叫，还有低沉的威胁。努尔和我紧张起来。

"在后面！"里奥的人喊道。

"那个预言和你有关。"我接着说，嘴唇几乎碰到了她的耳朵。

她在发抖。我们周围的黑暗边缘也颤抖着。

"告诉我。"她喘着气说。

里奥的人绕过拐角，进入走廊。我们没时间了。

※

那些人拖着几个可怜的市场工人，从大厅朝我们走来。他们的手电光在螃蟹缸的玻璃上闪烁，折射在墙上。我不敢抬起脑袋，担心那样会从黑暗中暴露。我紧张起来，准备迎接一场实力悬殊的战斗。

然后，走到过道的一半，他们停了下来。

"这儿只有鱼缸，别的什么都没有。"其中一个人咕哝着说。

"和她在一起的人是谁呢？"第二个人说。

"一个男孩，我不知道——"

又是一记耳光，被拖着的那个人痛苦地呻吟着。

"放开他，鲍尔斯，他什么都不知道。"

那个市场工人被粗暴地推开了。他先是跌倒在地，然后站起来跑掉了。

"我们在这儿浪费了太多时间，"第一个人说，"那女孩可能早就走了。还有那些带走她的怪物。"

"你觉得他们能找到冯华时光圈的入口吗?"第三个人问道。

"有可能,"第一个人说,"我带梅尔尼茨和雅各布斯去看看。鲍尔斯,把这儿打扫干净。"

我数了数他们的声音:现在有四个人,也许有五个。那个叫鲍尔斯的人从我们身边走过,枪套在我们眼前晃动着。我脑袋没动,抬起眼睛看了他一眼。他很胖,穿着一套深色西装。

"如果我们找不到她,里奥会杀了我们。"鲍尔斯咕哝着说。

第二个人说:"我们要把死去的幽灵带回去。"

"那不要紧。"

我紧张起来,感觉耳朵一阵刺痛。死去的幽灵?

"我们找到他时他就死了。"鲍尔斯说。

"不必让里奥知道这件事。"第一个人笑着说。

鲍尔斯说:"如果我能亲手杀了他就好了。"

他到了我们右边的死胡同,又朝我们的方向转过身来。他的手电照在我们身上,然后照到我脑袋旁的螃蟹缸里。

第三个人说:"你可以去踢他的尸体,如果这能让你感觉好一点的话。"

"不。不过,我不介意踢那个女孩,"鲍尔斯咆哮着说,"狠狠地踢。"他朝其他人走了过去,"你看见她是怎么帮幽灵的吗?"

第一个人说:"她只不过是个野孩子,还什么都不知道。"

"不过是个野孩子——没错!"第二个人说,"我还是不明

怪屋女孩 5：群鸟会议
THE CONFERENCE OF THE BIRDS

白，我们为什么要在她身上浪费这么多时间？就为了给我们部族再添一个异能人吗？"

"因为里奥不会原谅她的。"第一个人说。

我感觉旁边的努尔动了一下，接着深吸了一口气。

"让我和她单独待在一个房间里，"鲍尔斯低声说，"我会告诉你她有多特别。"

他朝我们藏身的地方走过来，然后慢悠悠地转了个圈，手电照在墙上和地上。我的目光落在他的皮套上。他的手电光在我们左边的螃蟹缸上晃了晃，然后停在我们身上。光束停在离我们鼻子几英寸的地方，无法穿透努尔制造出的黑暗。

我屏住呼吸，祈祷我们不要暴露。鲍尔斯皱起眉头，好像在思索着什么。

"鲍尔斯！"有人在大厅里喊道。他转过身去，手电依然照在我们身上。

"你们完事之后去外面和我们会合。经过冯那儿之后，我们还要绕三个街区。"

"捞几只肥螃蟹出来！"第一个人说，"我们把晚餐带回去。也许这会让里奥高兴点儿。"

手电光又回到螃蟹缸上面。"我不明白人们怎么能吃这些东西，"鲍尔斯自言自语道，"海里的蜘蛛。"

其他人都走了。现在只剩下那个混蛋和我们在一起。他在五英尺开外，对着螃蟹缸做了个鬼脸。他脱下外套，开始卷袖子。我们现在要做的就是等待，再等几分钟。

Chapter 1

努尔的手紧紧握着我的胳膊。她在发抖。

起初,我以为她是太紧张了,但接着,她接连吸了三口气,我才意识到她在忍着喷嚏。

拜托。我默默地说,满脸乞求,虽然我知道她看不见我。

别这样。

那个家伙小心翼翼地将手伸进离他最近的螃蟹缸。他那只肥腻的手在水里游弋着,很快便发出轻轻的嗷嗷声。

努尔一动不动。她忍住了喷嚏,我甚至能听见她牙齿摩擦的声音。

鲍尔斯大叫一声,然后把手从水缸里抽了回来。他咒骂着,那只手在空中狂舞,一只肥大的蓝色螃蟹紧紧地钳住了他的一根手指。

这时,努尔站了起来。"嘿,"她说,"混蛋。"

鲍尔斯转身向我们走来。他还没来得及开口,努尔打了个喷嚏。

接着是一个冲击性的爆炸:她吞下的光全部飞了出来,形成绿莹莹的浪花,溅到对面的墙壁、地面和鲍尔斯脸上,将他包裹起来。那团光并没有伤到他——甚至不足以灼伤人——只是让他暂时动弹不得。惊愕之中,他的嘴巴形成完美的O形,就像一个鸡蛋。

笼罩着我们的黑暗顷刻间消失了。鲍尔斯喊叫着,我们僵住了,就好像被施了魔法似的:我蹲在地板上;她站在我旁边,一只手捂住鼻子和嘴;鲍尔斯举起一只手,一只螃蟹还在上面晃来晃去。然后我站了起来,那道魔法被打破了。鲍尔斯走了过来,想要挡住我们的去路,另一只手正在掏枪。

怪屋女孩 5：群鸟会议

THE CONFERENCE OF THE BIRDS

没等他掏出枪，我已经抓住了他。他向后倒在地上，我压住了他。我们抢夺着那把手枪。他的胳膊肘撞到了我的前额，一阵剧痛穿过我整个身体。努尔从后面走来，用找到的一根金属杆猛地戳他的胳膊。鲍尔斯没有退缩。他双手抵住我的胸口，把我推到一边。

我朝努尔冲去，将她从他前面推开。我接近她时，鲍尔斯开了两枪。那枪声很特别，比音爆还轻。我听见第一枪从墙上弹了回来，第二枪打碎了他旁边的一个螃蟹缸，螃蟹、水和玻璃撒了一地。接着，堆放在上面的螃蟹缸歪歪扭扭地倒塌了。最上面的螃蟹缸碰到了对面墙边码放的螃蟹缸，轰然爆裂，其余的螃蟹缸在鲍尔斯头顶上方破裂。每一个螃蟹缸都装了上百加仑的水，加起来重达一吨，在短短的三秒之内，他已经被压碎。与此同时，一连串的撞击使走廊里几乎所有的螃蟹缸都掉在了地上，发出震耳欲聋的爆裂声。水散发着恶臭，裹挟着螃蟹，沿着过道冲了过来，我们俩跌倒在地。

水很臭，我们咳嗽着。我看了看鲍尔斯，他的脸已被撕成碎片，闪着绿光。他的身体还动弹着，上面爬着螃蟹，但从其他方面来说，他已经死了。我很快转过身去，在一片狼藉中寻找努尔，她已经被冲到了大厅另一边。

"你没事吧？"我问。我扶她起来，检查她的伤口。

在昏暗的光线中，她看了看自己："我的手和脚还在呀。你的呢？"

"完好无缺。"我说，"我们还是走吧，他的同伙很快就会过来。"

"是的,哪怕他们在新泽西,也能听到刚才的响声。"

我们彼此搀扶着,以最快的速度朝大厅入口处走去。那儿有盏螃蟹形状的霓虹灯正在吱吱作响,灯光时明时暗。

我们刚走了十英尺,就听到沉重的脚步声朝我们的方向扑来。

我们站在那里,一动不动。有两个人,可能还有更多的人,正飞奔而来。他们听到响声了,好吧。

"我们走!"努尔说着,开始拉我向前走。

"不——"我停了下来站稳,"他们离得太近。"他们马上就到了,前面的走廊又太长,到处都是碎玻璃,我们无法及时跑出去,"我们又得躲起来了。"

"我们必须战斗。"她说着,把手中的光收集起来,但那些光已经所剩无几。

这也是我的第一反应——但我知道这是错的。"如果打起来,他们一定会开枪,我不能让你中弹。我会向他们投降,告诉他们你跑到了另一个地方——"

她猛烈地摇头。"这万万不可能。"即使在黑暗中,我也能看到她的眼睛在闪烁。她让手里的小光球消散,从地上拿起两块长长的玻璃碎片。"我们要么一起战斗,要么主动投降。"

我沮丧地叹了口气:"那我们就战斗吧。"我们蹲下,以玻璃片作刀,伸了出去。那脚步声很响,离得很近,我们能听到他们的呼吸声。

然后他们来了。

大厅尽头出现了一个人影,在霓虹灯的映衬下,轮廓越来越清晰。结实、宽阔的肩膀……一个我很熟悉的身影，虽然不能立刻想起来。

"雅各布先生？"一个我熟悉的声音说，"是你吗？"

一道亮光照在了她脸上。她大块头，方下巴，长着一双和善的眼睛。有那么一会儿，我想，我一定是在做梦。

"布朗温？"我差点喊出来。

"是你！"她叫着，脸上露出笑容。她跨过一堆堆碎玻璃，向我跑过来。我刚把玻璃片扔掉，她就紧紧抱住了我，"那位就是努尔小姐吗？"她看着我身后说。

"嗨。"努尔有点不知所措。

"那你成功了！"布朗温说，"我太高兴啦！"

"你来这里干什么？"我尖叫道。

"我们还想问你呢！"另一个熟悉的声音说道——布朗温松开我的时候，我看见休朝我们走来，"天哪，这儿发生什么事了？"

先是布朗温，现在是休。我的脑袋一阵眩晕。

布朗温把我放开。"没关系，他没事儿。休！这位是努尔小姐。"

"嗨。"努尔又打了声招呼。她很快地接住了话，"有四个拿着枪的家伙来找我们——"

"我打晕了两个。"布朗温举起两根手指说。

"我用蜜蜂赶走了另一个。"休说。

"还会来更多的人。"我说。

布朗温从地上捡起一根看起来很沉的金属棒："那我们别磨蹭

Chapter 1

了,行吗?"

这个隐蔽的海鲜市场是座复杂的迷宫。我们在它弯曲的角落和细小的缝隙中穿梭,共同回忆当初怎么来到这里,以及周围哪个中文标记的意思是出口。这地方狭窄而杂乱,地上摆满了密密麻麻的板条箱和桌子,被防水布、电线和头顶上晃来晃去的灯泡隔开。不久前这里还很拥挤,但现在已经被里奥的人清空了。

"快跟上!"布朗温回过头来喊道。

我们跟着她滑到一张桌子底下,桌子上有只章鱼在蠕动,接着,我们穿过一条摆放着冷冻鱼类的通道。在这条通道与另一条通道的交叉口左转时,我们看见了里奥的两个手下——一个倒在地上,另一个蹲在他旁边,轻轻地拍他的脸,想要唤醒他。布朗温没有放慢脚步,而是一脚踢在了蹲着的那个人脑袋上,将他踢倒在他已经倒下的伙伴旁边,那家伙抬起眼睛,惊讶地看着她。

"非常抱歉!"她朝身后喊了一声,市场那边传来了两声喊叫——还是里奥的人,有两个。他们发现了我们,正朝我们冲过来。我们急转弯,跑上了一个狭窄的楼梯,然后砰的一声关上门,冲进阳光里。在黑暗中待了这么久,我们的眼睛暂时看不见了。突然之间,我们已经位于一条正值交通高峰期的人行道上。到处都是汽车、行人和街头小贩,在我们周围以令人眩晕的速度旋转着。

随时逃跑是门艺术。要想在逃命的时候不引人注目,这并非易事。我和努尔浑身湿透,布朗温和休穿着十九世纪的衣服。我们一边装出午后慢跑的样子,一边紧张地扫视每一条小巷,还不时地往

怪屋女孩 5：群鸟会议
THE CONFERENCE OF THE BIRDS

回看。显然，我们还没有掌握窍门，因为我们受到了过多的注视，即使这里是以陌生人居多的纽约。

我们顾不上红灯，顾不上看"禁止步行"标志，只能一路横冲直撞，直到交通瘫痪。我们疯狂地冲来冲去，喇叭声此起彼伏，车辆被我们逼得不停地急转弯——因为被车轮碾压比被拖回里奥的时光圈好多了。他的手下像流感病毒一样盯着我们不放，从唐人街追到意大利旅游区的街道，再到繁忙的休斯敦大街，差点就追上了我们。他们穿着旧西装，很容易被认出。最后，就在我开始想我还能跑多久时，努尔加快速度追上了布朗温，把她拉到了一个拐角。休和我跟着她们，不一会儿，努尔又把布朗温拉到一边。这次，我们穿过一扇门，走进了一家看似很平常的商店。这是个狭小的酒馆，卖啤酒和干货。

就在店主冲我们叫喊的时候，里奥的两个手下从门前经过，并没有停下来。然后，努尔推着我们经过一条狭窄的过道，穿过一扇门，走进一间储藏室，从一位正在抽烟休息的员工身旁经过，穿过一扇摇晃的金属门，进入一条堆满垃圾箱的小巷。

我们似乎成功把他们甩开了一小会儿，现在得停下来喘口气。布朗温几乎一滴汗都没有出，休和我却在喘气。

布朗温感慨地说："这弯拐得可真快。"

"是的，"休说，"干得好。"

"谢谢，"努尔说，"这可不是我的初次竞技。"

"在这里待会儿还算是安全的，"休喘着气说，"给他们一点时间，他们会以为我们早就跑掉了，然后他们才离开这儿。"

"我得问问你要带我们去哪儿。"我说。

"我当然也很想知道。"努尔说着,扬了扬眉毛。

"回到魔域。"休说,"那是我们离得最近的时光圈入口,就在不远处,不过那并不是个好地方……"

我一直看着我的朋友们。我曾经担心再也见不到他们,担心即使见到他们,他们也会把我当成陌生人。

就在这时,休一拳头打在我胳膊上。

"哦!为什么这样?"

"为什么不告诉我们你在执行愚蠢的营救任务?"

努尔瞪着我们。

"我原本打算要告诉你们的。"我说。

"但你并没有,没有!"布朗温说。

"好吧,我留下了一些非常重要的暗示。"我申辩说,"但是很明显,没人愿意帮我。"

休看起来打算再给我一拳:"也许别人不愿意,但我们绝不会袖手旁观的!"

"我们绝不会让你一个人干这种事的。"布朗温说。听上去这是她第一次对我很生气。"发现你不在的时候,我们很担心!"她转过身来,摇了摇头,"昨天他还在病床上,疯疯癫癫的。我还以为他夜里被人绑架了呢!"

"老实说,我并不确定你们会不会在意我的离去。"我说。

"雅各布!"布朗温瞪大了眼睛,"我们经历了这么多,你还这么说?太伤人了!"

怪屋女孩5：群鸟会议
THE CONFERENCE OF THE BIRDS

"我告诉过你，他是个敏感的家伙，容易反应过度。"休摇了摇头，"伙计，给你的老朋友们一点面子吧。天哪。"

"对不起，"我温顺地说，"我是说，真的对不起。"

努尔向我靠过来，对我低声说："你还说你没有朋友，嗯？"

"我不知道该说什么。"我的心里突然充满了感动，那些感动好像把我脑子里的话都挤了出去，"很高兴见到你们。"

"我们也很高兴见到你。"布朗温说。她又拥抱了我，这次休也拥抱了我。

突然巷子的一端传来一声枪响，我们都吓了一跳，赶紧分开。我们看见两个穿西装的人拿枪指着我们。

甩掉他们真是太麻烦了。

"跟我来，"努尔说，"我们可以在地铁里甩掉他们。"

我一步跨过三级台阶。休沿着金属栏杆往下滑。在拥挤的门厅里，我们从成群结队的上班族中挤过。努尔大叫"像这样"，然后跳过一个旋转栅门。我们跟上了她。

我们来到一个火车站台，沿着站台跑着。我回头，看到了里奥的人，虽然离得有点远，但他们仍在追我们。努尔停下来，单手撑地跳上地铁轨道，眨眼便跑到了第三根铁轨，同时大喊着让我们跟上她。尽管她的声音被突然响起的车站广播掩盖。

我们别无选择，只好去追她。

"你们这是在找死！"有人对我们喊着，我倾向于认同他的说法——但现在，这样死去总比被里奥的人抓走要好。

我们在四组轨道间奔跑着，在隐蔽的坑洼和黑暗的铁轨上跌跌撞撞。这时我突然想到，显然，努尔以前就这样跑过。她对这个城市了如指掌。她如此难以被抓到，肯定有丰富的逃跑经验。我想知道为什么，想知道她从哪儿来，我非常希望能有机会问问她——就在这时，一列火车来了。

当我和休跨过最后一条铁轨时，火车已经离我们很近了，风和噪声越来越大，让人很不舒服。布朗温和努尔刚把我们拉到对面的月台上，火车便雷鸣般驶过，刹车吱吱地响着，像地狱里的怪物。

过了一会儿，乘客纷纷钻出车厢，月台上突然挤满了人。我们终于可以挤上车了。我们蹲在地上，这样不会被看见。车厢几乎是空的。车门关上了。

"天哪，"布朗温说着，突然显得很担心，"希望这列车开往正确的方向……"

努尔问我们应该去哪里，布朗温告诉了她。努尔抬起眉毛。"奇怪的运气，"她说，"只有一站之遥。"

令人惊奇的是，在我们四个人当中，她对所发生的事情知之甚少，但她的坚定和冷静已经成为引导我们的力量。

随着一声巨响，火车从车站开走了。"你们是怎么找到我的？"我对布朗温和休说。

"你谈了那么多关于她的事，艾玛想到你可能会做点什么。"休向努尔点点头说，"很高兴见到你，顺便说一句，我是休……"他伸手握了握努尔的手。

"在那之后，找到你便是一件相当简单的事情了。"布朗温说，"哦，我们还得到了一条狗的帮助。还记得阿迪森吗？"

我点了点头。

"沙伦的全景敞式时光圈的那些哈巴狗跟踪你到了纽约,而阿迪森的鼻子能够跟踪你到那个市场。"休说,"但他只能跟踪到那么远了。"

老天爷保佑那条狗。我想。他为我们冒了多少次生命危险呢?我已经记不清了。

"在那里很容易找到你,"布朗温说,"循着叫喊声就行。"

"是佩里格林小姐派你们来的吗?"我说。

"不,"休说,"她不知道这件事。"

"现在可能知道了,"布朗温说,"没有什么事情瞒得住她。"

"我们当时认为超过两个人离开可能会引起太多的注意。"

"我们是通过抽签决定谁来的,"布朗温说,"我和休赢了。"她看了一眼休,"你认为佩女士会生我们的气吗?"

休使劲地点头:"肯定会怒气冲冲。但也很自豪,假设我们能把他毫发无损地带回家的话。"

"家?"努尔说,"那是哪儿?"

"那是一个位于伦敦的十九世纪末的时光圈,叫作魔域。"休说,"不管怎么说,那是我们最接近家的地方。"

努尔的眉毛皱了起来:"听起来……挺不错的。"

"它有些残缺,但具备一定的魅力。无论如何,总比住在手提箱外面好。"

努尔有些疑惑:"那是像你这样的人住的地方吗?"

Chapter 1

"我们这样的人。"我说。

她没有反应,或者尽量不做出反应,但我看到有个东西从她眼底闪过。也许是一个想法开始出现在她的脑海。与我们有关。

"在那里你会很安全,"布朗温说,"没有人拿着枪追你……没有直升机搜寻你……"

我本来想表示赞同,但想起了H关于伊姆布莱恩们的警告,以及佩里格林小姐在上次谈话中对我说的话,她说为了更大的利益必须做出某些牺牲,其中一个要牺牲的就是努尔。

"H说我们需要做几件事情,我们该怎么做呢?"努尔对我说。

她把声音放低了一点,因为她不确定布朗温和休是否知道这件事,或者应不应该让他们知道。

"什么事?"休问道。

"H临死前,给了我一些关于努尔和一直在追她的人的信息。他说我们要找到一个叫V的女人,有一些重要的事情,只有她才知道。"

"V?那不是你爷爷训练的空心鬼猎手吗?"布朗温问道。

当V的名字第一次出现时,布朗温就在占卜师的时光圈里。她当然记得。

"就是她。"我说,"H——他的空心鬼给我们看了一张地图,告诉我们怎么找到她——"

"他的空心鬼?"布朗温倒吸了一口气。

我从口袋里掏出地图碎片,给他们看:"他不再是个空心鬼了。他正在变成别的东西。"

"你是说幽灵？"休说，"空心鬼只会变成他们中的一员。"

努尔困惑地看了我一眼："你说幽灵是我们的敌人？"

"是的，"我说，"但是H和这个特别的空心鬼是我们的朋友。"

"这越来越离奇了。"努尔说。

"我知道。所以我认为我们应该和他们一起去魔域，"我说，"我们需要帮助，我所认识和信任的所有异能人都在那里。"

他们是否会再次信任我，或者在经历了这一切之后是否愿意帮我，这是另外一回事了。但我不得不试试看。我需要我的朋友们，让H的警告见鬼去吧。

如果佩里格林小姐真的把我们刚刚帮忙营救出来的女孩送回俘虏她的人手里，不管是出于什么政治原因，她就不是我所认识的佩里格林小姐了。如果我不能让努尔在一个到处都是朋友的时光圈里免受伤害，我又该如何帮她走遍狂野的美国异能世界呢？

"米勒德是个制图专家。"布朗温说。

"贺瑞斯是个先知，"我补充说，"至少有时候是。"

"好吧，"努尔说着，眼睛看向我，"关于这件事，你还没说完呢。"

预言。我想私下里告诉她，而不是当着别人的面。看来我们眼前暂时没有危险了。

"关于这个，可以等一等。"我说。

休和布朗温都好奇地看了我一眼。

"随你吧。"努尔说，但她开始显得不耐烦了。

火车停下来。我们到了下一站。

Chapter 1

我们从地铁站里跑出来,回到阳光明媚的街道上。努尔花了一点时间帮布朗温适应光线。

"现在不远了。"布朗温保证。她带着我们在起伏的汽车喇叭声中斜穿过四个街区。

我们穿过一个正在举行比赛的篮球场和一片郁郁葱葱的绿地,绿地上隐约可见两栋老公寓大楼。越往前走,周围的环境就越糟,锈迹斑斑,直到最后,我们来到一座巨大的砖房下面。砖房的脚手架已经搭好,四周被覆盖着绿色防水布的铁丝网围了起来。布朗温停下来,拉起一块防水布,铁丝网上露出一个洞。努尔和我犹豫地看了看对方。

布朗温和休向我们挥手,示意让我们跟着,然后钻进洞里消失了。

休伸出脑袋:"你们两个来吗?"

努尔闭上眼睛,毫无疑问,她大脑里在斗争——我到底要干什么呢?——然后她爬了进去。虽然她可能不相信我,但我也经常这样进行思想斗争。总有个声音在我内心喊着:你到底要干什么?自从去威尔士寻找照片上的那些幽魂,我差不多每天都会这样。我已经学会在这个时候将大脑关上,那个声音也确实安静了,但仍然在那里。

铁丝网另一边是一个不同的世界——或者说是一个更悲伤、更阴沉的世界。穿过那个洞就像剥下一具尸体上的裹尸布。这座建筑很早就建成了，后来被废弃。我站在荒草地上，深吸了一口气才开始仔细地看它——它有十层楼高，有一个街区那么宽，窗户全部破碎，砖块上布满了疙瘩，爬着死去的藤蔓。宽大的台阶通向一个门廊，门框上镶着熟铁做成的旋曲花饰。在它上方的一块厚重的大理石板上，刻着"精神病院"。

"太合适了，"努尔低声说，"我一定是疯了。"

"你没有。"我一直在等这个：一切开始水落石出。"我知道你感觉你疯了，但你没有，我保证。"布朗温和休在我们前面二十英尺，正急切地挥手示意我们跟上。

努尔没有看我。"我被下药了。我吃了坏蘑菇。我昏迷了。这是一场梦。"她用手在脸上搓了搓。

"这根本说不通——"我说，"我不能证明你不是在做梦，但我知道你正在经历什么。"

布朗温朝我们跑过来，做着口型：快，快，快点。

铁丝网在我们身后发出咔嗒的响声，有人在骂。然后另一个声音说："我知道这里有条路可以过去。"另一个人咕哝着回应了他。

是里奥的人。他们一路跟踪我们。如果努尔在考虑要采取其他行动的话，那铁丝网的声音会打断她的思路。

我们跟布朗温和休一起穿过高高的杂草，上了台阶，路过几个模糊不清的标志，上面写着"被没收财产"和"禁止非法侵入"之类的字眼。我们来到一个已经钉上木板但又被撬开的入口，从裂口

Chapter 1

往里钻,碎裂的木头和弯曲的钉子像牙齿一样啃咬我们。接着,我们再次被关在了一个可能永远都无法离开的地方。

——◆——

这栋楼里太黑暗,到处都是垃圾,我们跑不动,不然的话要么被尖尖的障碍物刺穿,要么绊倒在地上的洞里。所以我们跟在休和布朗温后面,像螃蟹一样横行,向身体的一侧探出一条腿,用胳膊扫过面前。他们对这地方很熟悉。我们可以听到里奥的人在院子里,正穿过铁丝网,踩在台阶上。布朗温把一个旧冷柜推到门前,堵住了我们进来的那个裂口——这似乎就是它最大的用途——但我们知道,这不会把里奥的人拖延多久。

我们跌跌撞撞地走进一个大房间。它的窗户上钉着脏兮兮的木板,有光线透进来。我们终于可以看见东西了。我们躲开了散架的轮椅、噩梦般的生锈的医疗设备废弃物,从满屋子有毒的废水中踩过。

努尔在轻轻地哼着一首歌。我瞥了她一眼,她停了下来。

"这是我紧张时的习惯。"她说。

我从一片塌陷的地板上方跳过,然后伸出手拉她。"有什么好紧张的呢?"我勉强地苦笑了一下说。

她拉着我的手,跳了起来。她没笑。"请告诉我这里有出去的路。"

"何止是有出去的路啊,"休回过头说,"这是全景敞式时光圈的门。"

努尔还没来得及回答,一个诡异、让人不适的声音响起了,令我浑身发抖:那是一声发涩、不和谐、不像音乐的和弦。绕过一堆湿透了的黄色床垫,我们看见了声音的来源——一架被挖空了的钢琴。这是一架已经坏掉的钢琴,后背被撞开,堵住了这个房间的出口。出口外面是一条走廊,走廊左右两边都是房间。钢琴的内部构件已经被取下来,钉在了走廊入口的周围,沉重的琴弦像金属头发一样竖立着。我们如果想走出这个房间,就得翻过这架钢琴,从琴弦中穿过。刚才就有人这样穿过了,所以我们才听到那声可怕的和弦。这意味着那个人刚刚离开这里,或者仍和我们在一起。

然后,在不远处的一个翻过来的婴儿保育箱后面,有个人站了起来。

"啊,是你!"

他脸上长着一层厚厚的毛,只能叫作皮毛。他咧嘴笑了。

是狗脸。

"这么快就回来了?"他对布朗温和休说。

"是的,但我们不能久留。"布朗温说。

"我们现在就得出去。"休说。

狗脸靠在钢琴上:"出境费两百。"

"你之前说那是来回的费用!"休生气地说。

"你一定是听错了。我解释价格的时候,你显得非常匆忙……"

远处有人在喊叫,接着是金属在石头上摩擦的声音。他们开始搬冷柜了。

狗脸的脑袋朝声音的方向歪了歪："那是什么？你们没惹麻烦吧？"

"是的，"我生气地说，"有人在追我们。"

"哦，不。"他说着，朝我们咔嗒了一下舌头，"那你们得多花点钱。我们得骗一骗他们，替你们掩护……那是里奥的奴才吧？他们听起来很生气的样子。"

"好吧。不管花多少钱。"布朗温说。

我们很想把他一脚踢开，但我们知道，他会给我们带来无尽的麻烦——如果他想的话。

"五百块。"狗脸说。

又是一声擦剐，而且比上一声更长。他们取得了进展。

"我只有四百。"休说着，在口袋里掏着。

"太不够意思了。"狗脸转身要走。

"我们明天给你！"布朗温说。

狗脸转过身来："明天就是七百块了。"那边传来巨大的噼噼啪啪的响声。他们突破了。

"好吧！好！"休说着，一只蜜蜂从他的嘴唇中逃出来。

"不要拖延，我可不想让他们看见你们的小密门。"

他们把所有的钱都给了他。狗脸极其认真地数了数，然后把钞票塞进口袋。他爬上钢琴，拉了拉里面的一个操纵杆，然后悄悄地穿过不再发出声音的琴弦。我们跟着他。我们到达另一边时，他把操纵杆推回了原位。

025

这时我意识到，那架钢琴是个警报器。

狗脸给我们带路，我们跟着他走进一个长长的大厅——他勒索的钱到手，开始加快脚步——但这条走廊似乎没有尽头。

一路上，一群异能人从一个门口排成一队，开始跟着我们。即使以异能人的标准来看，他们也非常怪异，努尔看到他们时，深深地吸了一口气。一个没有腿或看不见腿的女人坐在一张气垫上，跟在我们后面，长长的外套底部在空中飘荡。"噢，亲爱的，我们不会伤害你们的，"她的声音柔和悦耳，"我们会成为朋友的。"

"会不会成为朋友这可不好说。"一个女孩哼哼着说。她的脸至少有一半是疣猪模样，长着两根长牙，口鼻从脸上凸了出来。"但如果你们出个好价钱，我们不会成为敌人。"

接着，又来了一位没有腿的女士——她显然不能飘浮起来，因为她在用双手撑地往前跳。然后，她像猫一样，轻盈地跳入了魁梧的疣猪姑娘的怀抱。这时我才把她看清楚：她不仅没有腿，而且没有臀部、腰部，几乎半个躯干都没了。她的身体和她穿的黑色缎子衬衫，在肚脐附近是整齐的一条线。

"半身人海蒂。"她说着，向我们行了个礼，"你们当中，谁是那个著名的野孩子？"

"别这么叫她，"一个脖子上长着大疖子的十几岁的男孩厉声说，"这是个贬义词。"他的疖子正在搏动。

"好吧，不好惹。"

"她也不再是那里的人了，"狗脸说，"她不得不快速学习。"

疣猪姑娘用鼻子哼哼地笑了:"从她的样子来看,她学得没那么快哦!"

努尔下巴紧缩,似乎在聚集全部意志的力量,强迫自己往前走。

"这些异能人是不好惹部族的,"狗脸说着,转身向后走了走,就像个导游,"其他部族都不想惹他们。"

海蒂说:"这些人太奇怪了,不能以平常人的身份通过。"

"最骇人听闻、最难以形容、最令人恶心的异能怪物在此!"长疖子的男孩自豪地说。

"我没觉得你恶心。"布朗温说。

"把你的话收回去!"疣猪姑娘皱着眉头吼道。

狗脸像跳舞的人一样旋转了一圈,滑过一道敞开的门:"这是我们的秘密疗养院。好吧,不管这里怎么样,走前门。"我们跟着他进了房间,然后努尔和我站在那里呆住了。地面中央是一张手术台,后墙上像蜂窝一样摆放着小冷柜。这房间不仅没出口,还是医院的停尸房。

"没关系,"布朗温温和但是急切地对努尔说,"它不会杀了我们的。"

"哦,见鬼,不,"努尔一边说,一边往后退,"我不可能躲在那些东西里面。"

"不是躲起来,"休说,"是旅行。"

"她不喜欢。"疣猪姑娘说。

"她害怕了!"不好惹部族的人在我们身后的门口窃笑着。

努尔已经走出了这个房间,穿过大厅的另一扇敞开的门,这是我们沿原路返回之前的最后一个选择。

　　布朗温和休想跟着她,但被我阻止了。"让我和她谈谈。"我说。

　　爬进太平间的冷柜对任何人来说都是一件很难做到的事,不管他是不是异能人,对一个刚来到这个世界的人来说更是如此。我自己并不是特别赞同这个主意。

　　我跑过大厅,在另一个房间找到了努尔。这里有一张光秃秃的金属床,一束阳光从有防护栏的窗户里照射进来。几个角落堆满了被丢弃的个人物品——有行李箱和鞋子等——可以推测它们的主人在这里住过,然后死去了。

　　努尔很激动,在房间里转来转去:"我发誓我曾看见这里有扇门,在我们以前路过的时候……"

　　"没有别的出路了。"我说。但是接下来我看见了那扇门,我的胃往下沉,"你说的是这个?"

　　她转过身去看,当她看出来那是什么的时候,我想她可能会哭。那是墙上的壁画中一扇用油彩画上去的门。

　　然后我们听到钢琴响了——一声,两声,三声。

　　里奥的人已经爬进来了。

　　"我们可以选择,"我说,"我们要么……"

　　她没有听。她在专心地看着有防护栏的窗户,看着从那里照射进来的阳光。

　　我接着说:"我们要么待在这里,等他们找到我们,这是肯定的……"

她的双手在空中扫了扫，但只是留下了手指的痕迹，而且很快被光填满。我见过这种情况：一些特异能力就像肌肉，可能会紧张、疲惫，压力大的时候，它们还会羞于现身。

她转过身，面对着我："或者我可以相信你。"

"是的。"我说。我打心底里希望她朝我走过来。"我，还有那群怪人。"

里奥的人在外面的走廊里喧嚣，逐个房间搜查，敲打锁着的房门。

"这太荒谬了。"她摇了摇头，然后和我对视，显得更加坚定，"我不该相信你的，但我居然相信了。"

她已经接受了这么多荒谬的事实。现在前路不明，还有什么能拯救我们呢？

布朗温和休在门口等着，看上去很惊慌。"准备好了吗？"休说。

"最好是准备好了。"狗脸说，"顺便说一句，如果要打伤他们中的一个，你们得付一千块。"

"或者请波贝尔小姐把他们两个人的记忆抹去。"长疖子的男孩说。

那些人看着我们飞快地穿过大厅。我没有回头，但能听到他们的喊叫和脚步声。不好惹部族的人已经消失了——他们显然不想和里奥的人纠缠，也不想在没有必要的情况下与他们为敌。

在停尸房里，一个下层的冰柜门已经打开。休站在旁边——看到我们来了，他叫了我们，挥手让我们继续前进，然后自己钻了进去。

我们跑到打开的冰柜前,眯起眼睛,发现里面一片漆黑。它不仅仅是一个装尸体的柜子,还是一条似乎没有尽头的狭窄隧道。休的声音在深处回响着,很快又消失了。

"哇哦!"我等着努尔先走。"这太蠢了,我太蠢了,这太愚蠢了!"她高喊着,但接着,她深吸了一口气,硬着头皮爬了进去。爬了一会儿,她开始滑,但被卡住了,于是我抓住她的脚,推了推,不一会儿,冰柜中的黑暗就已经将她吞没。

在我的坚持下,接着,布朗温进去了,然后轮到了我。没想到的是,我劝说自己进去要比劝说努尔进去难得多。把自己塞进冰柜里,这个动作是那么不自然,以至于我理性的头脑经过了好几秒钟的挣扎——尽管我知道这条可怕的黑暗隧道是极好的时光圈入口,但我还是难以战胜我的本能。它在对我说:*不不不,你会被僵尸吃掉的,不*。不过,门后面传来了愤怒的声音,这帮了我的忙。在他们抓到我之前,我已经进去了,我在里面越滑越深,越来越快。

一只手抓住了我的脚。我成功地踢掉了它。我听到身后有人在挣扎,随着砰的一声闷响,一个人大声喊叫起来。我回头看了一眼,看到了里奥的一个手下倒在了地上,后面是疣猪姑娘,她手里拿着一大块木头。我能听到努尔在前方的某个地方,用胳膊肘撑着,哼哼地往前爬着,在黑暗中越爬越远。我向前,没有花费力气便开始往前滑——隧道里涂了什么东西,而且稍稍向下倾斜,滑过几英尺后,前冲力开始支配我。我想象着自己在产道里,即将出生,我越来越快,滑得越来越远——这时我听见了努尔的尖叫。我

Chapter 1

觉得自己被某种东西拉着,那不是一只手,而是一种无形的力量,它就像地心引力,抓住了我身体的每个部位。我感觉我的血流在加速,我的胃在猛地跳动,我很清楚这一切。

我们正在穿越。

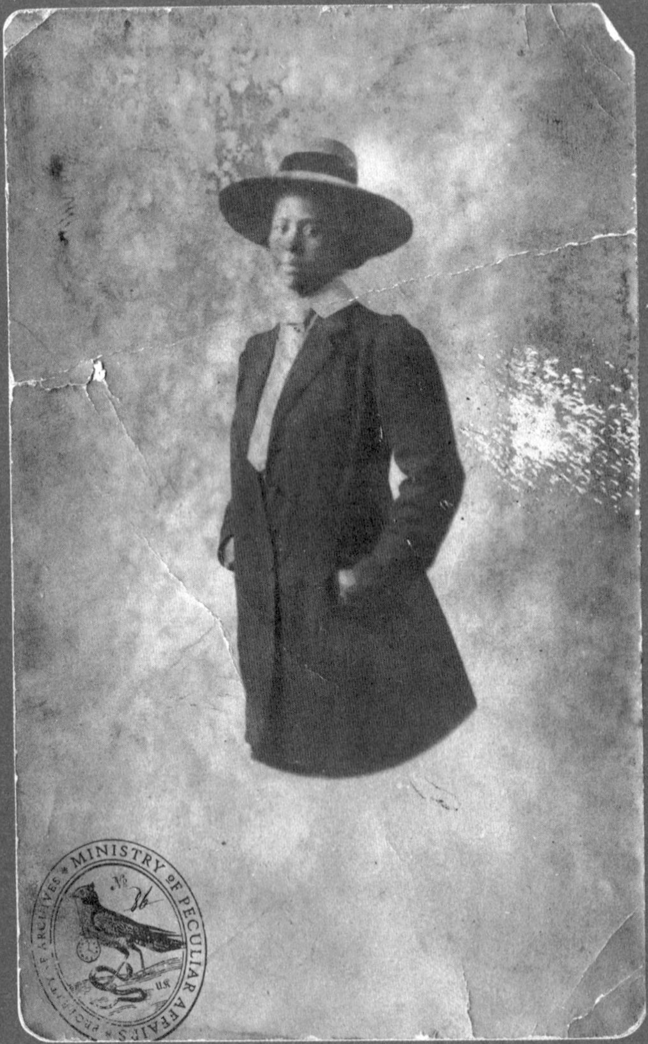
MINISTRY OF PECULIAR AFFAIRS
PROPERTY OF ARCHIVES
U.S.

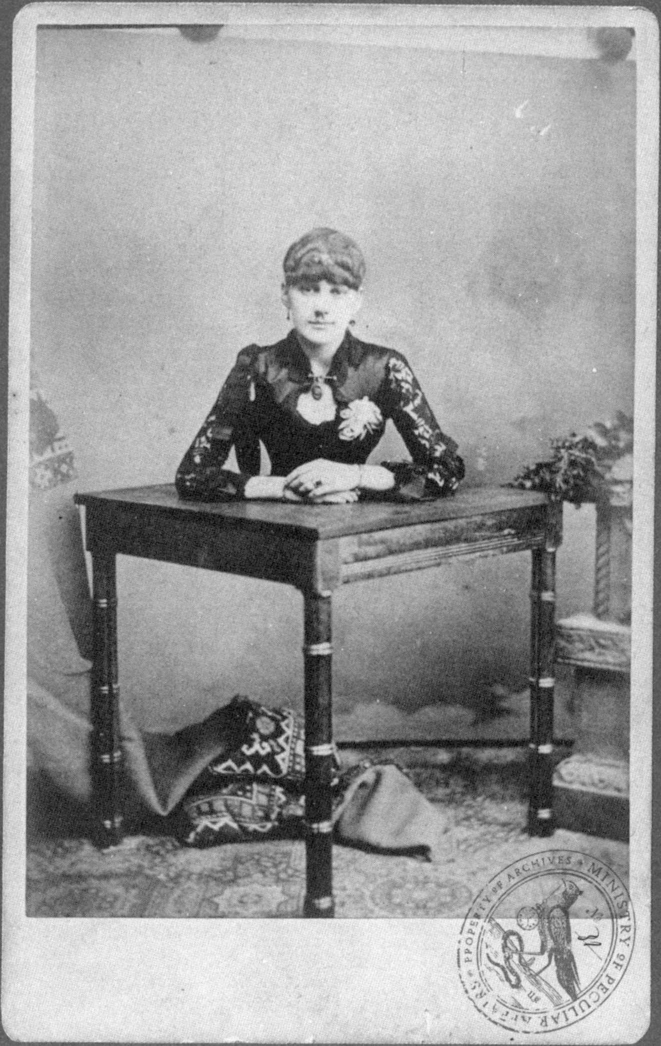
PROPERTY of ARCHIVES
MINISTRY of PECULIAR AFFAIRS

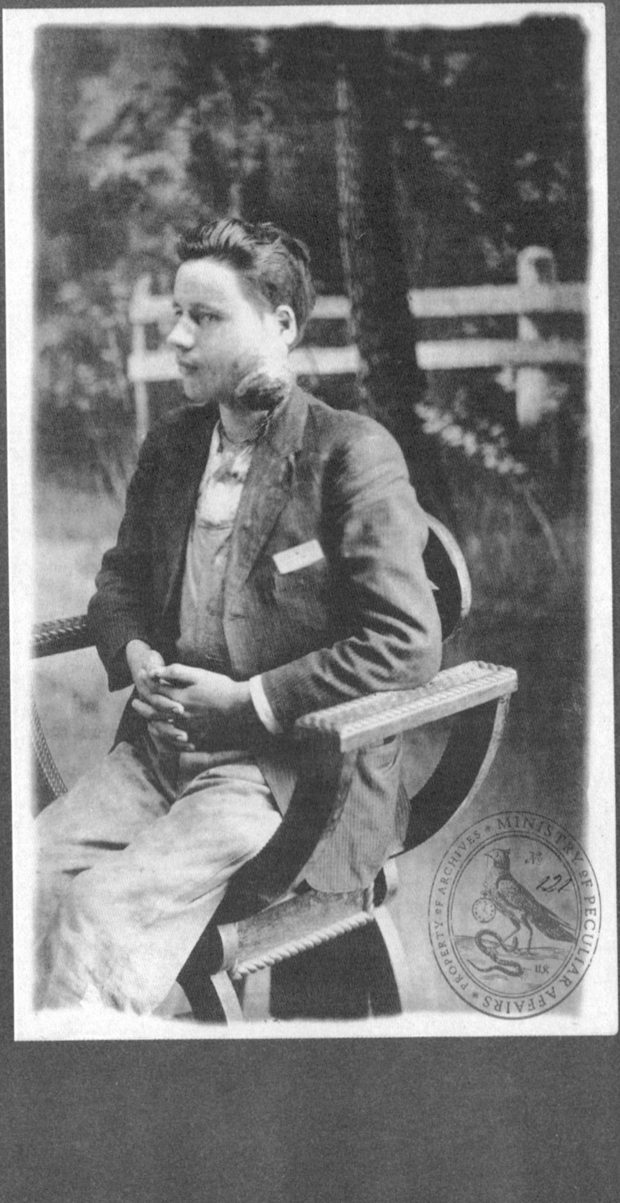
PROPERTY of ARCHIVES * MINISTRY of PECULIAR AFFAIRS *
№ 121
U.K.

Chapter 2

THE CONFERENCE
OF THE BIRDS

我们从一间小密室里翻滚而出，落在了本瑟姆的全景敞式时光圈里那条长长的铺着红地毯的过道里。努尔和我抵达时，布朗温正在收拾自己，休正等着我们，看上去有些不耐烦。

"我还以为你们决定不和我们一起来呢！"布朗温把努尔和我拉起来时说。

"你认为他们会追过来吗？"我一边问，一边不安地看着那扇门。

"没戏，"布朗温说，"不好惹部族会向他们收买路钱。"

我向努尔转过身。"你还好吗？"我靠近她，轻轻地对她说。

"我还好。"她简短地回答了我，略显尴尬，"对于刚才的犹豫和不安，我感到抱歉，"她一边说，一边看着铺了地毯的过道，"这里显然比我们刚才待的地方好多了。"

休正要说我们该走了，努尔打断了他。"不管我们要去哪里，会遇到什么人，我还有一句话要对大家说。"她看着我们，"谢谢你们救了我，非常感谢。"

"你客气啦。"休故作轻松地说。

她皱了皱眉："我是认真的。"

"我们也是认真的。"布朗温说。

"你可以等我们到了那所房子里再谢我们。"休说，"快点儿，不然，沙伦会发现我们，会缠着我们问一些我们无法回答的问题。"

"真是够了。"布朗温说。

我们挨挨挤挤快步穿过大厅。全景敞式时光圈里的这一部分比较冷清，但绕过几个角落后，开始变得热闹起来。来自不同时代的异能人穿着不同风格的服装，在时光圈大门里来回穿梭。在一扇门外面，狂风呼啸，一个小沙堆正在地上聚集；另一扇门的门框上插进了一块砖头，形成一道小小的裂缝，雨水便被狂风裹挟着飘了进来。人们靠墙排成一行，等待着工作台里面的工作人员检查旅行证件并盖章。话语声、脚步的回声、翻页的声音夹杂在一起，使得这地方听上去像是晚高峰时段的地铁站。

努尔睁大了眼睛，四处张望着。布朗温一只手放在努尔后背，我能听见她在小声解释着什么，似乎是在解释我们目前所处的环境。

"每扇门都通向不同的时光圈……这里叫作全景敞式时光圈，是佩里格林小姐的哥哥本瑟姆发明的，他非常聪明……但是后来被她的另一个哥哥科尔接管了，他坏得透顶，是我们最大的敌人——"

"事实证明它非常有用。"休插嘴说，"我们所处的这个时光圈是魔域，曾经是一座关押坏人的监狱……后来变成了一个无法无天地方，我们的敌人——幽灵的总部就设在这里——"

"直到雅各布帮我们击垮了他们，杀了他们的首领。"布朗温自豪地说。

一提到科尔，我的胳膊上就起了鸡皮疙瘩。"他还没死。"我插话道。

"好吧，"休说，"他被困在了一个崩溃的时光圈里，永远也无法摆脱，和死了差不多。"

"现在，幽灵要么已经死了，要么被关在监狱里。"布朗温说,"而且,因为他们摧毁或严重破坏了我们许多的时光圈,许多异能人无处可去,只能搬到这里。"

"我们希望这只是暂时的,"休说,"伊姆布莱恩她们正在重建那些时光圈。"

努尔开始显得茫然不知所措,于是我说:"也许我们应该把这段历史留到以后再讲述。"

我们经过长长的一排窗户,努尔一边走,一边目不转睛地看着外面。这里是下午,魔域上空笼罩着密实的黄烟;楼房摇摇欲坠;蜿蜒的高热渠里流淌着黑绿色的浑水;冒烟街一如既往地朦胧;在它的另一边,古老的伦敦,错乱的塔尖和灰色的楼房在工业时代的烟尘之中若隐若现。

"我的天哪!"努尔的惊叹声低得如同耳语。

我在她旁边走着。

"这是十九世纪末期的伦敦。你觉得自己又糊涂了,是吧?"

"这不可能是真的。"她说着,放慢脚步,将一只手向一扇开着的窗户伸了过去,一根手指沿窗台擦了擦。当我们加快速度跟上其他人时,她的手停了下来。她的手指沾上了黑色的煤烟。"但这千真万确。"她惊叹道。

"是的,千真万确。"

她向我靠了过来:"你已经习惯了,是吗?"

"是慢慢习惯的。"我想了想。我回忆起自己当初是多么难以接受这个世界,"即便是现在,有时,我环顾四周,也觉得天旋地转,就像沦陷在……"

"噩梦里面？"

"就像是一场梦。"

她微微点点头。我感觉我们之间有一种共识在闪烁：一种穿透了黑暗的相互理解，一道穿越这个新世界的希望之光。*这个世界不止于此*，它说，*这个宇宙超越了你的想象*。

然后，在我视线的一角，另一个黑影出现了，我感到一股寒意传遍全身。

"那么，你还活着。"一声低语在我耳边响起，"不得不说，我很高兴。"

我转过身，看到了一件巨大得如同一堵墙的黑袍。是沙伦。他在我们身后，俯视着我们。努尔背靠在窗户上，面无惧色。休和布朗温看见了正在发生的事情，偷偷地溜进了一个时光圈服装架后面，不想被他看见。

"你要把我介绍给那位小姐吗？"沙伦说。

"沙伦，这位是——"

"我是努尔。"努尔说着，伸出手来，"你是谁呢？"

"一个卑微的摆渡人而已。很高兴见到你。"他那黑色的头巾下闪现出一抹浅笑，白色的长手指缠绕着努尔棕色的小手。努尔忍住了颤抖。"你错过了我们的会合，我非常失望。"

"我很忙。"我说，"这事稍后再谈好吗？"

"当然可以。"他的语气显得有些刻意顺从，"快点，别让我跟上你们。"

我们从他身边溜了过去。布朗温和休在楼梯间等着。"他想要什么?"休问。

"我不知道。"我撒谎了。我们匆匆下楼。

魔域的街道上挤满了异能人,在这个特别的下午,这个地方特有的反差被充分展示了出来,有时令人诧异。我们遇见了一个伊姆布莱恩,她正在教一群异能少年如何利用他们的特异能力修复被毁坏的建筑。一个红头发的男孩子用意念举起了一堆木头,两个女孩正在用牙齿把一堆参差不齐的碎石慢慢地研磨成沙子。还有沙伦的表亲们——这些挥舞着榔头的绞刑架索具员正唱着歌,领着一群戴着脚镣、被铁链锁在一起的幽灵囚犯,身后跟着一个伊姆布莱恩和一支由十个异能人组成的看守小分队。

努尔转过身,看着他们放声歌唱着走过。

"小偷被抓的前一天晚上,刽子手来了。他说,我来了,在你死之前,有个警告要向你释明。"

"他们这是……"

"是的。"我回答。

"这里的每个人都是……"

我迎上她的目光:"是的。和我们一样。"

她惊愕地摇了摇头,然后睁大了眼睛,抬起下巴。我转过身,看到一个身材高大的男人摇摇晃晃地从鹅卵石上走过,朝我们走来。他身高至少十五英尺,头顶的帽子又给他增高了一至两英尺。即使我举起胳膊跳起来,也够不着他花裤子上的口袋。

他经过时,休向他打招呼:"嗨,哈维尔,制作得怎么样了?"

Chapter 2

高个男子猛地停了下来,不得不转动胳膊、靠着一栋楼的楼顶才不至于摔倒。然后他弯下腰,看着休。"对不起,没看见你在下面。"他大声说,"不幸的是,制作遇到了麻烦。一些演员被召集去参加时光圈重建,所以我们正在重新组建《草地动物园》剧组。他们正在兴致勃勃地排练呢……"

他用他那条长度相对正常的胳膊指了指街对面一片泥泞的草地。这是魔域里最像公园的地方。格拉克尔小姐的学生演员们穿着怪诞的动物服装,正在左摇右摆地练习台词。

努尔目瞪口呆地盯着他们走来走去,全神贯注地看着这番奇异的景象,直到休一边踢着石头一边自言自语:"他们演得太糟糕了!我希望能亲自指导扮演我的那名演员。"

努尔转过身,翘起唇角,露出一抹浅笑:"他们是在表演关于你们的戏剧吗?"

我感到一股尴尬蔓延到了我的脖子:"嗯,是的,有位伊姆布莱恩,她有个剧团……这没什么奇怪的。"

我不屑地挥了挥手,凝视着前方,希望能快速换到另一个话题以转移她的注意力。

"哦,别谦虚了。"休说,"这部戏,讲述的是雅各布如何将我们从幽灵手中拯救出来,并将科尔放逐到一个亚空间地狱的故事。"

"这是莫大的荣幸!"布朗温咧着嘴笑着说,"雅各布已经是这里的大名人了——"

"哇,快看那边!"我喊着,希望努尔没有听见她最后的话。

我转过身,指着附近的派伊广场上的那群人。在那边,看上去像是两个异能人正在竞赛。

"这是一场举重比赛!"布朗温说。她的注意力被我成功地转移了,"我一直想参与,但我得先训练一下——"

"我们别磨磨蹭蹭了。"休说道。但我们经过时,布朗温还是放慢了脚步,盯着那边看。其他人和她一样。

有十几个人站在一扇门上,门下面是一对木马。一个身材魁梧的年轻人正在和一个显然没有肌肉的老妇人对抗。老妇人面若冰霜。

"那是桑迪娜。"布朗温说,"她太棒了。"

那群人正在高呼她的名字——"桑迪娜!桑迪娜!"老妇人跪在门下,用宽厚的肩膀撑着那扇门,呻吟着,慢慢地站起来。她头顶上的那十几个人正在摇晃、欢呼。

布朗温欢呼着,甚至努尔也发出一声尖叫,脸上写满了惊讶和惊奇。

奇怪。不是恐怖。不是反感。我开始觉得努尔可能适合待在这里。

我突然意识到,我不知道我们要去哪儿。布朗温和休曾说过我们的"房子",但最后我查了一下,我的朋友们住在杂乱无章的宿舍里,位于全景敞式时光圈的一层。当我们穿过高热渠上方一座破烂的人行桥时,我终于将这个问题提了出来。

"你在正骨店里时,佩女士带我们搬出了本瑟姆的房子,"休解释说,"远离那些多管闲事的人,免得他们刺探我们的情况。小

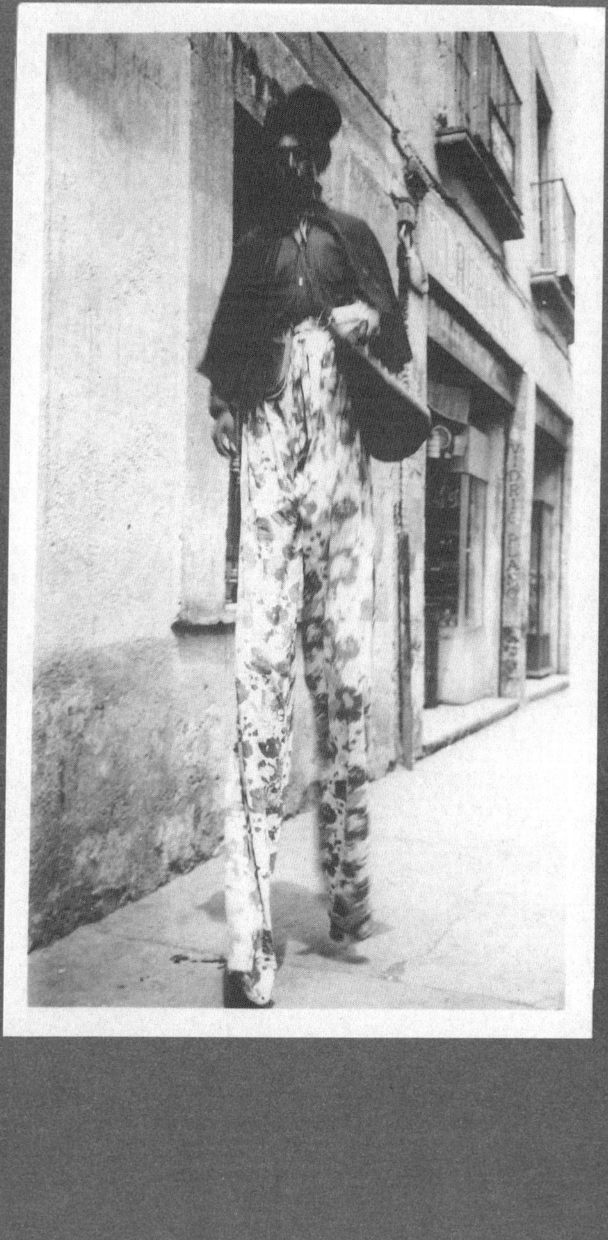

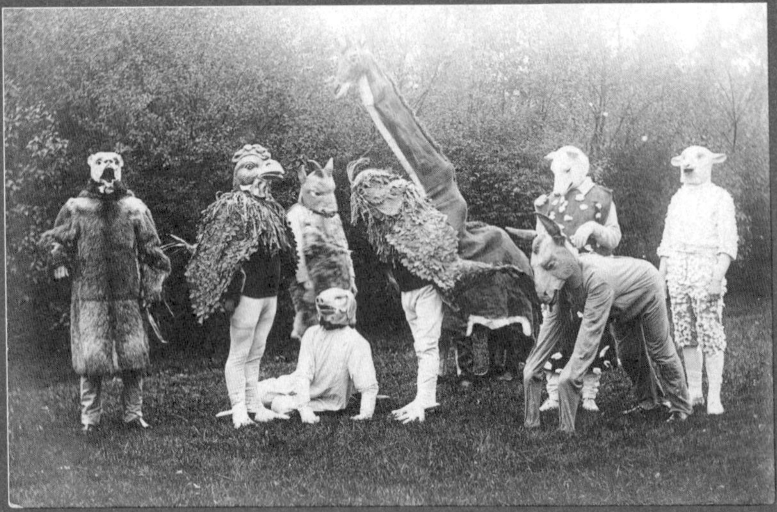

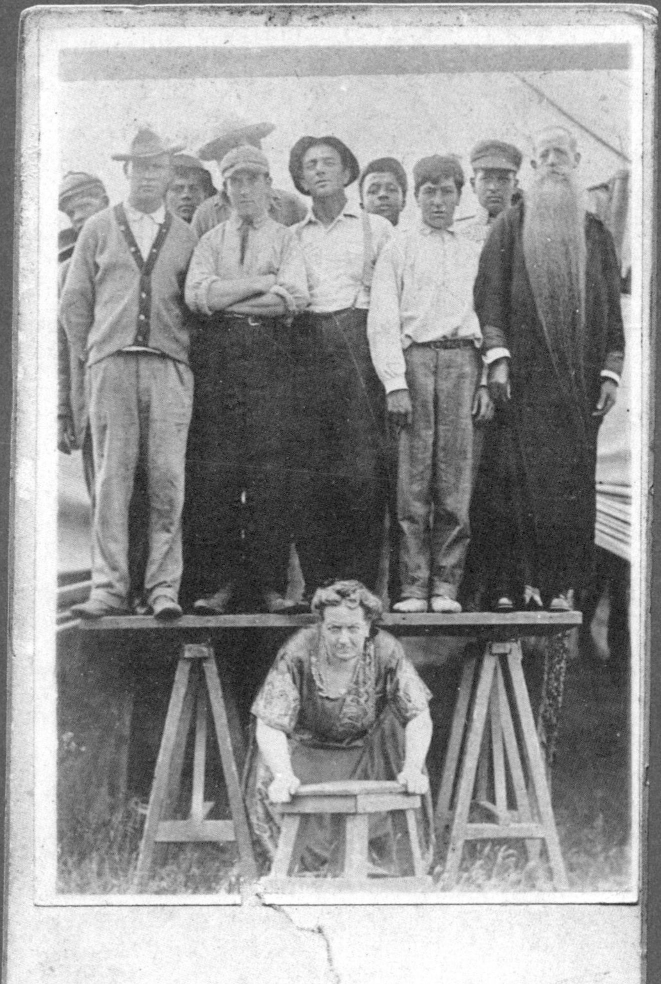

心这块板子，它已经松了！"

他跳过一块木板，木板掉了下去，落入了下方黑绿色的浑水。努尔轻轻地跨了过去，但我感到眩晕，过了一会儿才伸出腿，强迫自己越过那道缝隙。

我们抵达了天桥另一边，沿着高热渠的渠岸一路往前，来到一座摇摇欲坠的老房子跟前。它的设计似乎违背了地心引力和建筑学的常识：底部比顶部窄了一半，仿佛倒立着，而二楼和三楼已经扩张到空旷的地方，由一根根细长的木质高跷和伸向地面的拐杖支撑着。它的底部也比较简陋，和棚屋差不多，二楼却有巨大的窗户和雕刻的柱子，三楼有个建了一半的拱形穹顶——穹顶笔直地悬挂着，因为年久失修，已经污渍斑斑。

"这并不是华丽的住所，"布朗温坦言，"但至少对我们来说，它称得上奢华！"

这时，一个熟悉的声音在我头顶上方响起，叫着我的名字。我抬起头，看见奥莉弗正从穹顶舱后方飘出。她拎着一个水桶，拿着一块破布，腰间系着一根绷得紧紧的绳子。

"雅各布！"她叫道，"是雅各布！"

她兴奋地挥着手，我也挥手回应着她。见到她，我很激动，她那亲切的问候也让我松了一口气。

在激动中，奥莉弗手里的桶掉了下来，落在我看不见的屋顶上，接着有人惊叫了一声，但我听不出那是谁。这时，随着砰的一声，我们面前的门猛地打开了，门上的一个铰链飞了出去。

艾玛跑了出来。

"看看我们找到了谁!"布朗温宣布。

艾玛在离我不到几英尺的地方停下来,将我上下打量一番。她穿着厚厚的黑靴子和粗糙的蓝色工作服,苹果红的脸颊上沾了一层污垢。她气喘吁吁,就像刚跑下几层楼梯。她看上去有些疯狂,脸上的表情却是那么复杂:有愤怒,有喜悦,有受伤,也有一种如释重负后的轻松。

"我不知道该扇你耳光还是应该拥抱你!"

我咧嘴一笑:"我们还是从拥抱开始吧?"

"你这个混蛋,把我们都吓死了!"

她跑上前来,搂住我的脖子。

"是吗?"我说着,装出一副无辜的样子。

"前一分钟你还受伤躺在床上,下一分钟,你没跟我们任何人说句话就走了!你当然是个混蛋!"

我叹了口气,告诉她我很抱歉。

"我也是。"她低声说,将前额埋在我脖子里,过了一会儿,她又突然缩了回去,好像意识到不能再那么做了。

还没来得及问她为什么说对不起,我就感到一阵震动,因为有个人与我们相撞了。我低下头,看见穿着一件紫色丝绒夹克的两只胳膊将我抱了起来。

"太好了,太好了,你总算活着回来了!"米勒德说,"但我们能否找个人少一点的地方重聚呢?"

他开始把我们推向那栋房子。我跌跌撞撞地穿过那扇倾斜的门,回头寻找努尔,却只看到布朗温和休脸上那喜气洋洋的笑容。

然后我被带入一间低矮舒适的房间，它像是客厅，又像是厨房，也像是马厩（因为在一个角落里铺着干草，几只小鸡正在咯咯叫），我的朋友们一个接一个地冲进房间。突然之间，我被团团围住，大家高兴地大声喧哗着。

"雅各布，雅各布，你回来了！"奥莉弗一边叫着，一边拖着沉重的脚步走了下来，楼梯被她的铅鞋子踩得嘎嘎作响。

"你还活着啊！"贺瑞斯大叫着，一边跳，一边挥舞着一顶高高的丝绸帽子。

"当然了！"我说，"我又不是要去自杀。"

"你是不会明白的！"贺瑞斯说，"我也不明白，令人沮丧的是，我最近什么梦都没有做。"

"美国是个可怕而又危险的地方。"仍然站在我这边的米勒德说，"你当时是怎么想的啊，就那样一声不吭地走了？"

"他以为我们不在乎他！"布朗温眼里露出一丝怀疑。

艾玛举起双手："噢，看在那只鸟的分上，雅各布，你真的了解我们吗？"

"我已经给伊姆布莱恩们惹了那么多麻烦，"我试着解释，"然后我们说了那么多话……"

"我真的不记得了。"

我也想不起来。只记得我后来的感受：他们站在佩里格林小姐那边，与我作对，我感到伤心、生气。

"他们生气的时候会说些气话，"休插话了，"这并不意味着他们不在乎你的死活。"

"我们是一家人，"奥莉弗说着，两手叉腰，抬起头，严肃地看着我，"你不知道吗？"

她皱起了眉头，我的心有点融化了。

"哇——哇——朋友们对我太刻薄了！"伊诺克呜咽着，手里提着一桶水，蹒跚地走下楼梯，"所以我要当孤胆英雄，没想到陷入了麻烦，需要营救！我要做给他们瞧瞧！"

"我也很高兴见到你。"

"我们中只有一个人会这么说。拜你所赐，这两天来，我们一直都在铲粪便、疏通下水道。"他从我身边走过，将桶里脏兮兮、湿乎乎的东西扔到街上，然后用脏兮兮的手背擦了擦他那同样脏兮兮的眉毛，"他们可能会原谅，但你欠我的，波特曼。"

"这下扯平了。"我说。

他伸出一只正在滴水的手。

"欢迎回来。"

我假装没注意到他手上的污渍，和他握手："谢谢。"

"他去营救的那个女孩怎么样了？我认为是完全失败了，因为她现在不见踪影——"

我环顾四周，惊慌失措："努尔？"

"她刚才还在！"布朗温说。

我开始惊慌，然后听到她的声音——"在这儿呢！"我转过身，努尔正从一片黑暗中浮现出来，一道微光顺着她的喉咙缓缓往下倾泻。

我松了一口气，这时才意识到自己刚才一直屏着呼吸。

"太神奇了。"米勒德说。

"你没必要躲起来,"奥莉弗说,"我们又不咬人。"

"我没有躲,"努尔说,"你们好像需要一个独立的空间,仅此而已。"

我走到她跟前,深感内疚,因为我还没把她介绍给大家。

"你们当中有些人已经见过她了,但还有人没见过。这是努尔·普拉德什。努尔,这是我的朋友们。"

努尔向房间里的人挥手致意:"嘿,各位。"

当我的朋友们围在一起和她打招呼时,她显得异常平静,变成了另一个人,与当初那个不愿进入不好惹部族停尸房冷柜的她判若两人。

"欢迎来到魔域。"贺瑞斯一本正经地和她握着手说,"希望你不要觉得这儿太恶心。"

"到目前为止,我都非常惊诧。"努尔说。

"我希望你能留在这里,和我们一起。"休说,"你经历了这么多,应该休息一下。"

"很高兴终于见到你了,"奥莉弗说,"大家伙儿对你谈论得可多了。嗯,主要是大喊大叫……"

我拍了拍奥莉弗的肩膀,把她拉到一边:"好吧,奥莉弗,谢谢你咯。"

艾玛扑过去,给了努尔一个拥抱,不过看上去有点勉强:"不要把我们之前说的话理解为我们不喜欢和你在一起。我们乐于你加入进来。"

"听到了,听到了!"米勒德说。

伊诺克将手在裤子上擦了擦,然后伸向努尔:"很高兴再次见到你。不管怎么说,雅各布没有让事情变得更糟糕。"

"他很棒,"努尔说,"他和那个老人……"她想起了什么,不再往下说。

"怎么了?"艾玛说。

努尔迅速看了我一眼,然后回头看了看艾玛。"他死了。"她的声音严肃起来。

"他将努尔从里奥的时光圈里救了出来。"我说,"他中枪了,但坚持着将努尔带回到他自己住的地方。我就是在那儿找到他们的。"

我说得如此之快,如此直白,我都觉得自己有些冷酷,但那些都是事实。

"听到这个消息,我很难过,"米勒德说,"我从没见过他,但与艾贝同行的都是好人,这是确凿无疑的。"

"天哪,"艾玛说,"可怜的H。"在其他人当中,只有她见过H。她脸上的悲伤似乎正在对我说:我们等会儿再谈。

"我的自由是他给的。"努尔平静地说。她似乎没有别的可说。

短暂而尴尬的安静过后,米勒德说话了。"不管怎么说,你不再被里奥·伯纳姆那个家伙控制,我很高兴。"他对努尔说。

"我也是,"努尔说,"那家伙……"她慢慢地摇了摇头,找不到合适的词。

"他们没有伤害你,对吧?"布朗温问。

"没有。他们问了我很多问题，让我去他们的军队，然后把我锁在房间里，关了两天，但没有伤害我。"

"那真是谢天谢地。"我说。

这时，一个小小的声音飘了过来："这样值得吗，雅各布？为她冒这么大的风险？"

我转过身。克莱尔正站在门口瞪着我，她那酸溜溜的表情与她的黄胶靴和帽子形成了鲜明的对比。

"克莱尔，别这么鲁莽。"奥莉弗说。

"不，雅各布不服从佩女士的命令才是鲁莽。这意味着可能引发一场战争，而伊姆布莱恩们正在千方百计阻止战争！"

"真是这样的吗？"我说。

"什么样？"

"引发战争？"

克莱尔握紧拳头，尽可能露出最愤怒的表情："这不是重点。"

"事实上，你和H的行为并没有引发战争。"在楼梯平台上，佩里格林小姐出现了。她身着一袭棱角分明的黑色连衣裙，头发蓬松，"不过，你至少已经把我们带到了战争边缘。"

佩里格林小姐飘然走下台阶，径直走向努尔。"那么，你就是著名的普拉德什小姐了。"她平静地说。她猛地伸出手来，迅速地握住了努尔的手，"我叫阿尔玛，是这些孩子们的校长，他们有时不大好相处。"

努尔歪着脑袋，似笑非笑，好像觉得佩女士有点滑稽。"很高兴见到你。"她说，"雅各布对战争的事只字未提。"

"是。"佩女士转过身来面对着我，"我想他不会提这个的。"

我感觉脸有点发烫："我知道你一定会很生气，佩女士，但我必须去帮努尔。"

我感觉到了努尔的目光，其他人也在盯着我，但我并没有把视线从佩女士身上移开。她将我打量了好半天，然后突然转过身，走到一扇门前，将它打开，一个小客厅露了出来。

"波特曼先生，我们之间有几件事情要谈。普拉德什小姐，你这几天太累了。我相信你很想休息一下，让自己缓过神来。布朗温，艾玛，你们俩帮帮忙，好好把客人安顿一下吧。"

努尔疑惑地看了我一眼——仿佛在问这到底是怎么回事——我立刻摇了摇头，正要对她说一切都很好，佩里格林小姐把我塞进房间，关上了门。

房间里铺着厚厚的毛毯，唯一的家居物品是地板上的一堆枕头。佩女士走到一扇阴暗的窗户前，向外面望去，看了好半天。

"我早就该知道你会那么做。"她开始说话了，"是我的错，真的。我不该让你一个人待着，无人看守。"她摇了摇头，"你爷爷也会那么做。"

"很抱歉给你惹麻烦了，"我说，"但我不后悔——"

"麻烦可以解决，"她打断了我的话，"但我们无法忍受失去你。"

我本来准备和她争论一番，准备慷慨陈词，解释我为什么要去帮H将努尔从里奥·伯纳姆手里解救出来。她的这番话令我始料未及。

"所以你并不……生气?"

"哦,当然不是你说的那样,我很生气。但很久以前我就学会了控制情绪。"她转过身来面对我,我才发现她眼里满是泪花,"很高兴你回来了,波特曼先生。你可再也别干这种事了。"

我点点头,强忍住自己的泪水。

她清了清嗓子,扭了扭肩膀,恢复了她一贯的表情:"那么,现在,请你坐下,一五一十地将所有的事情都告诉我。我相信你会说清楚,为什么必须那么做。"

有人在敲门,没等回答,门就打开了。

努尔走了进来。

佩里格林小姐皱着眉头:"对不起,普拉德什小姐,我们正在进行私人谈话。雅各布有话要对我说。"

"他和我之间也有一件事情要谈。"她死死地盯着我,"那个预言。你当时的语气让人觉得很紧急。"

"什么预言?"佩里格林小姐厉声问道。

"显然和我有关,"努尔说,"所以我很抱歉打断你们,但我不能让别人比我先知道这件事。"

佩里格林小姐看上去很意外,也很吃惊:"我完全理解。我想你最好进来。"

她指了指地板上的一个枕头。

我们在枕头中间坐了下来。佩女士即便坐在地板上,也显得那么高贵——她挺直了后背，双手在黑色的裙褶之间游移。我向她俩讲述了那个预言，关于我听到了什么，关于听到之前发生了什么事情。我讲述了一些佩女士并未掌握的细节，将她吸引住了：比如我是怎么偷偷溜出全景敞式时光圈并在纽约找到H的；比如当我抵达H的公寓时，发现努尔在他的沙发上睡着了，H本人则躺在地板上，身受重伤。

然后，我将H临死前对我说的话告诉了她们。

此刻，我真希望自己当时就将他的话写了下来。在那之后，发生了太多事情，我的记忆已经有些混乱。

"H说，关于你的出生，有一个预言，"我看着努尔说，"你是'异能王国的七名解放者'之一。"

她看着我，好像我说的是希腊语那般难以理解："那是什么意思？"

"我不知道。"我说着，满怀希望地看着佩女士。

她不动声色："还有吗？"

我点了点头："他说一个'新的危险时代'即将来临，我想这七个人就是来将我们从中'解放'出来的。他说这个预言就是那些人追捕努尔的原因。"

"你说的是那些在学校里跟踪我的怪人？"努尔说。

"是的。就是那些在建筑工地上方开着直升机跟踪我们的人。他们还用麻醉飞镖射布朗温。"

"嗯。"佩里格林小姐似乎有些怀疑。

"好吧。"我对她说，"你是怎么想的？"

"就这件事？"努尔眉毛一扬，"就是这些？"

"不太可能，"佩里格林小姐说，"听起来像是H在转述。他失血过多，就要死去，在那之前，他要将一些基本情况告诉你。"

"但是那究竟意味着什么呢？"努尔对佩里格林小姐说，"布朗温说你什么都知道。"

"大部分事情我知道，但我不擅长阐释晦涩的预言。"

不过这是贺瑞斯的拿手好戏。于是，经过努尔允许，我们将贺瑞斯叫了进来，将这件事告诉了他。

他听得入迷。"七个异能人解放者，"他一边说，一边用一只手抚摸着光滑的下巴，"听起来很耳熟，但我需要更多信息。他有没有说那个预言家是谁？或者这预言是从哪儿传来的？"

我努力地回忆着："他说有一部——"现在，我已经记不起那个确切的词语了——"是一部……外传，还是伪经。"

"有意思，"贺瑞斯点点头说，"听起来好像有个文本。我没听说过，但这件事值得继续研究。"

"就这些吗？"佩里格林小姐说，"H解释了几行预言然后就断气了？"

我摇了摇头："不，他说的最后一句话是，我应该带努尔去找一个叫V的女人。"

"什么？"

我们转过身，看见艾玛的脑袋伸了进来。她用一只手捂住嘴，刚才的鲁莽让她略显尴尬。她干脆走进来了："对不起。但我们大家都在听。"

门开得更大了，另一边全是我的朋友。

佩里格林小姐恼怒地叹了口气。"哦，那就都进来吧。"她说，"对不起，努尔。我们之间真的没有什么秘密，我觉得这件事情可能关系到我们所有人。"

努尔耸耸肩："如果有人能告诉我这到底是什么意思，我会把它写在广告牌上。"

"一个异能人解放者，哈？"伊诺克说，"听起来怪怪的。"

他在我旁边坐下时，我用胳膊肘捅了一下他的肋骨。"别从她开始。"我喃喃地说。

"这不是我的主意。"努尔对伊诺克说，"我觉得这听起来很疯狂。"

"但H他一定是相信的，"米勒德说。他的紫色外套在地板上蹭来蹭去，"否则他不会冒着生命危险去救努尔。他也不会把雅各布和我们其他人拉去帮忙找她。"

"你是说，"艾玛对我说，"关于那个……女人。"

"V，是的。"我说，"H说，她是世界上最后一个空心鬼猎手。上世纪六十年代，我爷爷亲自训练了她。他在任务日志里经常提到她。"

"占卜师们记得见过她不止一次。"布朗温说，"他们似乎对她很有印象。"

艾玛扭动着身子，无法掩饰自己的不安。

佩里格林小姐从衣服口袋里掏出一个小烟斗，让艾玛帮她点着，然后深深地吸了一口，吐出一股绿烟。"我觉得很奇怪，"她对我说,"他建议你去向另一个空心鬼猎手寻求帮助,而不是伊姆布莱恩。"

而不是我。

"非常奇怪。"克莱尔表示认同。

"他似乎认为V是唯一能帮我们的人,"我说,"但他没说原因。"

佩里格林小姐点点头,又吹出一口绿烟:"我和你爷爷艾贝·波特曼相互尊重,但在一些问题上,他的组织和我的组织有分歧。有可能他只是觉得——把你交给他的一个同志而不是我来保护——他会舒服很多。"

"或者他认为有些事情你并不知道。"米勒德说。

"或者是预言。"贺瑞斯说。佩里格林小姐一听到这个提醒就显得很恼火。

当然,我知道H并不完全信任伊姆布莱恩,但他从未解释过原因,而且我也没有准备好在其他人面前提起这件事。

"他给我们留了张地图,"努尔说,"让我们去找V。"

"地图?"米勒德说着,转过身面对她说,"一定要说清楚。"

"H临死前,命令他的空心鬼霍雷肖从墙上的保险箱里给我们拿一张地图,"我说,"然后他让霍雷肖吃下了他的眼睛"——听到这里,我的几个朋友恶心地叫了几声——"似乎是让那个空心鬼吃下他的灵魂。几分钟之后,他开始变形,我不知道,我想是个幽灵吧,或者是个初生的幽灵。"

"就在那时，我醒过来了。"努尔说，"霍雷肖告诉了我们一些东西，听上去像是线索。"

"然后他从窗户跳了出去。"我说。

"我可以看看那张地图吗？"佩里格林小姐说。

我递给了她。佩里格林小姐把那些碎片贴在腿上时，米勒德的外套搭在了她的肩上。屋里一片寂静。

"这个没什么大不了的。"研究了几秒钟后，米勒德说，"这只是一个小小的细节，它所在的文件要大得多，主要是地形。"

"霍雷肖的线索听起来像地图坐标。"我说。

"如果我们有完整的地图，这个可能会更有帮助。"米勒德说，"或者地图上有地名——城镇、道路和湖泊等等。"

"事实上，"佩里格林小姐弯下腰，把一枚放大镜举到一只眼睛前，说，"它们似乎已经被抹掉了。"

"奇怪，好奇怪。"米勒德说，"你说那个空心鬼猎手说了些什么……是什么呢？"

"他告诉我们可以在一个时光圈里找到她。"我说，"H管它叫'大风'，霍雷肖说它在'风暴中心'。"

"这对你们来说有什么意义吗？"努尔对房间里的人说。

"听起来像是一个飓风或者旋风时光圈。"休说。

"显然。"米勒德说。

"什么样的疯子会把这么可怕的东西圈起来呢？"奥莉弗说。

"一个真的不想有人拜访的人。"艾玛说。佩里格林小姐点头表示同意。

怪屋女孩5：群鸟会议
THE CONFERENCE OF THE BIRDS

"你知道这样的地方吗？"艾玛问她。

佩女士皱着眉头："很抱歉，我不知道。它可能藏在美国的某个地方。这同样不是我的专业领域。"

"总会有人把它弄明白的。"米勒德说，"别绝望，普拉德什小姐。我们会弄明白的。我可以借用一下吗？"被他举起时，那张地图似乎飘浮着。

我看着努尔，努尔点了点头。"好吧。"我说。

"如果我不能破解，我敢打赌，这里有人能破解。"

"但愿如此。"努尔说，"如果你想四处打听，我愿意和你一起。"

"那好极了。"米勒德听起来很高兴。

"关于那则预言，我可以帮你进一步了解它。"贺瑞斯说。

"你可以和艾弗塞特小姐谈一谈，"佩里格林小姐说，"我曾经是她的学生，我记得她对精神错乱、占卜和无意识状态下的自动写作特别感兴趣。这些内容中，可能就有预言性的经文。"

"好主意。"贺瑞斯的眼睛在发光。他将脑袋歪向佩里格林小姐，"不过，如果我能从清洁岗位离开几天，会比较有帮助……"

"好吧。"我们的校长叹了口气，"那样的话你也要下班了，米勒德。"

"这好像不公平！"克莱尔抱怨道。

"我相信我能帮上忙。"伊诺克咧嘴笑着说，"也许我们应该采访一下刚刚去世的H？"

我想起在凯恩霍尔姆岛上时，伊诺克帮我们问过那个埋在冰块里的死人,不禁浑身发抖。"不了,谢谢,伊诺克,"我说,"我绝不会那么对他的。"

他耸了耸肩:"我会想办法的。"

大家都在低声交谈,直到努尔站起来清了清嗓子。"我想说声谢谢。"她说,"我是新来的,不知道这种事情是否经常发生……预言、绑架和神秘地图。"

"不是太经常,"布朗温说,"我们度过了差不多六十年,根本没发生过这些事。"

"那么……谢谢。"她有点尴尬地说。

坐下来时,她的脸已经红了。

"雅各布的朋友也是我们的朋友。"休说,"我们就是这样对待朋友的。"

大家齐声表示同意。突然间,我感到非常惭愧,也非常感激——因为有这样的朋友。

Chapter 3

THE CONFERENCE OF THE BIRDS

怪屋女孩 5：群鸟会议
THE CONFERENCE OF THE BIRDS

过了一会儿，佩里格林小姐宣布晚餐时间到。她说我们对努尔的招待工作做得不够好，现在正好有机会弥补一下。我们排队穿过房子，爬上摇摇晃晃的楼梯，来到一个餐厅。餐厅里放着一张粗糙木板做成的长桌，桌子上摆着不匹配的杯子和盘子。那里还有几扇窗户，透过它们，可以看到那条污浊的河和对岸倒塌的楼房。在琥珀色的落日余晖中，那景色也算美丽。

努尔和我终于有机会洗一洗了。隔壁房间里有个脸盆，在一面阴暗的镜子下方有一大罐水。我们往脸上浇了点水，把自己洗干净了一点。

但只是干净了一点点。

我们回到餐桌。努尔坐在我旁边，艾玛正在用指尖点蜡烛，贺瑞斯则在忙着上菜，将饭菜从挂在壁炉上的黑色大锅舀进碗里。

"希望你喜欢吃炖菜。"贺瑞斯说着，把一个热气腾腾的碗放在努尔面前，"在魔域这里，这就是好菜了，只要你每餐都喜欢吃炖菜。"

"我现在吃什么都觉得香，"她说，"我快饿死了。"

"这就对了！"

我们开始轻松地交谈，很快，房间里充满了嗡嗡的说话声和勺子的叮当声。考虑到我们所处的环境，这算是非常舒适了。将不宜居的地方变舒适是佩里格林小姐的诸多才能之一。

"在你还是个平常人的时候，你都干些什么？"嘴巴里塞满了食物的奥莉弗问道。

"大部分时间是去上学，"努尔回答，"顺便说一句，你对过夫式的用法很有意思。"

"一切都会为你而改变。"佩里格林小姐说。

"已经改变了。"努尔说,"我现在的生活与上星期不可同日而语。这倒并不是说我真的想回去。"

"正是这样。"米勒德说着,将一把叉满食物的叉子朝她戳去,"一旦你过了一段异能人的生活,就难以忍受平常人的日子。"

"相信我,我试过。"我说。

努尔看着我:"你怀念你还是个平常人时的生活吗?"

"一点也不怀念。"我近乎认真地说。

"你有父母吗?他们会不会想你?"奥莉弗问道。奥莉弗总是问起别人的父母。我认为她比任何人都更想念她父母,尽管她父母早就离世了。

"我有养父母。"努尔说,"我没见过我亲生父母。不过,如果我不回去的话,屁脸和蒂娜肯定不会怎么哭的。"

"屁脸"这个词语引来了一些好奇的目光,但他们一定以为这只是现代人一个有点奇怪的名字,因为谁也没有说什么。

"作为一个异能人,你觉得怎么样?"布朗温问。

努尔几乎连一口饭都没来得及吃,但她似乎并不介意:"起初我感到很害怕,因为不知道发生了什么事情,但现在我开始适应了。"

"是吗?"休说,"在不好惹部族的时光圈里——"

"我对某些密闭空间感到害怕。"她说,"那,呃,那扇门——"她懊恼地摇了摇头,"让我很吃惊。"

"让你很吃惊!"布朗温喊着,大声笑了起来,一边拍手,"非常好!"

伊诺克呻吟着:"请不要使用时光圈的双关语,不管是有意还是无意。"

"对不起。"努尔含糊地说。在这个空当,她终于可以吃点东西了,"我是无意的。"

贺瑞斯站起身来,说甜点时间到了。他急匆匆地走进厨房,拿出一大块蛋糕。

"那是从哪里来的?"布朗温叫道,"你一直瞒着我们啊!"

"我把它存起来是有特别用处的。"他说,"我认为今天完全符合享用的条件。"

他将第一块端给努尔。努尔还没来得及咬一口,他就问她:"你是什么时候意识到自己与众不同的呢?"

"我这一辈子都和别人不一样,"她淡淡地笑着说,"但几个月前我才意识到自己能做到这一点。"她把手放在一根蜡烛上方,用两根手指夹住蜡烛的光,把它放进嘴里。然后,她又把它吐出来,像呼出一股长烟,慢慢地,像落下的尘埃一样,重新落在蜡烛上。

"太棒了!"奥莉弗欢呼着,其他人则鼓起掌来。

"你有平常的人类朋友吗?"贺瑞斯问。

"有一个。不过,我觉得我很喜欢她,是因为她不太平常。"

"莉莉怎么样?"米勒德问。他轻轻叹了口气。

Chapter 3

"你见到她那次之后,我就没再见过她。"

"哦。"他控制住了自己,"希望她没事。"

一向沉默寡言的艾玛突然问道:"你有男朋友吗?"

"艾玛!"米勒德说,"别打听这个。"

艾玛脸红了,低头看着她的蛋糕。

"没关系,"努尔笑着说,"没,没有。"

"伙计们,我想我们应该让她吃几口。"我说。艾玛的问题让我十分尴尬。

在过去的几分钟里,佩里格林小姐一直在沉思。现在,她敲了敲杯子,要求大家注意。"我明天就要参加和谈了。"她说,"伊姆布莱恩们正在与美国三个部族的领导人进行非常敏感的谈判,"她严肃地把这一点向努尔指出,"他们之间的战争威胁与日俱增。我相信H的贸然营救和你的失踪只会让事情变得更复杂。"

"哎呀。"努尔安静地说。

"当然,这不怪你。但是,这会对各方的包容度造成损害,我们要抚平他们受伤的自尊心。也就是说,我们得让他们回到谈判桌上来。"

"大家把和谈称为群鸟会议。"布朗温高声对努尔耳语道。

努尔一脸茫然地看着她:"为什么?"

布朗温扬起眉毛:"因为伊姆布莱恩能变成鸟。"

"是吗?"努尔说着,惊讶地看着佩里格林小姐。

"我还是不明白我们要干什么大事。"伊诺克说,"美国人之间发动战争真的有那么重要吗?为什么我们要关心这个问题?"

佩里格林小姐绷紧身体,放下了勺子:"我不想再说一遍,但正如我所说,战争是一种——"

"病毒。"休说。

"它'不分国界'。"艾玛好像是在重复课本上的话。

佩里格林小姐缓缓地从椅子上站起来,走向窗户。我们能感觉到,一场演讲即将开始。

"当然,美国人不是我们首要考虑的对象。"她说,"伊姆布莱恩最关心的是重建我们的社会——我们的时光圈,我们的生活方式。但战争造成的混乱令我们的目标不可能实现。因为战争是种病毒。我看你们并不明白那是什么意思。这不是你们的错,你们谁也没见过异能人之间的派系战争。但很多伊姆布莱恩是见过的。"

她转过身往外望去,魔域上空那永不断灭的浓烟染上了一片紫红色。

"我们中年纪最大的还记得1325年那场灾难性的意大利战争。两个异能人派系相互对抗,战斗不仅跨越了物理国界,而且跨越了时间界限。异能人在时光圈里战斗,一发不可收,不可避免地延伸到了当下,而且同样惨烈。数十个异能人和成千上万个平常人付出了性命的代价。整座城市被烧成灰烬,夷为平地!"她转身面对着我们,一只手在空气中扫了扫,好像要描绘一幅毁灭的图画,"那么多平常人看着我们战斗,局势无法控制。这引发了一场针对我们种族的大屠杀,一场血腥的清洗杀死了我们中的许多人,并将异能人赶出意大利北部长达一个世纪。我们花了很大力气才恢复元气。我们不得不抹去关于那些城市的记忆,不得不重新建设。我们甚至征集异能人学者——珀普勒克斯·阿诺莫勒斯就是其中之一——去修改平常人的历史教科书,这场大屠杀才不至于在世人的记忆中被好几代人称为怪人之战。最后,珀普勒克斯和其他学者将其重新记录为橡树桶之战。直到今天,平常人仍然相信成千上万人死在一个木桶上。"

"平常人真是愚不可及。"伊诺克说。

"他们不再像以前那么蠢了。"佩里格林小姐说,"那是七百年前的事了。今天,如果异能人真的爆发战争,几乎不可能掩盖得住。可能会蔓延,会被拍摄,在全世界传播,我们则会暴露,受到中伤和诽谤。想象一下,平常人目睹一场强势的异能人之间的战争,他们会认为末日就要到了。"

"一个新的危险的时代。"贺瑞斯忧郁地沉思着。

"但美国人难道不知道这一切吗?"艾玛问,"他们难道不明白会发生什么吗?"

"他们自称明白。"佩里格林小姐说,"他们三番五次地发誓,说他们会遵守各种战争约定,即异能人的战场必须永远停留于过去,或者限定在时光圈里。但是战争难以控制,他们似乎不大担心战争的后果。"

"就像所谓冷战时期的苏联人和美国人,"米勒德说,"被彼此的不信任蒙住了眼睛。由于经常暴露在危险之下,从而对危险麻木。"

"我保证,我们的晚餐谈话并不总是这么令人沮丧。"奥莉弗小声对桌子对面的努尔说。

"如果那是预言中提到的'危险时代'呢？"我说，"这是否预示着异能人之间会有一场战争？"

"当然有可能了。"贺瑞斯说。

"那么，战争也许不可避免。"休说。

"不，"佩里格林小姐说，"我拒绝接受这一点。"

"预言不一定是命运，"贺瑞斯说，"有时它们只是警告，如果你不采取行动改变事态发展，它们可能会发生——或将要发生。"

"但愿这预言根本没有任何意义。"奥莉弗可怜兮兮地说，"整件事听起来很可怕。"

克莱尔说："是的，我宁愿不解放，非常感谢。"

"我宁愿不进行任何解放，"努尔说，"虽然上面写着我是那七个人中的一个，但我希望不必我亲力亲为。但是，其他六个人都是谁呢？"

贺瑞斯摊开双手："这是另一个谜团。把盐递给我。"

奥莉弗将脑袋埋在手里："我们能谈一些好点的事儿吗？"

艾玛伸出一只手，梳着自己的头发："对不起，亲爱的。还有一件事困扰着我。这个将黑手伸向努尔的所谓秘密组织，他们到底是什么人？"

"我不想知道。"努尔说。

"答案不是很明显吗？"米勒德说。

我惊讶地向他转过身去："没有啊。哪里很明显了？"

他啪地打开了他那隐形的手指："是幽灵啊。"

"但H明确地告诉过我,他们是平常人。"我说。

"占卜师时光圈里的安妮小姐讲过一些事,关于美国平常人的秘密帮会,"布朗温补充道,"是奴隶贸易时代遗留下来的。"

有时我低估了布朗温对世界的关注程度。

"是的,我经历过,"米勒德说,"我并不怀疑过去有过这样一个帮会。但我严重怀疑现在还会有什么平常人会对我们构成这样的威胁。我们在时光圈里隐藏得太久了。"

"十分赞同。"佩里格林小姐说。

"我们上次讨论过,"我说,"你告诉我说这听起来像是另一个部族干的。不是幽灵。"

"情况有变。"她说,"最近,幽灵的活动急剧增加。就在最近几天,已经有多起目击事件。"

"是袭击吗?"贺瑞斯吓得脸色苍白。

"现在还没有,但有关于他们活动的报道,而且遍及整个美国。"

"但我以为他们当中只有一小部分在灵魂博物馆倒塌后成功逃脱。"艾玛说。

佩里格林小姐绕着桌子慢慢地转了起来,十几根蜡烛投下的阴影在她脸上交叉闪烁:"这是真的。但几个幽灵就可以引起很大的麻烦。他们可能在美国有一些潜伏的间谍,等着被征召呢。我们目前还不能确定。"

"他们有多少人呢?"努尔问道,"有很多隐藏在去我们学校和开着直升机袭击我们的人之间……"

"也许他们并不都是幽灵。"布朗温说,"可能是被雇用的平常人,或者是被精神控制的平常人。"

"比如,幽灵可能会肆无忌惮地绑架。"米勒德说,"把事情嫁祸给别人——可能是平常人或另一个美国部族。"

"他们毕竟是施用诡计和伪装自己的高手。"佩里格林小姐说,"珀西瓦尔·穆诺亲自创建了伪装部队。"

她说着他的名字,好像我应该听说过似的。

"那个人是谁呢?"我问。

佩里格林小姐停在我的椅子旁边,低头看着我:"穆诺——好吧,他是——是科尔手下级别最高的副官。他策划了那次突袭,摧毁了许多时光圈,杀害了我们许多人。幸运的是,在灵魂博物馆倒塌的那天,我们抓住了他,他正在我们的监狱里等待审判。"

"他是个让人讨厌的家伙。"布朗温说着,声音里带着厌恶的颤抖,"我的工作任务之一就是看守他的牢房。任何爬进他牢房的东西,他都会吃掉——老鼠、虫子。即使是别的幽灵也不敢接近他。"

贺瑞斯的叉子掉了下来:"哎呀,我没胃口了。"

"如果是幽灵的话,"努尔说,"那么他们要让我干什么呢?"

"他们一定也知道那个预言,"贺瑞斯说,"而且相信那个预言,不然他们就不会费尽心机找你了。"

"他们几个月前就找到她了,"米勒德说,"随时都可以带走她。他们在等待呢。"

"等待什么？"我说。

"很明显，等着有人去追她。"他回答说。

"你以为他们是拿我当诱饵？"努尔说着，睁大了眼睛。

"不仅仅是诱饵。"米勒德说，"他们想要的是你。但他们还想要另外一个人，而且愿意耐心等待。"

"这个人会是谁呢？"我说，"是H吗？"

"也许吧。或者是V。"

"也可能是你，波特曼先生。"佩女士说。趁我吞下最后一块蛋糕，她说出这句话，"我认为你和普拉德什小姐必须非常小心。可能有人想抓住你们俩。"

晚饭后，我们都去楼上睡觉。三楼全部都是小房间，一半是女孩的，一半是男孩的，由一条延伸到房子顶层的弯弯曲曲的走廊连接在一起。

因为疲惫，努尔的眼睛已经发红了。想必我看上去和她一样累。我们几乎没有站立的力气。

"你要跟我和贺瑞斯睡在一张床上吗？"休说。

"你可以睡我的床。"奥莉弗对努尔说。

"不用，我就睡在地板上好了。"

"一点也不麻烦。"奥莉弗说，"反正我总是睡在天花板上。"

"这些设施相当基础，聊胜于无。"休说。他指着走廊尽头的一个水桶，"那是浴室。"他转过身，指着另一端的另一个水桶，"那是干净的白开水，可以喝。别把两个桶弄混了。"

当佩里格林小姐提着一盏烛光灯走过来,其他人都已经离开了,只剩下努尔和我。她换上了一件长袖睡衣,蓬松的头发一直垂到脖子后面。"明天早上就见不到你们了,"她遗憾地说,"但我和你们之间只隔着全景敞式时光圈的一扇门。你们如果需要联系我,可以向会议时光圈发消息。"

"我希望你不要去,"我说,"我们需要你的帮助。"

"如果不是为了那么重要的事,我决不会去的。但是现在我有更大的责任。我要在天亮之前离开。"她转过身来对着努尔,笑了,"很高兴你来了,普拉德什小姐。我希望你能在这里受到欢迎。你来的时候,情况可能不太理想,但我对你的到来感到高兴。"

"谢谢你,"努尔说,"我很高兴来这里。"

佩里格林小姐俯身吻了一下努尔的脸颊,我只见过她对其他伊姆布莱恩或贵宾做过这个动作。"鸟儿和你在一起。"她说。然后她消失在了大厅里。

"明天我们要深入调查这一切。"我说,"如果有关于这个预言的更多信息,我们会找到的。米勒德会帮我们破译那张地图。"我迎上了努尔的目光,"这对我们大家都很重要。"

努尔点点头。"谢谢你。"她喘了口气。我能感受到她此前和当下的心情。

"你还好吗?"我说,"还是觉得自己要疯了?"

"没有时间去考虑所有的事情,这对我来说可能更好一点。现在我只是随波逐流。你知道每当我安静下来的时候,我的大脑总是默认什么吗?"

"是什么呢?"

"两天后我要参加一个计算机考试,我应该学习。"

我们都笑了起来。

"我想你的GPA成绩会受到影响。对不起。"

"没关系。一切都是那么奇怪和混乱,这件事情更是疯狂、可怕……但是目前,尽管一切都错得那么明显,我实际上感觉还好。"

"是吗?"

她的声音几乎变成了耳语:"就像很长时间以来,我第一次不再……一个人。"

我们的目光相遇。我伸手握住她的手。

"你并不孤单,"我说,"有人和你在一起。"

她感激地笑了笑,然后拥抱了我。我感到有什么小东西在胸口有力地转动了一下。

我低下头,嘴唇触及她的头发。这几乎是个吻。

然后我们互道晚安。

我又做了那个同样的梦。爷爷被杀之后,我梦到过多次了。在他死去的那天晚上,我在他房子后面的荆棘林里奔跑,喊着他的名字。像往常一样,我发现他时,为时已晚。他躺在地上,胸口有个洞,正在流血。他的一只眼睛被扯出。我来到他身旁,他试着和我说话。在这些梦里,他所做的、所说的,都是那天晚上的事情:在时光圈中,找到那只鸟。但这次,他只是用波兰语咕哝着,我听不懂。

然后我听到一个树枝折断的声音，我从跪下的地方抬起头来，看到了那个怪物，它身上沾满了爷爷的血，可怕的大舌头在空中甩来甩去。

它和霍雷肖一样。它用空心鬼的喉音咆哮着，我听得很清楚：

他来了。

我被爆炸声震醒。

我直挺挺地躺在床上，看到休和贺瑞斯已经起床，挤在一起看着窗外。

"发生什么事了？"我喊着，跌跌撞撞地从床上爬了起来。

"一件不大好的事情。"休说。

我来到窗口，加入他们。这是第一道曙光。远处有警笛在呼啸，惊慌失措的喊声在整个魔域上空回荡着。其他大楼里的人纷纷打开窗户往外看，不知道发生了什么事。

布朗温突然披头散发地闯进房间。"怎么了？"她说，"佩女士呢？"

艾玛推开她。"大家都到公共休息室去！"她喊道，"数人头，马上！"

一分钟后，除天亮前去开会的佩里格林小姐，我们都到齐了。在魔域的其他地方发生了一件事情——可能是袭击，可能是爆炸——但我们不能确定究竟是什么。

透过窗户，我们可以听到一个声音从街上传来："待在屋里！如果没有得到指示，不要出来！"

"佩女士呢？"奥莉弗说，"如果她出事了，怎么办？"

"我可以查出来，"米勒德说，"我是隐形人。"

"我也可以，"努尔说着，从她面前的空中抓住了一把光，然后走了进去，"我来帮你吧。"

"很感激你的提议，但我一个人会更好。"

"不值得冒这个险，"艾玛说，"佩女士能照顾好自己。"

"我也可以照顾好自己，"米勒德回答，"不管发生了什么事，我可以打赌，没有人会告诉我们这件事的全部真相。如果你想知道其中有什么值得知道的，必须自己去发现。"

他耸耸肩，一堆睡袍掉落在地上。

艾玛试着抓住他："米勒德，回来！"

但他已经溜走了。

我们在公共休息室里踱来踱去，一边等着，一边紧张地聊着天。努尔自言自语，紧紧地抱住自己。奥莉弗在腰上系上一根绳子，从三楼的窗户里飘了出去，尽可能飘浮得高一点，希望能更清楚地看到可能发生的一切。

"我看到冒烟街上升起了烟雾。"几分钟后我们把她抱回来时，她说。

"冒烟街本来就会冒烟，"伊诺克说，"所以它才叫这个名字。"

"好吧，我看见冒烟街上升起了一股不同寻常的烟雾，"她澄清着，把脚滑进了铅靴子里，"是黑烟。"

"幽灵的大院就在那里，"布朗温焦虑地说，"那里还关押着我们的囚犯。"

努尔挤到我旁边,问:"这很糟糕,是吗?"

"好像是的。"我说。

"回想起来,我出现后,一切就都不对劲了。"她噘起嘴唇,眼睛转向窗外,"有时候我想知道是不是我运气不好。"

我正要告诉她这想法很可笑,米勒德回来了。他的光脚踩在楼梯上,啪啪作响。

我们将他围住。

"有什么消息?"艾玛说。但是米勒德必须喘口气才能说话。我想他应该躺在地上平复一下。

最后,他喘着粗气说:"是……是幽灵。"

"哦,不。"我听到布朗温低声的嘟哝,好像这一点信息证实了她最担心的事。

"他们怎么了?"伊诺克听起来异常害怕。

"他们……越狱……逃走了。"

"都逃走了吗?"我问。

"逃走了四个。"米勒德坐起来,用手边最近的东西擦了擦额头,却错拿了一只袜子。

贺瑞斯给他端了一杯水,他一口喝了下去,然后开始讲述。他们杀死了一直看守他们的异能人——"感谢鸟儿们,你们没有值班。"他对布朗温说。然后他们在监狱的墙上挖了个洞,那个洞大到可以让他们在不引起注意的情况下爬过去,偷偷溜出全景敞式时光圈,然后逃走。

我们听到的爆炸声是他们在全景敞式时光圈的走廊里引爆的炸弹。

"佩里格林小姐怎么样？"我问。

"在这一切发生之前，她已经回去开会去了。"米勒德说，"沙伦的一个手下帮我证实了这一点。"

"谢天谢地。"奥莉弗说。

"最好是有人去接她，"艾玛说，"她需要知道这件事情。"

"那可能是个问题。"米勒德说。

"为什么？"

"因为幽灵带走了为全景敞式时光圈提供电力的空心鬼。现在，那个装置被关闭了。"

房间里好像一下子成为真空。大家都惊呆了。"什么？"我问，"他们是怎么做到的？"

"好吧，幽灵和空心鬼是天生的盟友。"

"不，我是说，如果他们带走了提供电力的空心鬼，他们又如何使用全景敞式时光圈逃跑呢？"

"线路上肯定还有几分钟的备用电量，足以让他们逃走。"

我觉得我的胃在往下沉。

"那是什么意思？"努尔说。

"这意味着无论他们去哪里，我们都不能跟上他们。"艾玛摇着头说。

"这意味着，"米勒德说，"我们已经在这里耽搁了一段时间。"

"而佩里格林小姐被困在了开会的时光圈。"克莱尔难过地说,"还有其他几位伊姆布莱恩。"

就在这时,窗户上传来响亮的砰砰声——这有点奇怪,因为我们在房子的三楼。

艾玛冲过去,把窗户推开。我听到她说:"是吗?"过了一会儿,她转过身来,带着一种奇怪的表情说,"雅各布,找你的。"

我走过去,看见一个阴沉的年轻人站在二楼的屋顶上。"是雅各布·波特曼吗?"他说。

"你是谁?"

"尤利西斯·克里奇利。"他说,"我在世俗事务部为布莱克伯德工作。她想见你。立刻。"

"关于什么事呢?"我说。

尤利西斯指了指从魔域另一边升起的显而易见的烟雾:"出故障了。"

然后他转过身,平静地从屋顶边缘走了下来,以大约正常速度的一半消失于我们的视野中。

"你最好还是过去一趟,"艾玛说,"但我要和你一起去。"

"我也是。"伊诺克和米勒德同时说道。然后米勒德对布朗温说:"你是否介意背我一会儿呢?我有点累了。"

她坚持要他穿上衬衫和裤子,然后将他抱了起来。

然后我想起了努尔和那个预言,想起了我们打算今天要做的一切。于是我转向她。"我很抱歉,"我说,"今天本来应该——"

她挥手打断了我:"没关系。这显然是很严重的事情。不过顺便说一句,我也要去。"

我笑了:"如果你坚持的话。"然后我转身,向窗外的尤利西斯喊道,"我们下楼了!"

在其他人的祝福声中,我们走了出去。

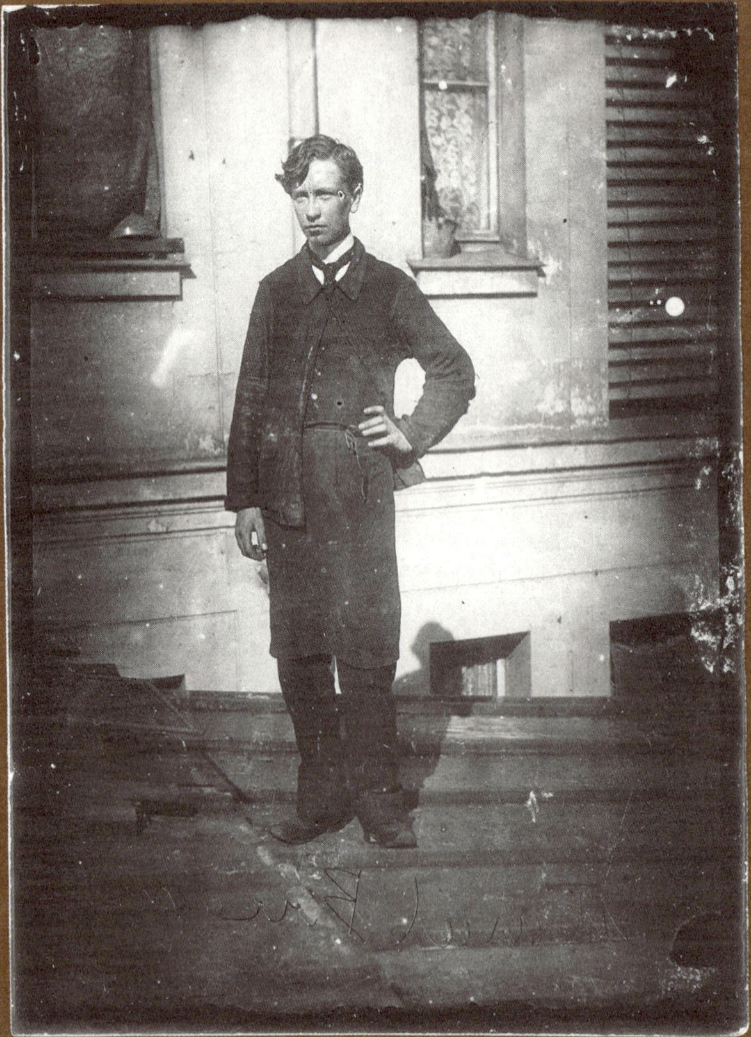

Chapter 4

THE CONFERENCE
OF THE BIRDS

尤利西斯·克里奇利的对抗引力的能力与奥莉弗并无二致，只是他那不自然的浮力并没有大到让他在空中的飘浮不受控制。他像在月球上行走，每轻轻地跳一下都相当于我们走三四步。

我们跟着他穿过魔域。忧心忡忡的异能人在街上聚集了起来，一个个阴沉着脸，看着天空升起的黑烟。我始终都能听到他们低声说着"幽灵"这个词。即使还不明白到底发生了什么，他们也知道这是件坏事。我们的防线被攻破了。我们的敌人并没有像我们希望的那样被打败。

我们穿过冒烟街时，看到了正骨师拉斐尔和他的一名助理，与他们并肩而行的还有两个抬着担架的人。他们表情严肃。我们在远处停了下来，等他们过去。

"我不知道他们这是去抬谁，"伊诺克低声说，"很可能不是什么好人。"

"我听到了其他卫兵说的话，"米勒德平静地说，"我想是梅丽娜·曼侬，念控师。"

"啊，太糟糕了，"伊诺克说，"她有点疯疯癫癫的，但我倒挺喜欢她。"

"请你放尊重点儿！"艾玛向他嘘了一声。

"她是英雄。"布朗温说。我看见她在抹眼泪。一股浓烟从街上的裂缝里冒了出来，阴郁的游行队伍消失在视野中，我们继续前进。直到看到本瑟姆大楼，我才知道尤利西斯要带我们去哪里。

我们要去的地方当然是全景敞式时光圈。

楼上的一些窗户已经被炸坏。一小群人聚集在警戒线外。大

Chapter 4

楼里的人似乎已经被疏散。记者法瑞什·奥韦洛就在那里，一边采访，一边在记事本上快速记录。

尤利西斯在入口处停了下来，向楼上望去，看样子好像准备飘浮上去。接着，他回头看了我们一眼，叹了口气。"来吧，你们这些小松鼠。"他说着，带着我们走了进去。

我们朝楼梯走去。我们还没来得及靠近楼梯，沙伦已经向我们走了过来，一边走，一边伸出他长长的胳膊。"小波特曼和他的朋友们！"他低声叫着，"没一会儿你们就来了。"

沙伦巨大的身躯挡住了楼梯。

"我要带他们去见布莱克伯德。"尤利西斯恼怒地说。

"她可以等一下。"沙伦说，然后不屑地挥了挥手，将他推到一边，然后把我们带到一条连通走廊。

"听着！"米勒德说，"雅各布和佩里格林小姐有重要的事情——"

"我们的事情同样重要！"沙伦大声说着，米勒德不再说话了。

我们钻进地下室，尤利西斯紧紧跟在我们后面，眉头紧锁。我们穿过一个个摆满机器的房间。上一次来这里时，这些机器正在轰鸣，噪声淹没了一切，现在它们都成了哑巴。

接着，我们匆忙地穿过另一个房间。我从未来过这里。房间里面塞满了电报和其他无线电设备。几个戴着耳机的人坐在一起，表情凝重。角落里有一个八字脚的男人，穿着一件用无线电线缠起来的燕尾服，帽子顶上伸出一根天线。他脖子上挂着一个电子盒，里面发出一声响亮的颤声。（或许是他自己发出的声音。）

怪屋女孩 5：群鸟会议
THE CONFERENCE OF THE BIRDS

沙伦对我说："这是在对幽灵的通信进行秘密监听。"

尤利西斯紧张地清了清嗓子。"根本就不是！"他说，"不要管这些，你就当什么都没看到！"

他咕哝着把我们赶出房间。

最后，我们来到了本瑟姆大楼的中控室。这是一个房间，被各种齿轮、阀门和看起来像肠道的管子占据，这些管子爬过墙壁和天花板，在角落里一个箱子的顶部会合。箱子的大小、形状跟电话亭差不多，是铁铸的，但没有窗户，看上去令人毛骨悚然。

"我想让你们亲眼看看发生了什么。"沙伦指着箱子说。当然了，那是电池室。门上的大锁被扔在了地上。

沙伦打开门，箱子里面是空的。由于空心鬼经年累月地击打，箱子已经严重磨损，破烂不堪。箱子的内壁变成了黑色，上面残留着一种只有我能看懂的东西：空心鬼的眼泪。

"你的小朋友走了。"沙伦说。

"它不是我的朋友，"我说，我突然感到一阵内疚。空心鬼是怪物，但它们能感受到痛苦和恐惧。至今，我仍然清楚地记得它被捆起来关进密室后发出的号叫声。

"不管怎样，"沙伦说，"它走了，我们再也没有空心鬼了。旅行是不可能的，这里也已经停止运作。"

"那么，你想让我怎么办？"

"我认为，"我们身后传来一个高高的声音，"你并不能给我们再弄一个，对吧？"

我们转过身，看见门口蜷缩着一个女人。她穿着一袭黑衣，面色阴沉，两只眼睛之间长出了一个奇怪的东西。

"布莱克伯德小姐。"尤利西斯说着，伶俐地鞠了个躬。

我不敢相信我的耳朵："你想让我……再弄出一个？"

她勉强地笑了笑："如果不是太麻烦的话？"

"对不起，"我支支吾吾地说，"我不知道应该去哪里找……"

"哦。"她的笑容消失了，"那太糟糕了。"

艾玛走到我前面："布莱克伯德小姐，恕我直言，雅各布为了给你弄到那个空心鬼差点没命了。你这么问他，不公平——"

她挥了挥手："是，是，你说得对，这确实不公平。现在——"她那锐利的目光盯了艾玛一下，"你到底是谁？"

艾玛挺直了身子："艾玛·布鲁姆。"

她迅速点点头："当然了，是啊。阿尔玛·佩里格林的孩子们。"她的目光迅速扫过我的朋友们，"听说你很活跃。你一定是拉卢米埃。"她说着，向努尔转过身，眨着眼睛，好像看不见她。

"你眼睛不舒服吗，小姐？"尤利西斯问道。

"恐怕是的。有时候我的眼睛近乎没有用处。但我还是可以相信第三只……醒一醒啊，懒鬼！"她拍了拍额头上的那坨赘肉。它裂开了，露出一个红边大眼球。

"那是什么？"布朗温问。她立刻面露愧色，为自己刚才的粗鲁。

"我的第三只眼睛，幸运的是，它仍然像大头针一样敏锐。"她那两只乳白色的眼睛直直地盯着努尔，脑袋中央的那只大眼睛却

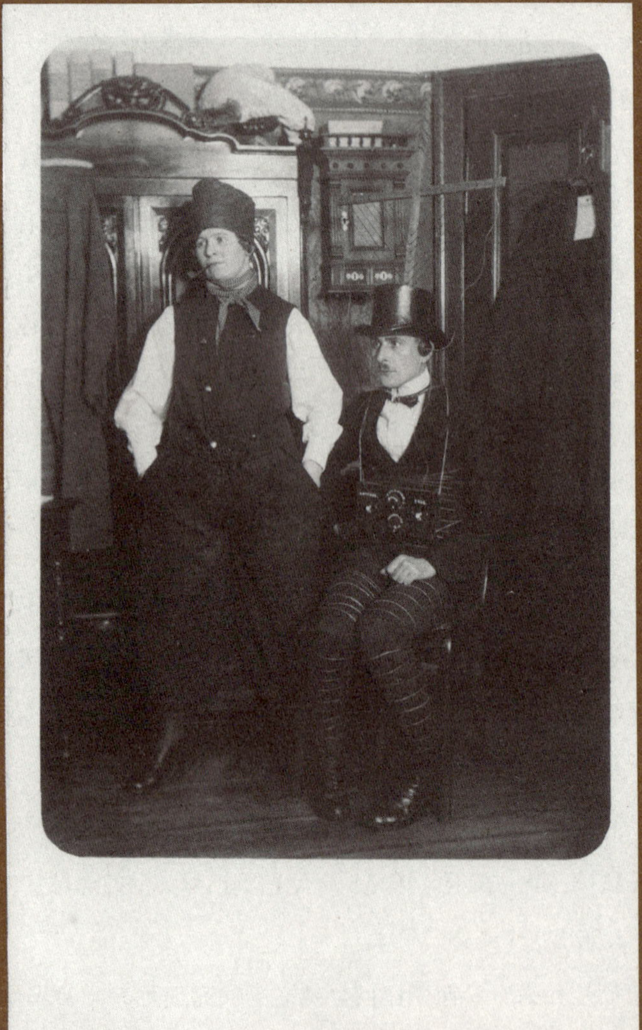

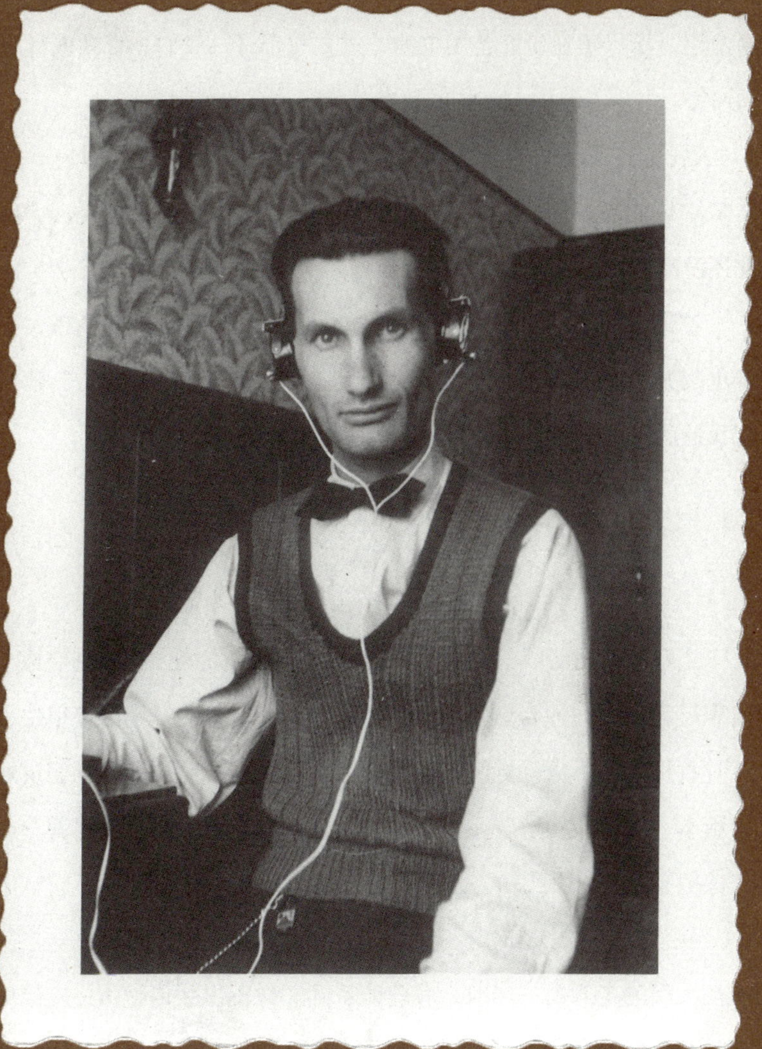

在看着我。"无论如何,不用担心空心鬼,"她说,"处理它们是一个痛苦的过程,清理起来也很可怕。我们怀疑空心鬼电池无法永远使用,所以正在研究备用电池,过去几个月,我们一直在进行此项研究。"

她的三只眼睛一起充满期待地注视着沙伦。

"可能还需要一段时间才能投入使用,夫人。"沙伦说,"现在还没准备好。"

"最多几天。"布莱克伯德说。为了强调,她的声音嘶哑,笑容也裂开了。"来吧,波特曼,我还有别的事要和你商量。"她看着我的朋友们,"就你一个人。"

当我们爬上楼梯,来到全景敞式时光圈的一楼,布莱克伯德小姐靠近我,用一种苏格兰小调般的腔调和我说着话。她语速很快,有时我根本听不懂。她简单地解释了所发生的事情,和米勒德讲述的版本一样,一边解释,一边将一双爪子一样的手放在我胳膊上,好像担心一旦松手我就会逃走。

我们到达第二层时,一股地毯烧焦的刺鼻气味扑鼻而来。走到通往大厅的走廊的一半时,我就能看到炸弹飞出去的地方——墙壁和地面已经被熏黑,几扇时光圈的门已经粉碎,门铰链飞了出去。另一位伊姆布莱恩正在与一个穿着黑色西装和围裙的女孩交谈。这女孩的穿着和尤利西斯一样,看得出来,这是世俗事务部的制

Chapter 4

服——几个成年人围着仍然在冒烟的爆炸区，用垃圾袋收集碎片并进行测量。毕竟这是犯罪现场。

"我并不是真的希望你去给我们再抓一个空心鬼，波特曼，那只是开个玩笑。"她略带歉意地笑了笑，好像在恳求我不要把她那奇怪的要求告诉佩里格林小姐。

"当然了。"我说完后笑了笑。我不会说的。

"等一下。"她说，然后她和另一个伊姆布莱恩说话去了。那是个高个子的黑衣女士，穿着宽领西装，打着针织领带。她们谈话时看了我一眼，我假装没有注意到。我转过身去，研究起我旁边那扇挂在门框里的活门。它的黄铜铭牌上刻着的字迹仍然清晰可见：新赫布里底群岛坦纳岛的伊苏尔火山，1799年1月。

出于好奇，我用脚轻轻推了推那扇门。它打开了，露出了全景敞式时光圈大多数门廊里常见的卧室——三面墙、一层地板、一层天花板，但缺失的第四面墙并没有像铭牌上承诺的那样让人看到热带岛屿火山的景象。只是一片空白。

"对不起，让你久等了。"布莱克伯德小姐带着另一位伊姆布莱恩回来了，"这是巴巴克斯小姐，我的世俗事务联席主席。"

巴巴克斯小姐的脸变宽了，露出优雅的微笑。她伸出手来和我握手。"很高兴见到你，雅各布。"她用一口流利的英式英语说，"我们今天早上叫你来，因为你可能是我们最大的希望。"

她的目光热切而坚定。我觉得胸口越来越紧，每当有人对我有巨大期待时，我就会产生这样的反应。

"我们不知道这些幽灵的目的是什么，"布莱克伯德小姐说，

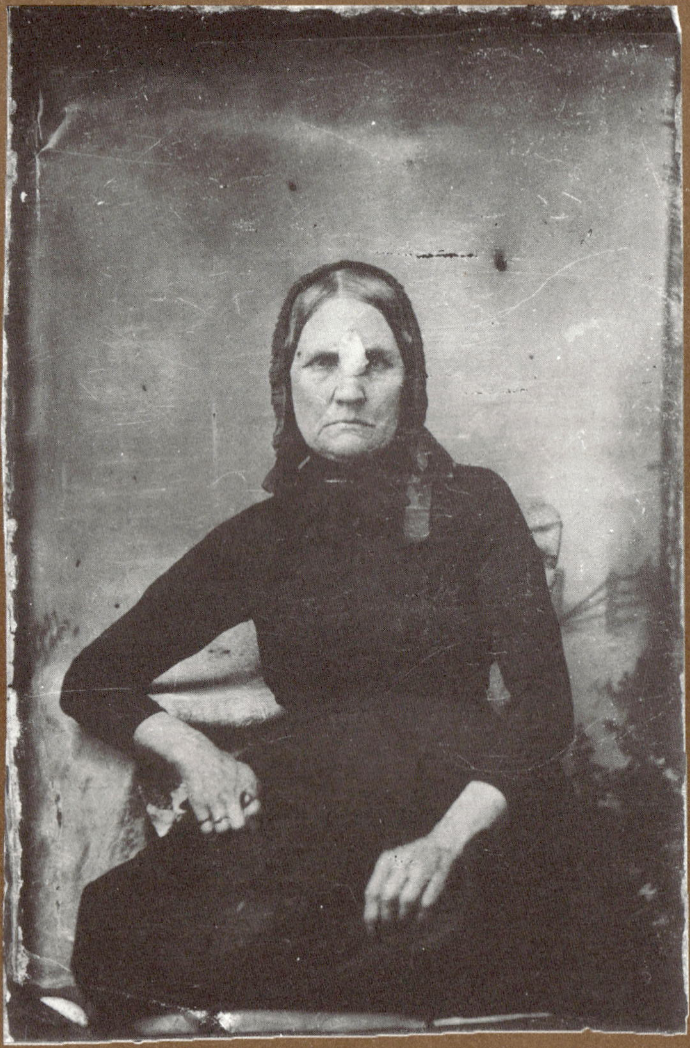

"但是我们要抓回他们，趁他们还没伤害任何人。"她的第三只眼睛迅速眨了眨。

"我们已经失去了一个异能孩子，"巴巴克斯小姐说，"就到此为止吧。"

"我和你们一起。"我说，"我该怎么帮忙呢？"

"我们知道他们带着一只空心鬼，"布莱克伯德小姐说，"这让他们危险性更大。但同时……"

她歪着头，抬起浓密的眉毛。"可以追踪，"我说，"通过我。"

她笑了："没错。"

"在这里，你的才能是无价之宝。"巴巴克斯小姐说。

"我很乐意尽我所能，给你们提供帮助。"

"不要这么快就答应。"巴巴克斯小姐举起一根手指，直截了当地说，"我想让你知道你在干什么。"布莱克伯德小姐皱着眉头，巴巴克斯小姐继续往下说，"这些可不仅仅是幽灵——他们是最坏的人。危险，狡猾，堕落。你听说过珀西瓦尔·穆诺吗？"

"科尔的副官？"我说。

"是的。"巴巴克斯小姐说。"近些年来幽灵制造了不少破坏和混乱，他和他的三个屠夫，要对至少其中的一半负责。"

"如果给你看一份他们的罪行清单，你会毛骨悚然。"布莱克伯德小姐说。

"我敢肯定他们坏透了，"我说，"但我见过更坏的。"

我胸口的紧绷感开始消散。有时我会忘了自己，忘了我已经做过的事。

"科尔本人,"布莱克伯德小姐的语气里带着一丝敬畏,"还有他的一群幽灵大军。"她向我眨了眨眼,"这是我问你一些你所知道的事情的唯一原因。"

"但是波特曼先生指挥了一支由空心鬼组成的军队与他们作战。"巴巴克斯小姐说,"突然间,空心鬼变成了一个相当濒危的物种。"

"我想我应付得了,"我说,"我也很了解他们带走的那只空心鬼,这可能会有帮助。"

巴巴克斯小姐严肃地点点头:"这正是我希望得到的回答。"

"等我们把这个该死的全景敞式时光圈重新投入使用。"布莱克伯德小姐说,"等着行动号召吧。"

布莱克伯德小姐领着我出来,她的手又一次抓住了我的胳膊——这个动作现在给我的印象是这是对她自己的安慰。我成了一个希望的命脉,她在用这种方式,让自己确信,命脉真实存在。

我把我的朋友们留在了全景敞式时光圈里,现在不知道他们在哪儿。我问布莱克伯德小姐,她朝领着我走过的门廊尽头含糊地挥了挥手。这个门廊的大门很大,两边站着两个身材魁梧的卫兵。

"姐姐们帮帮我,"她喃喃地说,"他们都来了。"

大楼外面已经挤了很多人。来自魔域各地的异能人聚集在全景

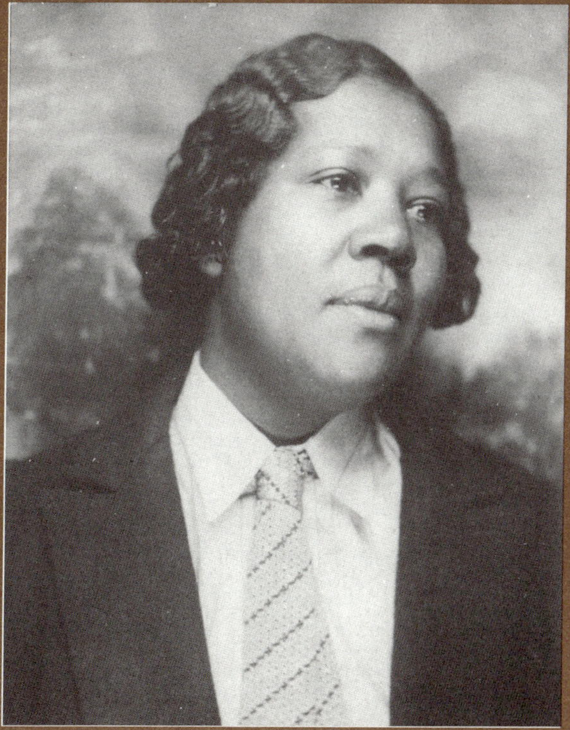

敞式时光圈寻找答案。我和布莱克伯德小姐一走出前门,他们就开始大声喊叫。

冲在最前面的是法瑞什和另一名记者。法瑞什额头中间那只大眼睛凶狠地盯着布莱克伯德小姐的第三只眼睛,另一名记者飞速地画了一张我和布莱克伯德小姐的图,他的手快得成了一团模糊的影子。

"夫人,您能告诉我们幽灵是怎么逃出来的吗?"法瑞什喊道。

"我们还在调查。"布莱克伯德小姐说。

另一个记者跳了出来:"您建的监狱安全吗?类似情况会不会再次发生?"

"非常安全,我们把守卫的数量增加了一倍,还加固了周围的城墙。放心,其他幽灵哪儿也去不了!"

"您觉得他们得到帮助了吗?"法瑞什说。

"帮助?"她瞪了他一眼。

他仍不罢休:"雅各布·波特曼和这一切有什么关系?"我感觉自己的脸发烫。

"无可奉告!"布莱克伯德小姐喊道。

"您是不是认为自己被美国的局势分散了注意力,所以无法妥善处理这里的事情?"

布莱克伯德小姐张开了嘴巴,被这个大胆的问题吓了一跳。

在我们身后,沙伦若隐若现——我的后背能感觉到他身上的寒气——他用低音吼道:"安静!"

人群的嘈杂声渐渐变成了低语。

Chapter 4

"伊姆布莱恩她们很快就会解决危机的!你们会了解真相的!但是现在我们必须离开这里!"

光凭他的声音也许就足以实现这一目标,但他那些当绞刑架索具工的表兄弟们从大楼一侧现身后,人们便陆续散去。"离那些秃鹫远一点。"布莱克伯德小姐说。她同情地捏了一下我的胳膊,然后消失在大楼里。

努尔从渐渐消散的人群中朝我挥手——她正坐在布朗温肩膀上。我朝她们走去,发现了艾玛和伊诺克,还有贺瑞斯,他显然是孤身一人冒险穿越了魔域才加入我们的。

"那么,那个老妇人布莱克伯德想要什么?"伊诺克问。

"她胆子太大了,居然要你再去抓一只空心鬼。"艾玛气愤地说,"好像你只是个跑腿的!"

法瑞什饶有兴趣地看着我:"雅各布,我有几个问题。"

"我们换个地方谈吧。"我小声对朋友们说着,把他们引开。我最不想做的就是出现在《揭秘者》上面。

"你从没说过你是个名人。"努尔开玩笑地看着我说。

"当地名人。"艾玛自豪地说。

"本周的谈资。"伊诺克说。

布朗温笑了:"你上周就是这么说的。"

我们走过渗水街,经过一家由屠宰场改建而成的含早餐的旅馆和一家名叫"干枯头颅"的酒吧。直到来到一个足够偏僻、不会有人偷听的地方,我才将布莱克伯德小姐和巴巴克斯小姐刚才对我的要求告诉他们。

"你打算按她们说的去做吗？"贺瑞斯问。

"当然了，"我说，"那几个幽灵想干什么事情，我们得弄清楚才行。"

"我们太了解他们了。他们已经谋划了相当长一段时间。"艾玛说，"现在他们只不过是付诸了行动。"

"他们想越狱，所有的囚犯都想干这件事，"伊诺克说，"这并不意味着他们有什么邪恶的计划吧。"

"他们一直都有邪恶的计划。"米勒德说。

他不知道什么时候脱下了衣服，我差点忘了他的存在。

伊诺克哼的一声把米勒德打发了，然后看着努尔说："她呢？"

"你什么意思？"我说。

努尔看了他一眼："是啊，你是什么意思？"

"我以为你会帮她，波特曼。"

"是啊。"我说。

"你要追捕逃跑的幽灵，还能怎么帮她呢？"

"两件事情我都要干——"

"我自己能应付，"努尔插话了，"我不会有事的。"

"哦，是吗？"伊诺克说，"如果格里姆熊袭击你，你怎么办？"

"什么？"

他向我眨眨眼："没错。"

努尔的脸僵硬了。

"格里姆熊绝不会袭击我们这样的异能儿童，"布朗温说，"他们只会撑——"

"谢谢你，布朗温，我们知道的。"我说，"闭嘴吧，伊诺克。"

伊诺克已经让她难堪了，我担心我只会让她更难堪。

"那么，你认为幽灵他们真的有内应吗？"像往常一样，米勒德对谈话中的情绪变化视而不见。

"一定有。"布朗温说，"那座监狱像座大山一样坚固——我知道，因为我亲自参与了建造。他们能在墙上挖个洞然后拿到炸药的唯一办法，就是魔域里有人帮他们。但帮他们的人是谁呢？"

"你在开玩笑吧？"艾玛说，"这里的可疑人物名单比我的胳膊还长。可能是高热渠里过去的海盗、雇佣兵，还有甘露上瘾患者……"

"我以为他们大多数人都跑出去了。"伊诺克说。

"大多数，"艾玛回答，"我认为他们中的一些是为了掩盖自己的过去才假装站在伊姆布莱恩这边。"

"有些异能人甚至不再假装，"米勒德说，"看看这个。"

他在一辆卖报纸的推车前停了下来。大多数报纸都是现在的，每个星期从时光圈外面被带进来，让我们得以了解外面的大千世界，但也有一些异能人的报纸。其中一份是《揭秘者》，标题是：

伊姆布莱恩蹩脚的安全措施，幽灵逃跑

我从架子上抢了一份。"他们怎么已经印出来了?"我惊叹不已,"这才刚刚发生!"

"这是号外。"推车后面的男孩说。

"我有一个熟人,就是为《揭秘者》工作的。"贺瑞斯神秘地说,"他偶尔会得到消息。"

我继续往下看。下面的一篇短评的标题是:伊姆布莱恩是否过于关注美国的问题而无法解决我们的问题?

我太气愤了,看不下去。

"看看这个。"艾玛说,把我的注意力引向一面广告墙,那里刚刚贴出了逃跑幽灵的面部照片,最上面刻着"谋杀通缉令"几个大字,下面是一长串他们的罪行和化名。

"他们看起来不是很粗鲁吗?"贺瑞斯说,"不想晚上在漆黑的巷子里见到他们。"

"他们可吓不倒我。"伊诺克说,"这两个都比较温和,像银行的出纳员。"

我看到了他所说的幽灵。一个戴着薄薄的圆眼镜,长着长鼻子,另一个教授范儿十足。另外两个看上去比较好斗,尤其是最上面那一个,鼻子肥大,头发粗硬,只不过瞳孔出卖了他:他盯着左上方,看上去全然放松,给人感觉他在做关于下一个假期的白日梦,或者他在打算晚上怎么掐死摄影师。

他的照片下面印着一个名字:P.穆诺。

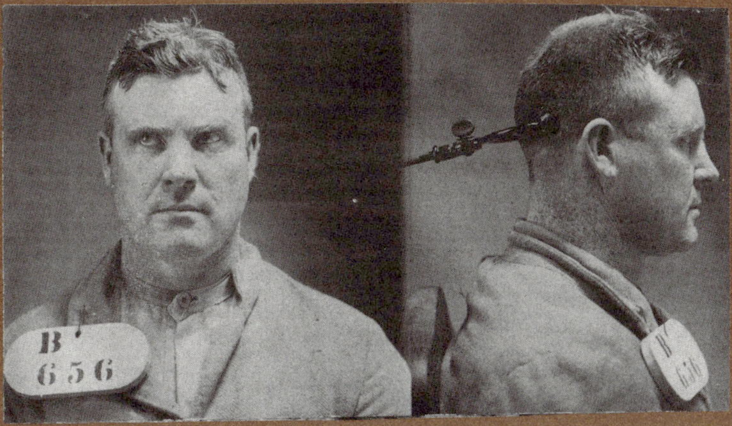
B
656

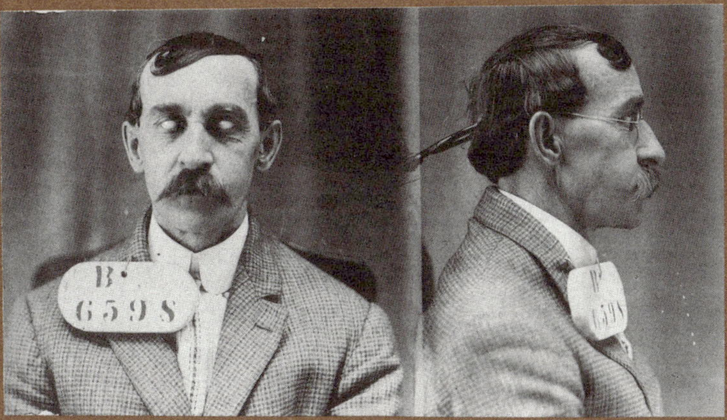
B
6598

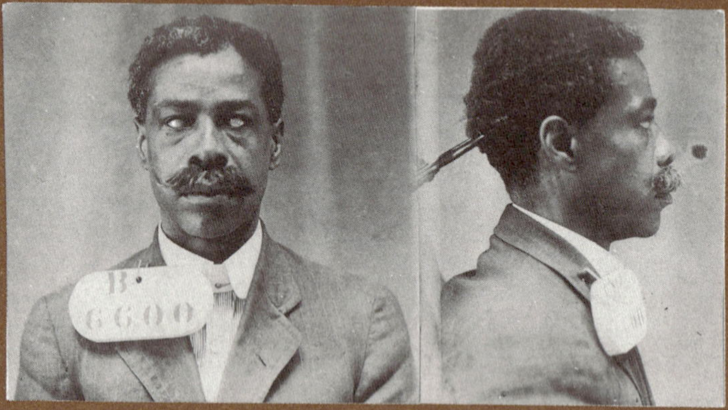
B
6600

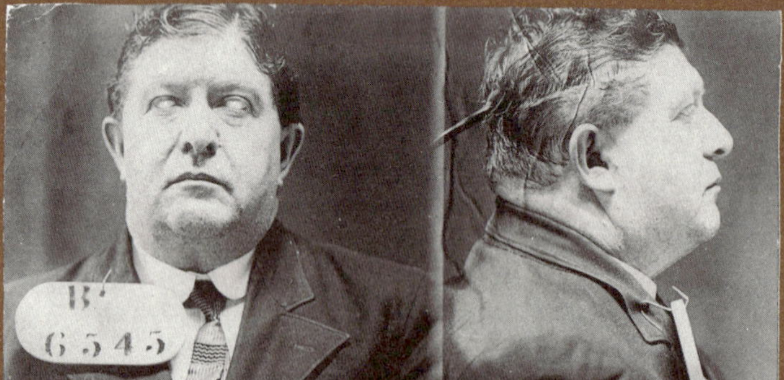
B
6545

Chapter 4

有人用扩音器宣布一切照旧，所有异能人都要汇报工作或者课程。

当然，我们不用做这些。我们要去干更大的事情。

"我想我们今天可以见到艾弗塞特小姐了，"贺瑞斯对努尔说，"但我需要预约。她太忙了。如果我恳求一下，今天下午或许能带大家进去。"

"拜托了，贺瑞斯。"布朗温说。

"如果这样不起作用，就威胁他吧。"米勒德说，"如果你们能把手和眼睛借给我，会有很大的帮助。在档案馆里，我有几百张时光圈地图要整理，目前只能全体动员。"

"当然了。"艾玛说。

"我的全部都是你的了。"布朗温说，"我去把奥莉弗和克莱尔叫来。我相信她们愿意帮忙。"

"很明显，我们已经加入了。"我一边说，一边和努尔互相点头示意。

艾玛眯起眼睛看着我："当然了，除非伊姆布莱恩她们需要你。对吧，雅各布？"她差点摇起了一根手指。

"好吧。"我尽量保持温和。努尔来了以后，艾玛的表现一直很古怪，但我决定不管了。

幸运的是，努尔似乎没有注意到——她要么没有注意到，要么不太在乎。她转过身来，对着米勒德那半裸的鬼魂说："你有具体的想法吗？还是打算让我们盲目地寻找？"

"不完全是盲目的，"米勒德回答说，"我昨晚很晚的时候溜了出去，和一个朋友聊了半晚上。你还记得珀普勒克斯吗？"

"你半夜去打扰他？"伊诺克哼了一声。

"珀普勒克斯这个年纪的人几乎不睡觉。"米勒德说，"我们把他从衰老中拯救出来后，他对我一直很友好。"他听上去很为自己骄傲，我可以理解其中的原因：他正在与他仰慕的英雄成为朋友。"我对珀普勒克斯讲了我们的谜题，还有地图碎片和那个空心鬼模糊不清的线索。珀普勒克斯指出，如果V的时光圈在美国——如果'在大风里，在风暴的中心'这句话有所暗示——那么最有意义的做法就是搜索美国中西部。在这个国家的中心，有个相当宽的地带，俗称'龙卷道'。"

"当然，"努尔点头说道，"内布拉斯加，俄克拉荷马，堪萨斯……绿野仙踪中的诸州。"

"你呢？"布朗温说着，看了伊诺克一眼。

他皱起眉头："老实说，我一直在想象一个放松和休闲的早晨会是什么样子。不过我想为时已晚了。"

"在这里，你怎么放松呢？"我说。

"哦，魔域自有它的乐趣。我总能看到绞刑，或者在高热渠里洗个泥澡。"他指了指我们身边那条泥泞的小溪。

听到这令人沮丧的声音，我们的队伍开始散去。

"嘿，伊诺克在开玩笑，对吧？"努尔小声对我说。

"我想是吧!"

接着一个湿漉漉的东西击中了我的后背。

"他来了!"我转身时,有人喊了一声,一团泥巴正好落在我胸口,"哪儿来的回哪儿去,你个骗子!"

是对我怀恨在心的鱼人伊奇。他站在齐腰深的小溪里,往我的方向扔了一大块淤泥。

"住手!"布朗温喊道。她环顾四周,想找个东西回击他,但速度不够快。一个住在高热渠里的女人瞄准时机从泥潭中爬起,抓起一团泥巴朝我们扔过来。

"给所有人自由!"那个女人高喊。

这一次击中了我和努尔,她站得离我太近。

我的朋友们朝她吼了回去,艾玛手里燃起一个火球,威胁地朝他们挥舞着,但我们除了匆忙冲出射程,再也没什么能做的了——我们冲出来了。我浑身都是泥巴。努尔没这么严重,但也被击中了。

"他们到底有什么问题?"努尔一边说,一边刮掉衬衫上的泥巴。

"我们不用担心衰老,这让他们感到痛苦和愤怒。"布朗温说。

"你们俩最好把那些东西洗掉,"伊诺克皱起鼻子说,"那有毒。"

"我当然可以洗个澡了。"我低头看着自己说。

"恐怕你真的很需要洗个澡。"米勒德说,"高热渠的这一段里面到处都是食肉微生物。"

"食肉的什么？"我吓坏了。

"别担心，它们慢得很，"伊诺克说，"它们可能需要整整一个星期才能把你吃掉。"

"好吧，是的，洗个澡就好了。"努尔看上去也有点被吓到了。

布朗温自觉地和我们拉开了距离。

"你们需要热水和肥皂，"伊诺克说，"但只有在……"

艾玛和伊诺克四目相对。

"有一种可能，"艾玛抿了抿嘴，说，"不过有点复杂，需要冒险。"

"我们别无选择，对吧？"我说，抱歉地看了努尔一眼，"我敢肯定，不管做什么，我们都需要保持皮肤完整。"

伊诺克耸耸肩。

努尔看起来很痛苦。

艾玛一边往后退，一边朝魔域时光圈之外、位于当今伦敦的一个安全屋大声呼喊着。那里有现代化的浴室、热水和工作间。

"我们会在各部大楼的测绘部门等着，"米勒德说，"等你们洗干净了，就去那儿找我们。一定要把身上的脏东西都洗掉。"

"是啊，"伊诺克说，"因为我想保持皮肤的完整。"

努尔和我来到高热渠的码头，尽量不去想那些小虫子正在慢慢吞噬我们的皮肤。贺瑞斯给了我一枚银币，一个头发花白的老

船夫收下银币后，驾驶着一艘华丽的独木舟，沿着流速缓慢的黑色河水航行着。我们没有在陌生人面前说话，大部分时间我们都沉默不语。努尔皱着鼻头，凝望着我们途经的破败不堪的公寓，看着洗衣女工把衣服挂在窗户上，衣衫褴褛的孩子们在小巷里大喊大叫。

"他们是平常人，"我说，"是时光圈的一部分。"

努尔似乎很着迷："你是说他们每天都做同样的事吗？"

"每一天的每一秒，"船夫大声说道，"我在这里七十二年了，没有什么是我不知道的。"

他猛拉舵柄，船急转左拐。过了一会儿，一个男孩从一座高架人行天桥上跑过，绊倒了，跌落在我们右边几英尺处的水里，那儿正好是我们要经过的地方。

船夫咕哝着说："现在他要叫另一个渣滓胆小鬼了。"

男孩浮出水面。"你这个胆小鬼！"他朝人行天桥上的一个人喊道。

努尔摇了摇头："太疯狂了……"

我们走近一条黑暗漫长的隧道，那是时光圈出口的标志。努尔开始哼起歌来。她哼的曲调甜美而简单，就像一首童谣，我可以看到她放松了肩膀。

我本想问问她的，但接着黑暗笼罩了我们。

我们被时光圈突如其来的转换所控制，几秒钟后，我们来到了变化巨大的另一个伦敦——有安装着玻璃幕墙的大楼，有干净的街道。

怪屋女孩 5：群鸟会议
THE CONFERENCE OF THE BIRDS

船夫一声不吭地把我们送到岸边，很高兴自己摆脱了我们。

我们循着艾玛所指的方向，拐了几个弯，穿过一条挤满了商铺和公共汽车的宽阔的商业街，很快就到了那里：在一条街道上，有一栋简单的两层楼房，和这条街上的其他楼房几乎一模一样，而且连在一起。我一直对空心鬼保持敏锐的感觉，因为你永远不知道它会从哪儿钻出来，但此刻，我没有感到异常的疼痛。

我们按了按门铃。一个我不认识的人应答了。他穿着黑色西装和围裙，和尤利西斯一样的打扮——又是世俗事务部的一名小吏。他看了我们一会儿，问了我们的名字，然后让我们进去。

出乎意料，这儿有两个浴室。

在我的生活中，从来没有这么美好的感受。我站在花洒热水下面，希望泥巴、沙子和食肉微生物统统被冲走。然后，我使劲擦洗身体，直到皮肤有点受伤。我用一条厚厚的白毛巾擦干身子，在梳妆台里找到了一把新剃须刀和一支未开封的除臭剂——当我意识到我们没有换洗的衣服，只能继续穿原来的脏衣服时，我的心有点往下沉。

就在这时，传来了敲门声。让我们进来的那个人告诉我，隔壁房间里有一衣柜的衣服，我可以从中挑选自己喜欢的穿上。

我把一条毛巾缠在腰上，出去挑选衣服。我找到了一件很合身的森林绿纽扣衬衫、一条深色裤子和一双棕色的系带短靴——我希望这套衣服能融入不同的历史时期。

我走进客厅。努尔还没出来，于是我站在窗前，对着街道看了一会儿——邮递员推着他的手推车挨家挨户地走着，一位老人在遛狗——我们隔壁竟然有这样一个极其平凡的世界,我不禁惊叹起来。

"嘿。"我听到努尔说话了。我不经意地转过身来,看见她走进房间,一时竟不敢相信这是和我一起来的那个人。她穿了一件简单的白色亨利衬衫和蓝色牛仔裤,头发梳得整整齐齐,看上去是那么漂亮。我们在一起的时间里,一直在肮脏的泥潭里奔波,我几乎忘了她有多漂亮。这让我大吃一惊。我意识到我没时间掩饰自己的反应,现在——哦,天哪——我正在盯着她看。

我清了清嗓子。"你,呃……你看起来真漂亮。"我说。

她笑了,我想她的脸红了。"你也是。"

然后是沉默。虽然只持续了两三秒,但我的感觉却是那么漫长。接着她说:"嗯,呃,我们应该回去了吧,嗯?"

房子里突然传来一阵叮当声。世俗事务部那个小吏冲了进来。

"那是什么?"我说。

"门铃。"他回答。

有人在拼命按门铃,好像世界末日就要到来。小吏跑下楼去应答,没过多久,楼梯上传来雷鸣般的脚步声,上气不接下气的休和艾玛出现了。

"你们得回来。"艾玛说。

"我们打过电话,但是占线。"休说。

"发生什么事了?"我和努尔担忧地看了看彼此。

"你找到V的时光圈了吗?"

努尔看上去满怀希望,但艾玛在摇头。"还没有。"艾玛说,"是贺瑞斯。他现在和艾弗塞特小姐在一起。他说明来意后,艾弗塞特小姐马上就见他了。他们在等我们。"

"显然他们发现了什么,"休说,"是重大发现。但他们没说。"

我们一个接一个飞快地朝楼梯跑去。

在码头上,艾玛和休已经备好了船,正在等我们。这艘船上有马达。艾玛朝船夫吼着,要他快点启动。一分钟后,在一阵眩晕中,我们已经穿过时光圈入口。我们在高热渠里留下波浪,为了防止自己跌入水里,我们不得不抓住船舷。当我们终于在小镇中心靠岸,踏上干燥的陆地时,我从未如此高兴过。

艾弗塞特小姐的办公室就在一栋异能人政务大楼里。那里以前是圣巴纳布斯的精神病患者、江湖医生和作恶者的避难所。我们匆匆穿过繁忙的大厅,里面有登记窗口,还有愁眉苦脸的小吏。之后,我们爬上几层楼梯,来到一个走廊。

有人从门里冲了出来,直接撞到我身上,纸张撒了一地。

"不,不,该死!我都已经排好了!"他说。当他跪在地上想要捡起来的时候,我认出了他。

"贺瑞斯!"努尔说,"是我们!"

他猛地抬起头来,眼神略带狂野。他腋下和帽檐上都有纸张伸出来,像羽毛,再加上他那身过于正式的燕尾服,这使他看起来像一只不知所措的孔雀。

Chapter 4

"哦！"他说，"好！有很多事情要说。从哪里开始呢——"我们跪下来帮他收拾文件。

"就说H说的那个文本吧，"他语速很快，"艾弗塞特小姐知道。这本书名为《伪经》——事实证明这是本真正的书。"他把几张纸塞进一个皮夹子里，看到里面已经满了，又往背心里塞了几张，"即使在向来晦涩难懂的异能人预言经典里面，它也属于极其晦涩的。但当我向艾弗塞特小姐问起它时，她差点从椅子上摔下来。她取消了当天剩下的所有会议，召集培训中表现最好的伊姆布莱恩来处理这个问题。她说她已经很多年没听到有人提到七神预言或《伪经》——她一直害怕有一天会听人说到它。"

文件都收拾好了之后，他站起来，指着大厅对面的门。那扇门比它附近所有的门都大了一倍，上面贴着一个牌子，上面写着"艾弗塞特，仅限约见"。

我去开门，但我还没够着门把手，门就砰的一声打开了。里面又暗又深，过了一会儿，我的眼睛才适应里面的黑暗。后墙全是窗户，但都被糊上了报纸，只过滤出一点橘黄色的光。办公室被蜡烛照亮了——一百多支蜡烛，闪烁着，舞动着——在昏暗的光影里，除了书和女孩，我什么也看不见。螺旋形塔楼里的书，伸到天花板上的阶梯形书架里的书，歪歪斜斜地码成一堆又一堆的书。每一堆书旁边都有一个勤勉的年轻女子，穿着长裙，总共有十二个，她们都在翻阅书页，一边翻阅，一边在笔记本上记录着，脖子痛苦地弯曲着。这些都是艾弗塞特小姐伊姆布莱恩学院的学生，佩里格林小姐早些年就是从这里毕业的。她们全神贯注地学习，我们经过时，她们甚至没有抬头看一眼。

我们绕着书堆蜿蜒前行,直到看到一张熟悉的面孔:艾弗塞特小姐,坐在一张被文件淹没的书桌旁。

"啊,你们终于来了。"她说,"进来吧,年轻人。范妮,让开点!"

一个我以为是地毯的东西发出了隆隆的咆哮声,一只棕色大灰熊笨重地从地上爬起来,懒洋洋地走到角落里。

"别害怕,亲爱的,"艾弗塞特小姐对努尔说,"它温驯得很,只是喜欢将这里当成自己的地盘。"

"我很好,谢谢。"努尔说。尽管她脸上的震惊还没完全消失。

艾弗塞特小姐眯起眼睛:"希望你不要介意光线太暗。鲸鱼油的烟太重了,煤气灯也让我的眼睛不舒服。"然后她邀请我们坐到她桌子对面的天鹅绒长沙发上。她把一副金属框眼镜推到鼻子上,用胳膊撑着头。迎接我们时那种热情的微笑消失了,但她的眼睛闪烁着坚定的光芒——尽管已经患了白内障。

"我不会浪费时间,因为我没有可以浪费的了。"她的声音微微颤抖,"《伪经》这本书,通过名字你就可以推测,对于异能人预言学者来说,它是有点可疑的。它并不为人所知,甚至不是一本像样的书:它从来没有被正式书写过,只是被记录下来而已。它的全名是《阿维尼翁的启示者罗伯特·勒堡的伪经》,但我听说缩短成了《启示者鲍勃的伪经》。"

"启示者是什么?"努尔问。

"是'预言者'这个词花哨一点的表达。"贺瑞斯说。

Chapter 4

"勒堡一点也不花哨,"艾弗塞特小姐说,"老鲍勃是个没受什么教育的农场主,说话语无伦次,大多数认识他的人都认为他着魔了,是个白痴,或是又疯又痴。这个几乎不会说话的人有时会颤抖着,像被电了一样,嘴里蹦出响亮而完整的四行诗,看上去却像是即兴创作。那很神奇,但后来人们注意到他的诗句听起来像预言,而且其中一些预言成了现实,他也逐渐出名了,人们开始把他说的话写下来。"

"他们一定以为他是某个天使。"努尔说。

"更像是魔鬼。"艾弗塞特小姐说,"他因犯了占卜罪被投入沸水,却没有受什么苦。另外一次,他被吊起来,但他只是假装死去,然后从处理尸体的房间里逃了出去。当然,他是异能人,是我们历史上最神奇的人物之一。"她微微转过头,对房间里的人说,"如果有人愿意,可以写一篇关于他的学期论文!"然后,她把目光转向我们,"《启示者鲍勃的伪经》是他宣言的集合,是由当时在场的人记录下来的。"

"那七神预言呢?"我问。

"七神预言只出现在文本的几个译本中。他讲述的时候,听众似乎有着不同的语言背景,每个人都用自己的语言来记录。他们之间存在一些分歧,流传最广的版本充其量只是对鲍勃实际所说内容的一种有根据的猜测——一种必然经过折中处理的融合,翻译成了英语。幸运的是,我的明星学生会说这些语言中的好几种,并且一直在努力地解读。她的头发像翅膀一样,皮肤黝黑,眼睛散发着智慧的光芒。"

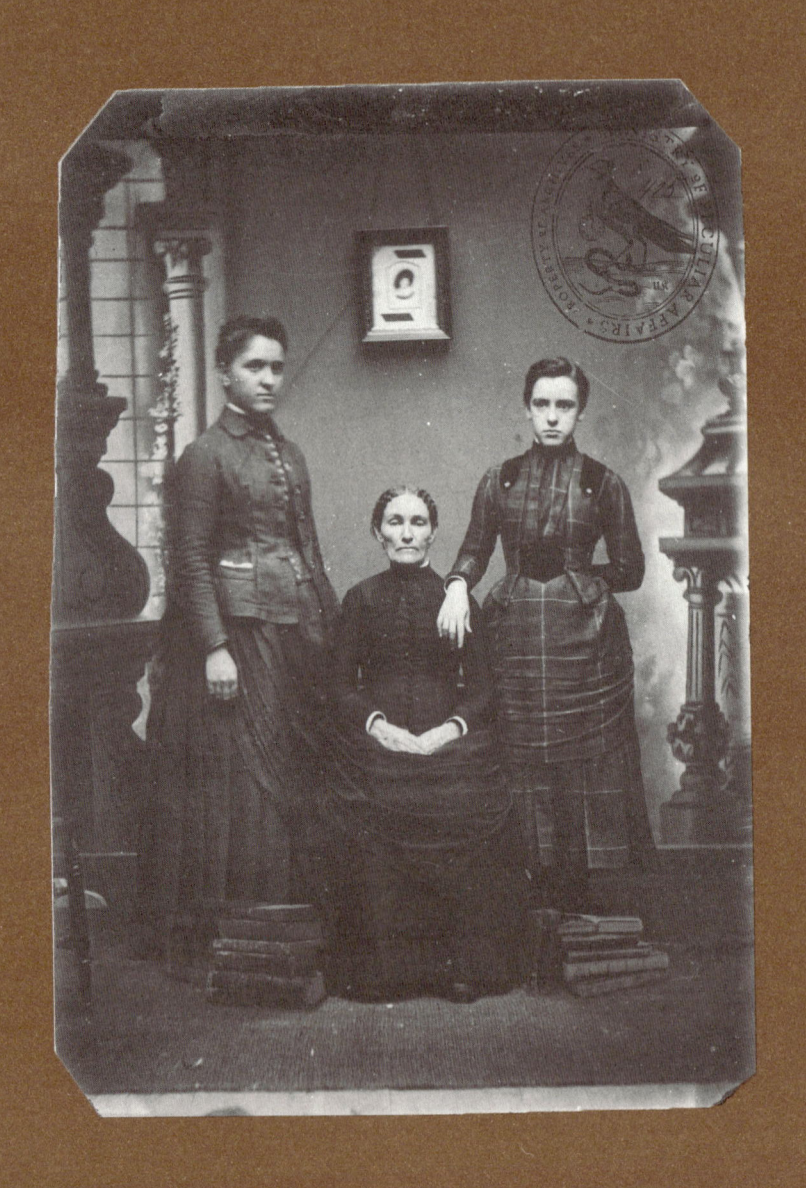
PECULIAR AFFAIRS

"这是弗朗西丝卡,"艾弗塞特小姐说,"如果她在这学期末通过我的考试——我想她会的——她将成为我们最新的伊姆布莱恩。"艾弗塞特小姐骄傲地笑着。弗朗西丝卡温柔地笑了。

"把它拿走,姑娘。"

弗朗西丝卡打开一个笔记本。"七神预言大约是四百年前写的,"她开始说道,"但它一开始就提到了我们的时代。你们听……"

> 现在用一句话,以粗俗的韵律
> 讲述未来会发生什么
> 当人们像现在的鸟儿一样飞翔
> 抛弃了马和犁
> 他们的思想会飞遍全世界
> 快得就像眨一下眼睛
> 当影子生物爬行着
> 在孩子们睡着时偷偷靠近
> 伊姆布莱恩们便去照顾他们……

她停下来,透过眼镜看着我们。"你明白了。"她翻了几页,"在这之后,它说……"

> 当监狱被炸成灰烬
> 混乱统治一切

怪屋女孩 5：群鸟会议

背叛者召唤他们的国王

昔日的支配者在睡梦中被撕裂

冲突的时代即将到来。

一股寒意席卷整个房间，有那么一会儿，连蜡烛都似乎在颤抖。弗朗西丝卡抬起头来："然后它继续描述一场战争。"

地球上每块土地都会下沉

臭气熏天

尸骨遍地

陆地上草木丛生。

"谢谢你，弗朗西丝卡，"艾弗塞特小姐说，"我想我们明白了。"她转过身来面对我和我的朋友们，"如你们所见，老鲍勃有戏剧天赋。"

"那是不是意味着伊姆布莱恩会失败？"艾玛问道，"和平无法维持下去？"

所有正在培训的伊姆布莱恩停止翻页，从书中抬起头来，巨大的房间突然安静下来。

"绝对不会那样的。"艾弗塞特小姐不悦地说，"来，给我看看。"弗朗西丝卡把书递了过去，艾弗塞特小姐慌乱地翻着，"关于这一点的翻译相当模糊……例如，它不一定是在描述异能人部族之间的战争。你得让我检查你的作业，弗兰妮。"

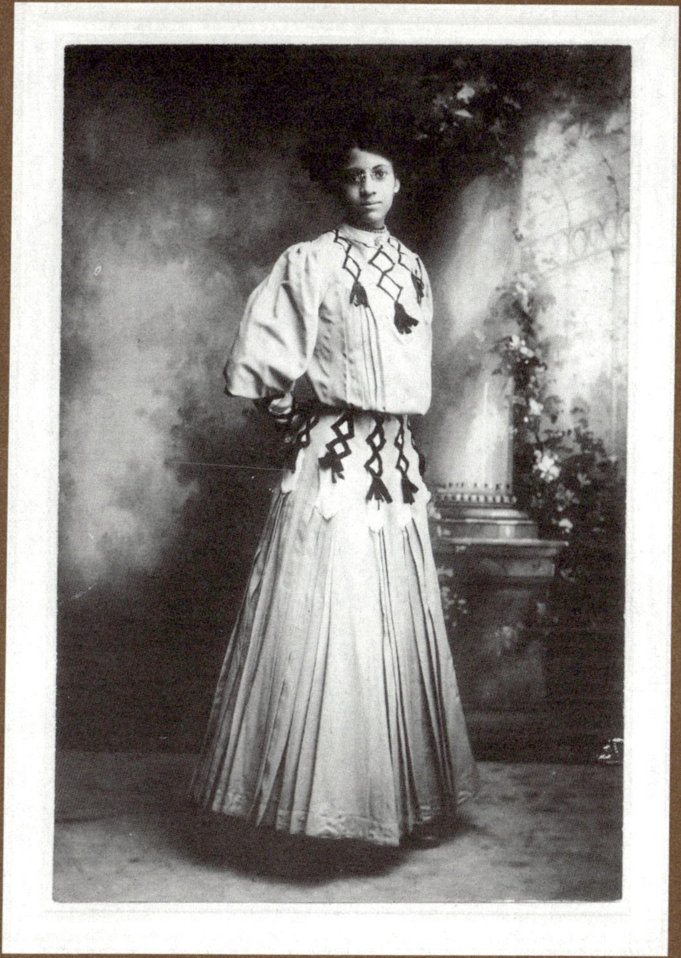

"当然可以,夫人。"弗朗西丝卡谦恭地点点头,"也许我在拉丁语、匈牙利语和古异能人语言之间进行意译时犯了个错误——"

"是的,一定是这样。"

"我对伊姆布莱恩有信心。"弗朗西丝卡不得不说话了。艾弗塞特小姐拍了拍她的手:"我知道,亲爱的。"

"但这意味着会发生一些可怕的事情,"休说,"会死很多人。"

"那七个人呢?"努尔说。

我点点头:"是啊,难道他们不应该阻止这一切的发生吗?'异能王国的七名解放者'?"

"但是'解放'意味着一些可怕的事情发生了。"艾玛说,"之后那七个人再帮忙。"

"那段话已经接近尾声了,"艾弗塞特小姐说,"哦,你看吧,你的眼睛还年轻。"她把书递给弗朗西丝卡。

"'解放'又是一个模糊的词,"弗朗西丝卡说,"尽管这七个人至关重要。所有译本中唯一一致的一句是:'为了结束战争,这七人可以封上门。'"

"什么门?"努尔说。

弗朗西丝卡皱起了鼻子:"不知道。"

"我不想把这件事指向我,"努尔说,"但它是否提到……我呢?"

"是的,快结束的时候。"艾弗塞特小姐说。她转而对努尔露出奇怪而温和的微笑,好像一直在期待这一刻,"它预言了这七人的诞生。好吧,它刚开始讲述,但我们的文本似乎并不完整。"

"那你怎么知道我是他们中的一员呢?"努尔说,"鲍勃有没有说我的社会保险号码,或者——"

"它并不完整,只有一个条目,"弗朗西丝卡说,"上面说他们中的一个是'吮吸光线的婴儿'。"

我感觉一股刺痛穿过我的脊椎。

努尔看起来很怀疑。"婴儿?"她说,"上面说的是……婴儿吗?"

现在艾玛也皱起了眉头:"婴儿并不会有特异能力。"

艾弗塞特小姐轻轻点了点头:"作为一个几乎铁定的规律,婴儿并没有这种能力。这极其罕见,但也有可能发生。"

"我几个月前才开始具备这个能力,"努尔说着,从空中抓了一点光,"所以这指的并不是我。"

"啊。"艾弗塞特小姐重重地点了点头,"现在我要给你们讲个故事。我想你们应该坐下来听我说。"她对努尔说。

"我坐着呢。"

艾弗塞特小姐推了推眼镜,眯起眼睛看着她:"很好。"

她把手指放在下巴下面,短暂地停顿了一下,然后开始了:"十五年前,我们这儿一个孩子出生了。她在婴儿室里把光抓起来——吞了下去。"

努尔凝视着艾弗塞特小姐,一动不动。

"我想那个孩子就是你。"艾弗塞特小姐向前倾了倾身子,

"告诉我,亲爱的,你右耳后面是不是有个月亮形的胎记?"

努尔呼了口气,然后长长吸口气,将一只手拂去耳朵上的头发。在那后面,是艾弗塞特小姐描述的胎记。

努尔的手开始发抖,然后将头发恢复成原来的样子。

我觉得我的胸口发紧。

"是我。"努尔皱着眉毛,平静地说。

"是的,是你。"艾弗塞特小姐笑了,"我在想什么时候能再见到你。"

"哦,天哪。"贺瑞斯低声说,双手紧握在胸前。但是努尔在摇头:"谁带我来的?我父母在哪儿?"

"一个来自孟买的伊姆布莱恩把你带到了我们这里。她说你在那里不安全。你父母被杀了,你又被追捕。"

"是谁干的?"

"空心鬼,亲爱的。你来到后几个月,我们见到了最恶臭难闻的几个空心鬼。几次袭击之后,我们认为,对每个人包括你来说,最安全的办法是把你送到美国——希望横渡大洋可以让空心鬼找不到你的气味。"

"我还是不明白,"努尔听上去有点恼火,"我直到几个月前才表现出这种能力。小时候做不到。"

艾弗塞特小姐压低了声音,向前靠在办公桌上:"在你离开之前,我们给你注射了一种实验血清,它会封存你的能力,直到你成年才恢复。你也知道,当我们使用特异能力时,空心鬼可以闻到我们的气味。所以我们认为,封存你的特异能力,并把你藏在美国,这样能让你在成年之前的岁月里保持安全。"她亲切地笑了笑，"我很高兴看到我们成功了。你变成了一个了不起的年轻女子，普拉德什小姐。我经常想知道你的消息。本想打听一下你的情况，但我担心这样可能会让幽灵知道你的位置。"

努尔盯着地板，用拇指揉着太阳穴。

"但我不是和伊姆布莱恩或其他异能孩子一起长大的。我从记事起就住在寄养家庭。"

"你把她和谁一起送到美国的？"我问。

"那是你爷爷的同事，"艾弗塞特小姐说，"一个叫韦莉亚的女人。"

我张开嘴巴。

努尔猛地抬头："她长什么样？有人有她的照片吗？"

"有一张，就在这儿的某个地方，我敢肯定。"艾弗塞特小姐对弗朗西丝卡挥了挥手说。

培训中的伊姆布莱恩迅速行动起来，不到一分钟，就找到了一名女子的照片。"在这张照片里，她看上去比陪伴你的时候要年轻很多。"艾弗塞特小姐说。她把照片递过来时，我刚好能看一眼。

这是V，好吧——在乔治亚州的时光圈里，占卜师给我看的肖像就是这张。

努尔将照片举起来。过了一会儿，她的手开始颤抖。

"妈妈。"她低声说。

我感到一阵寒意袭来，袭向所有人。

"她一直将我照顾到六岁，"她说，"然后被杀害了。"

怪屋女孩 5：群鸟会议
THE CONFERENCE OF THE BIRDS

努尔在艾弗塞特小姐的桌子前来回踱步，手里一遍又一遍地翻着V的照片。"他们告诉我那是抢劫，"她说，"有一天晚上，妈妈和我在散步，有人袭击了我们。我摔倒了，撞到了头。"她茫然地摸了摸右耳上方的头发，"醒来时，我在医院里。他们告诉我妈妈被杀害了。"

"可以肯定那不是抢劫，"艾弗塞特小姐说，"她没有被杀害。你所经历的是一次袭击，很可能是幽灵带着一只空心鬼干的，看来她成功地把他们赶走了。看到你受伤，她意识到自己再也不能保护你的安全了。"

"所以她放弃了我，"她说着，几乎要哭了，"让我觉得她已经死了。"

艾弗塞特小姐站起来，从桌子后面走了出来。她握住努尔的双手："她别无选择。她知道你只有在平常人中才会安全，与你的任何接触都会危及你的生命。"

"天哪，这对她来说一定很伤心。"艾玛说。

"但一定有人时不时地去看她，"休说，"也许不是V，但是……"

这启发了我。

我把艾弗塞特小姐拉到一边，问她档案里有没有我爷爷的照片。她很快就找到了一张。这是多年以前的照片，艾贝坐在房子门

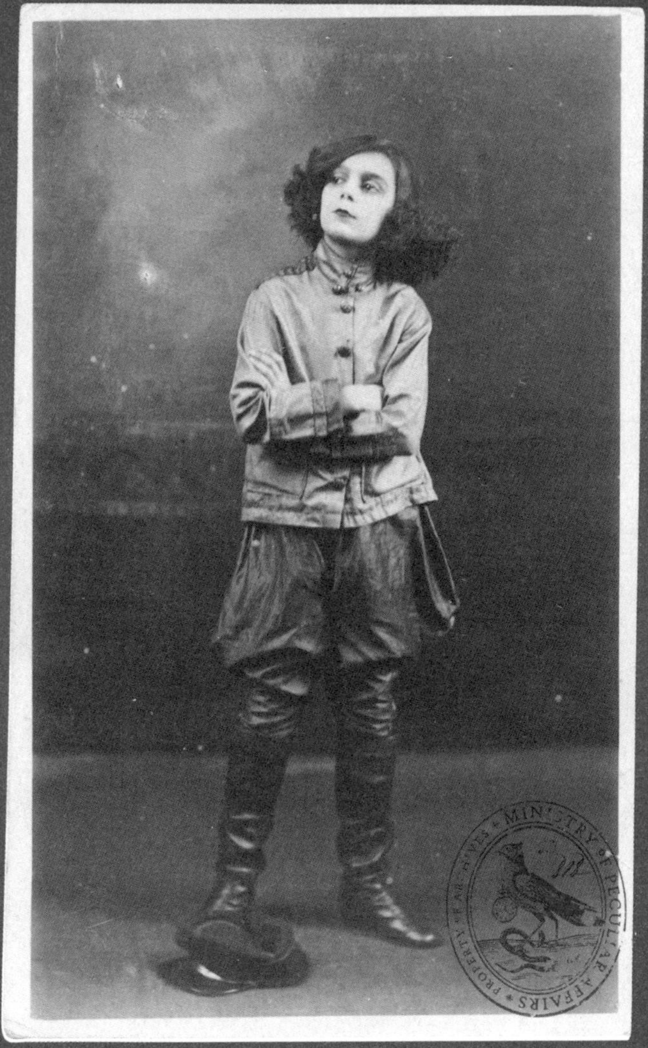
PROPERTY
MINISTRY of PECULIAR AFFAIRS

廊上,俯视着步枪。艾弗塞特小姐解释说,这是在一次应对时光圈入侵的演习中拍摄的。我将照片给努尔看了看。

"这张照片里,他看起来年轻多了,但我想那是甘地先生。"她看起来有点困惑,"为什么?你认识他吗?"

我的心跳了一下。

艾玛挤了过来,然后喘着气:"艾贝!"

甘地是艾贝的化名。

"那是我爷爷。"我说。现在,休和贺瑞斯也争先恐后地去看那张照片。

"他以前经常来找我,"努尔说,"我还以为他在寄养机构工作!"

"艾贝是去探望你的,看你是否安全,"艾玛说,"跟寄养机构的探视可不同。"

"你一直都是我们家族的一员,亲爱的,"艾弗塞特小姐对努尔说,"只是你不知道而已。"她站起身来,用瘦长的胳膊抱住努尔。

被艾弗塞特小姐放开后,努尔过了一会儿才冷静下来,擦掉脸颊上的一滴泪珠。

"你还好吧?"我问她,"这确实让人一时无法平静。"

她迅速点点头,抬起头来,眼里充满了决心。"她还活着,"她说,"我要去找她。"

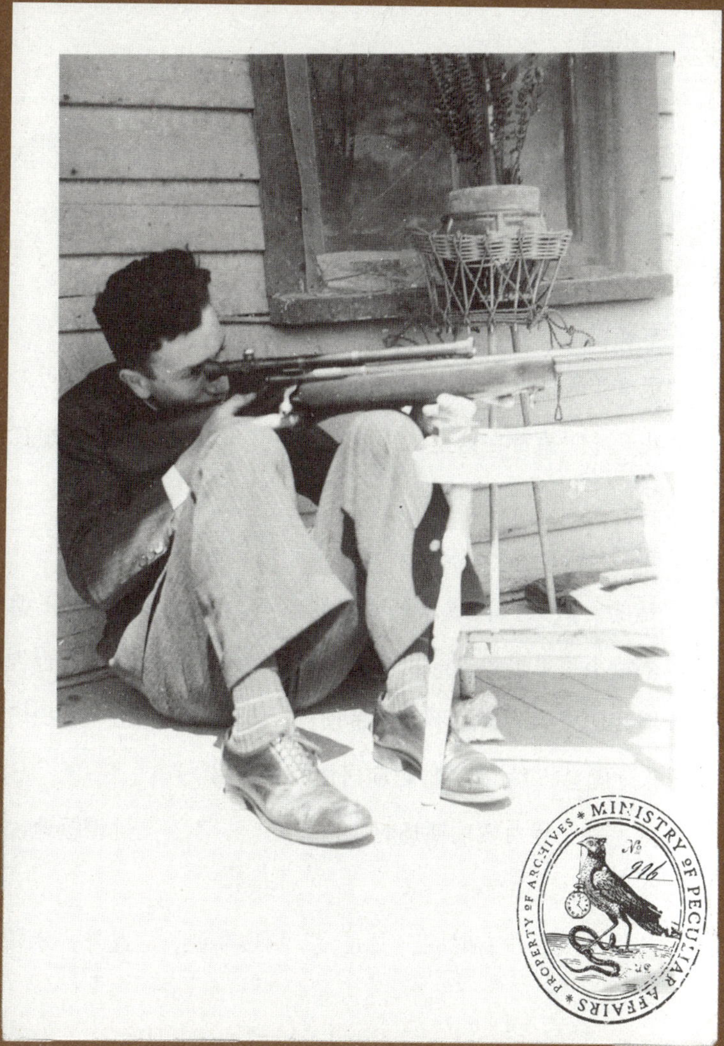
MINISTRY OF PECULIAR AFFAIRS
PROPERTY OF ARCHIVES
№ 926

"啊哼。"

听到这声音，我转过身来，但什么也没发现。我向朋友们投去询问的目光，他们似乎同样吃惊。我们都听到了有人大声清嗓子，但转过身去看时，似乎没有人。

"米勒德？"艾玛意识到了什么，"你什么时候来的？"

"更重要的是，"艾弗塞特小姐说，"你是怎么来这儿的？"

"我几乎一直都在这里，"他说，"我来晚了一点，不想打扰你们。"

"我们对隐形人的逗留有严格规定，纳林斯先生。"

"是的，夫人，我致以最谦卑的歉意。"米勒德似乎正朝站在艾弗塞特小姐桌子旁边的我们走来，"我不确定贺瑞斯是否告诉过你，但我们想搞清楚的不仅仅是预言，还有一张地图——我们相信，这张地图会将我们带到V目前居住的时光圈。"

艾弗塞特小姐对贺瑞斯扬起一道眉毛。"不，"她缓缓地说，"贺瑞斯没提过这一点。"

"当时我几乎没有时间，夫人，"贺瑞斯说，"此外，米勒德才是地图专家。"

艾弗塞特小姐仅仅叹了口气。

"所以，有什么消息呢？"努尔面露喜色，向米勒德问道，"你有什么发现吗？"

Chapter 4

"还没有。奥莉弗和克莱尔还在楼下搜寻与你的地图碎片相似的中西部地理地形,但这有点像大海捞针。然而,我认为刚刚这个有趣的新发现可以帮到我们。"他朝努尔跨了一大步,"你六岁以前和V住在一起,是吗?"

"五岁半。"努尔说着,然后点了点头,似乎已经知道他要问什么了,"你想知道我是否记得我们住过的地方?"

"是的。如果没有别的线索,你的回答或许可以让我们发现她的足迹。"

"为什么V会躲在她被袭击的地方呢?"我问。

"如果她在某个秘密的时光圈里,只要时光圈的入口巧妙地隐藏起来,离得近或者远并不重要。我只需要一些具体的细节。你住过的城镇,任何一个的名字都可以……"

努尔皱了皱眉头,又摇了摇头:"我不记得了。我们经常搬家,在很多不同的地方住过,但没在任何地方待过太久。"

"你肯定记得什么,"米勒德有点急切了,"即使是最小的记忆碎片也可能起到作用。"

努尔咬着嘴唇,陷入沉思:"嗯,我们在一个城市的一个小公寓里住了一段时间。我记得暖气片整晚整晚地响,街上的通风口冒着蒸汽。我们经常坐公共汽车,那是旧巴士,绿色的塑料座椅闻上去像柠檬油。"

"哦,听上去可能有线索了!"布朗温坐起来说。

米勒德叹了口气。"那些地图碎片不是关于城市的,"他说,"所以,那些记忆并不是很有用。还有别的地方吗?"

怪屋女孩 5：群鸟会议
THE CONFERENCE OF THE BIRDS

"很多地方，"努尔说，"但每个地方都待得不久。"她停了下来，想了想，"除了一个。一个小镇。我们以前经常回去。但我能记住的真的很模糊。"她沮丧地呼了一口气，"模糊得奇怪，就像……"

"有人拿走了你的记忆？"弗朗西丝卡问道。

我没意识到她一直在听。

努尔奇怪地看着她："可能，我都没意识到。"

弗朗西丝卡和艾弗塞特小姐紧紧地闭上眼睛。"夫人，"弗朗西丝卡说，"你认为普拉德什小姐会不会被抹去了记忆？"

艾弗塞特小姐点点头，搓着手："如果她还有那时候的其他记忆，可能有人对她进行了部分抹拭处理，删除了一段特定的记忆。"

"等一等，什么？"努尔说着，眼睛越来越大，"你们是认真的吗？"

"抹去记忆相当常见。"布朗温说。

"对平常人来说。"休低声说。

努尔的疑虑看上去并未消除。

艾弗塞特小姐把一只手稳稳地放在努尔胳膊上："亲爱的，这听起来只是个小问题，为了保护你不受伤害。如果V担心你的安全，她可能就会担心你有一天会因为怀旧或者为了找一个感觉像家一样的地方，而尝试回到你曾经住过的地方。"

努尔低头看着自己的鞋子。她什么也没说，但显然已经心碎了。

"想象一下，居然有人这样对待自己的孩子。"艾玛声音严肃。

"我不得不对自己的父母这么做，"我叹了口气说，"这并不是个容易的选择。"

努尔在摇头。"也许V根本就不是想保护我的安全，"她平静地说，"也许她只是不想要我。"

"胡说八道！"艾弗塞特小姐叫着，猛地站直了身体，后背的一块肌肉缩了一下。她面部抽搐着抓住桌子边缘寻求支撑，试图慢慢地放松下来，"天哪，弗朗西丝卡，我可能又伤到了肌肉。你能帮我把油拿过来吗？"

"马上，夫人。"弗朗西丝卡说完匆匆离去。

又有人大声清了清嗓子。是米勒德。

"很抱歉，努尔，恐怕我们没时间让你伤感了。"他说。他怎么能这么不友善呢，我差点朝他喊了起来，但我被他打断了。

"很明显，"他说，"V非常关心你，否则她可能会把你交给幽灵，所以我们可以重新讨论一下吗？"

努尔面露愠色，但不知怎的，她又变得缓和一点了。她的愠怒变成了坚定。

"很好，"艾弗塞特小姐说，她仍然尴尬地坐在椅子上，"普拉德什小姐，你愿意接受一个小手术吗？"

"一个手术？"努尔扬起眉毛问道。

"你看，"艾弗塞特小姐说着，脸仍然有点抽搐，"我们伊姆布莱恩偶尔也会犯错误"——承认这一点显然让她感到很痛苦——"我们对不该被抹去的人抹去了记忆，或者对该抹去的人抹去了太多，所以有必要尝试纠正我们曾犯过的错误。我们有个职员，雷吉·布里德洛夫先生,他的才能就是找回失去的记忆。不过,因为你的记忆被抹去得太久,我无法保证能恢复多少。"

"哦,"努尔说着,声音里带着一丝希望,"我觉得可以试一试。"

艾弗塞特小姐笑了:"这就对了。"

十五分钟后,布里德洛夫来到了艾弗塞特小姐的办公室,弗朗西丝卡在她受伤的背部抹上了油。艾弗塞特小姐直起身,布里德洛夫则像个醉汉一样跌跌撞撞走了进来,就好像刚从床上醒来,匆匆穿上西装和戴上领带。他高个子,橄榄色皮肤,面庞宽阔,眼睛很大,似乎从来都不眨一下。

弗朗西丝卡领着他朝我们走来。他又绊到一堆书,差点儿摔倒。

"他看上去有点失衡。"艾玛有些怀疑。

"对你的长辈要有点信心。"艾弗塞特小姐厉声说。

布里德洛夫立刻工作去了。艾弗塞特小姐向努尔保证这不会有一丁点的伤害,也不会抹去她更多的记忆。于是,努尔坐在了壁炉前的一张直背椅上。

他站在努尔身后,就像理发师。"盯着火焰看,"他指示她,"什么都别想。"

"我尽力吧。"

布里德洛夫将他的大手掌从努尔脑袋两侧伸出,随后他闭上眼睛,一股细小的烟雾从他鼻孔里飘了出来。

努尔凝视着那堆火,好像看到了火焰中的什么东西。她的头发——没有扎成马尾辫——在空中飞舞着。

Chapter 4

我向她靠了过去。"你没事吧?"我低声说。

"请不要说话。"布里德洛夫说。

我本要争辩,后来想想还是算了。

米勒德紧张地在地毯上来回踱着步子。艾玛和布朗温各自坐在沙发上,以同样的姿势紧紧地抱住双臂。

艾弗塞特小姐一动不动,眼睛闪闪发光。

我靠近努尔,端详她的脸,看她是否有任何反应——如果这对她有任何伤害,我准备随时制止。

三十秒过去了。

"你在干什么?"我问布里德洛夫。

弗朗西丝卡向我伸出一只手,但这次,布里德洛夫允许我打断。"寻找空白点。"他解释道。

我正要往下问,他突然僵直了。

"是的,在这儿,"他说,"这部分到处都是小洞。"他粗大的眉毛向上一扬,"还有个大的。"

"有你可以恢复的吗?"艾弗塞特小姐问道。

"也许吧。"他的手越来越靠近努尔的太阳穴,鼻子里冒出的烟越来越浓,头发也开始竖起来了,"也许有几件事。"

然后,努尔开始说话。她说得很缓慢,好像有点恍惚:"我记得在河里玩。一条又深又宽的河。名字很长。"

艾弗塞特小姐把目光转向弗朗西丝卡:"你在写吗?"

弗朗西丝卡举起便笺簿。另两个站在她身后的伊姆布莱恩也举起了手上的便笺簿。

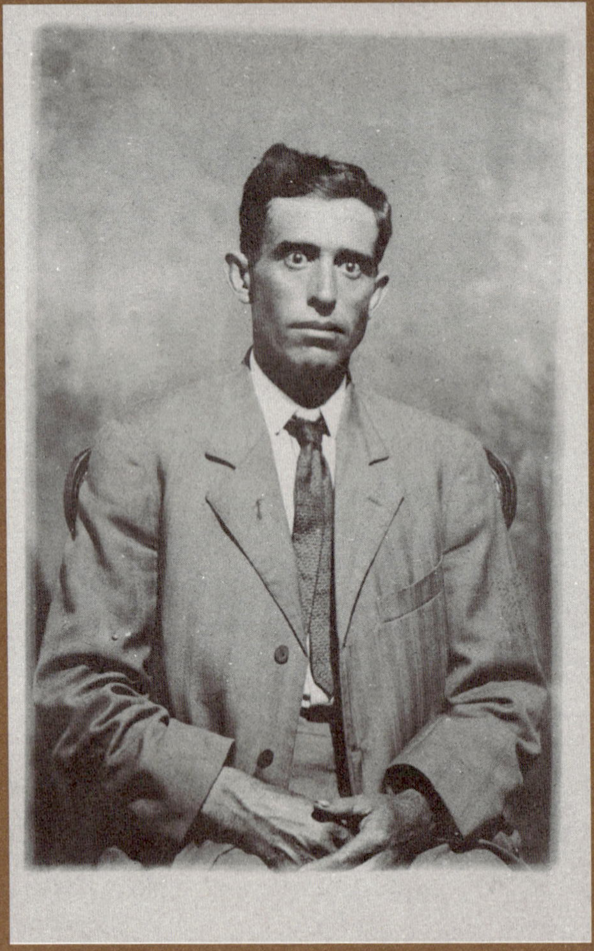

Chapter 4

努尔说："院子里有棵大树。妈妈说是榆树。树上有个秋千。有一次，我摔了下来，扭伤了脚踝。在那之后的一个月里，她都不让我荡秋千，我很难过。"

"还有什么？"布里德洛夫问她。他的声音越来越悦耳。他鼻孔里冒出的烟很快形成浓密的卷，朝我们头顶的屋梁升起。

努尔似乎并不介意。

"苹果。"她说，"秋天，我们常在树林里摘野苹果。野苹果又甜又好吃，果汁顺着我的胳膊往下流。但后来……"她沉默了一会儿，房间里也静了下来，只听见笔在纸上涂画的声音。然后她继续说，"好痒，好痒。"她开始挠她的胳膊和胸部，好像又感觉很痒，"我在一块荆棘地上玩的时候起了一些小红包。它们看起来像三角形。"她说，"从那以后，我们就不经常在树林里玩了。妈妈说那里很危险，有人持枪。他们穿着鲜橙色夹克。我们在一家大商场的停车场见过他们，他们卡车车顶绑着一只死了的动物。真是太惨了。看到它时，我哭了。"

"那家商场叫什么名字？"我问道。我的声音只比耳语大一点点。

布里德洛夫对我怒目而视。

努尔绷紧了脸，她的目光在火焰中徘徊。然后她摇了摇头。

"我记得有股臭味。有个工厂什么的，有时候散发出臭鸡蛋的气味。"

伊姆布莱恩们飞快地写着。"很好，"米勒德平静地说，"还有什么？"

"清晨，啄木鸟的叫声。它住在院子边上。它太小了。有时它会来我窗台上坐会儿。它头上看上去戴着一顶小红帽。"

"听起来像是一只绒毛啄木鸟。"艾弗塞特小姐说。

努尔说得越来越快。布里德洛夫的鼻子一直冒着浓烟。

"一条很长很长的路。一座没有顶的山。幸运符浸湿了，直到把牛奶变成粉红色。"她开始呻吟。突然，布里德洛夫将手移开。

"就这些，"他说，"如果再深入一点，我可能会伤害她的意识。"

努尔垂着头，瘫坐在椅子上。

米勒德、布朗温和我冲到她跟前。我在她椅子旁跪了下来："你还好吧？"

努尔抬起头来，一脸惊讶，好像刚从梦中走出来。"是的。是的，只是……"她一只手滑过自己的脸，"有点累了。"布里德洛夫捏紧鼻子，哼了一声，扑灭了头上阴燃的火。接着，他转过身来，面对着努尔，好像随时会倒在地上。"接下来的日子里，你可能会回忆起更多的片段，"他说，"但只是零零碎碎的。"

"谢谢你，"努尔疲惫地对他笑了笑，"真的很——"她使劲咽了一下口水，"强烈。"

"当然了，我敢肯定。"米勒德说。

努尔望着他或者他声音传来的地方："那有用吗？"

"我很有信心，我们能成功。"

"已经有线索了。"弗朗西丝卡说。她转向身后正在训练的伊姆布莱恩———一个害羞的女孩子，她正拿着笔记本点头。

"从你描述的动植物种类来看,"女孩说,"你描述的地方一定是在美国的东半部,而不是中西部。"

努尔看上去很震惊:"什么?你确定吗?"

"那些州有龙卷风吗?"我问。

"有的地方有。"米勒德快速地点着头说,"没有那么多,但是有一些。"

休叹了口气:"即使只是美国的三四个州,也仍然如同大海捞针啊。"

"当然,"米勒德说,"但范围总比以前小了点吧。"

Chapter 5

THE CONFERENCE OF THE BIRDS

好几分钟里，努尔站都站不稳，但她不想休息，于是我们一起下楼去测绘部。这里拥挤地堆放着高高的书架和带轮子的梯子，到处都是明晃晃的日光，好像是凭空出现的。我以为这是某个异能人的把戏，因为这儿没有窗户，也没有灯。书堆之间空旷的地方摆着长长的平板桌，可以在上面摊开地图。奥莉弗、伊诺克和克莱尔就在一张平板桌旁，身体的一半隐藏在一堆地图册里。

"我们就快查完俄克拉荷马州了！"奥莉弗宣布时，刚好看到了我们。

"谢谢阎王爷。"伊诺克抱怨道。

"你们带午饭了吗？"克莱尔问。

"现在还不是休息的时候！"米勒德说，"把这些都清理掉，看来我们找错地方了。"

他们三个齐声抱怨。

我们其余的人把中西部地图堆放在地上，重新开始查找。米勒德发起号令来像个军事教练员，如果是在别的情况下，我们都会反感。但这是他的领域，这个任务太重要了，所以我们毫无怨言地服从了他。

"休，"米勒德高声叫着，"爬上去，从最顶层的架子上把所有的地图册都拿下来，对大地图册要非常小心，那是一张真实的《时间地图》，容易碎掉。雅各布，列出俄亥俄州、宾夕法尼亚州、新泽西州、纽约州和马里兰州所有的时光圈，这些时光圈北面和西面都有长长的河流。努尔，我有个特别的任务要交给你。"

我们分到了这些州的地图，开始有条不紊地翻阅，寻找名字

Chapter 5

长、路线也长的河流,寻找与H给我们的地图框架相匹配的地形和城镇布局。

很快我们便沉浸在工作中了。

几个小时过去了。

地图册在我们周围堆得很高,像隔墙一样将我们分开。米勒德有时会对他偶然发现的小细节发出惊喜的咕哝声。一个小时后,我问努尔需不需要休息,她摇了摇头。又过了一个小时,我将一杯水拿到她面前,她两口就喝光了,然后抬起头看到了我,又惊讶又感激,好像她忘记了自己需要喝水。接着,她一心扑在一直在梳理的地图册里。再一个小时后,克莱尔抱怨了:"有人想现在去吃午饭吗?"她举起一根被切纸刀割破后缠了两道绷带的手指,"在渗水街的最下面,有家炖肉餐馆,《揭秘者》的美食评论家给了它两颗星。"

"总共多少颗星呢?"休问道。

"五颗。不过这是魔域这里唯一被评为一星以上的地方,所以……"

"我们真的需要休息一下。"米勒德叹了口气说,"常言道,吃饱了才有力气行军。"

"你们一定要吃点东西。"努尔说,但她并没有从书页里抬起头。

"你不来吗?"我问。

"你们去吧,"努尔说,"我不饿。"

"这就对了。"米勒德说。

休把一本书重重地摔在地上。"如果在找菲奥娜这件事情上你们能这么尽心,"他生气地说,"我们早就把她找回来了。"

艾玛看上去被刺到了。"哦,休。"她说。但他已经忍着眼泪急匆匆地走了出去,只剩一只蜜蜂在他工作的地方嗡嗡叫。

"我去和他谈谈。"艾玛说着就追了过去。

努尔看着我:"刚才发生了什么事?"

米勒德说:"我们的朋友菲奥娜——休喜欢她很久了——前段时间不见了。可能已经死了。"

布朗温拿起了休刚才翻阅的地图册。"哦,不,"她悲伤地说,"他看的是关于爱尔兰的。"她举起地图册让我们看。

"伊诺克,你应该看着他的!"克莱尔叫了起来。

伊诺克只是白了她一眼。

"菲奥娜来自爱尔兰。"我向努尔解释说。

"我很抱歉,"努尔摇着头说,"他一定很难受。"

"你们知道吗,前几天晚上,我做了个关于菲奥娜的梦。"贺瑞斯说。

我们猛地朝他转过头去。

"是吗?"我问,"你怎么什么都没说呢?"

"我不想让他抱太大希望。我的梦并非都是预言性的,我需要时间才能分辨出哪些是预言。"

"是什么梦呢?"我问。

米勒德回来了。"我在听,"他说,"但你知道,我不太相信梦。"

"我知道,米勒德。你跟我说了一万遍。"贺瑞斯摇了摇头,但接着说,"在梦里,菲奥娜乘坐巴士。她身边有个小男孩,穿着绿色的束腰外衣,头戴一顶插着羽毛的小帽子。她很害怕。我非常敏锐地感觉到她正处于危险之中。这可能没有什么意义,但我想告诉某人。"

"我认为梦包含很多意思,"努尔说,"但那些意思不一定真实。"

贺瑞斯感激地看着她。

"只是请你不要告诉休,"米勒德说,"他会让我们去检查英国的每一辆巴士,如果我们什么也没找到,他会比以前更崩溃。"

过了一会儿,艾玛和休回来了,给大家端来了几杯外卖炖肉。休为刚才的爆发道了歉。艾玛用小指在每个外卖杯里蘸了蘸,给我们的食物重新加热,我们则边工作边吃。

"你们谁也别把这些地图册搞脏了,"米勒德警告我们,"每损坏一本书,惩罚是三十年监禁,外加高额的修理费。"

"哎呀。"休低声说着,偷偷地用衬衫擦着一页纸。

又过了几个小时,看似来无踪去无影的光线开始退去。我们眯着眼睛,靠得更近了,决心继续工作下去,但是一个男孩出现在书堆尽头,摆出一副官架子,吼道:"测绘部今天要关门了!希望你们出去!"

"我们最好还是离开,"贺瑞斯说,"他们说,有几个病人从避难所跑出来了,就在这栋楼里,晚上会出来到处晃荡。"

"终于要结束了。"伊诺克喃喃地说。

我们都筋疲力尽。

我们走出去的时候，努尔问米勒德我们取得了什么进展。

"进展缓慢，但是在稳步推进，"他说，"我们比今天早上更接近目标了，但还有几片著名的野草地没有搜寻过——"他忍不住打了个哈欠，"除非你记得那个城镇的名字。"

"我试试。"努尔叹了口气，"很抱歉把你们累成这样了。"

"别担心，"我说，"真的。"

"这关系到我们所有人。"艾玛补充说。

努尔温顺地笑了："谢谢。这很重要。"

我们走进了繁忙的大厅，各部门的人拥出门外，关上了门。无意中，我听到了一件让我异常高兴的事情：

"别担心，"休对努尔说，"我们会找到她的。"

他拍了拍她的后背。

夜幕降临。在低矮的地平线上，昏黄的太阳病恹恹地透过工厂的烟雾，向我们闪烁着。工作了一整天的异能人在魔域的街道和为数不多的几个公共广场上转来转去，议论纷纷。他们有很多事情要讨论，最近，戏剧性事件和紧张气氛充斥着整个时光圈。我听到的每段谈话听上去都是那么沉重，让人充满了恐惧。

努尔慢了一点，落在了我们后面。我转过身，看见她从公寓楼的缝隙望向远方。今天，对于她、对于我们所有人来说，发生了太

Chapter 5

多事情。但发生在她身上的事情尤其多,她几乎没有时间去应对。

我放慢脚步,直到她追上我。她过了一会儿才注意到,然后脑袋猛地转向我。

"抱歉,我拖后腿了,"她说,"我只是沉浸在了自己的思绪里。"

"你有什么想说的吗?"

她摇了摇头,低头看着地上破旧的鹅卵石。有那么一会儿,我们的脚步是同步的。最后,她问我:"你有没有想过逃跑?在全景敞式时光圈里找扇门,然后去什么地方玩一会儿,远离这一切?"

"从来没有想过,"我皱着眉头说,"虽然这听起来很吸引人。"

"你从没想过吗?"她看上去不大相信,"怎么可能呢?你有成百上千扇门可以逃出,有成百上千个地方可以去发现,那里没有机场,没有护照,没有海关——"

"实际上,最后这部分并不是真的。这些天我们获得了特别的待遇,是因为情况太糟糕,但大部分异能人需要持票才能进入全景敞式时光圈。他们过海关的时候和平常人一样。"

努尔翻了个白眼:"你知道我的意思。这根本不是一回事。"

我笑了。我知道她的意思。

"我不知道。"我最后说,我朝模糊的地平线望去,"自从我第一次来到魔域,这里经常发生戏剧性事件,随时需要去灭火救场。我很想抽时间去四处探索一下,然而我并没有工夫去想这件事情……"我补充道。我试着乐观地解读听起来可能有点绝望的事情。

"这很公平。"她说,她向地平线望去,"此时此刻,如果你必须选择另一个时光圈居住,你会选择去哪儿?"

"此时此刻?"我问。

她点点头。

"在一个平静的海滩上,什么都不会发生,"我马上说,"我的生活可以更无聊一些。"

这时,我意识到我在描述我的家乡,整个童年我都想逃离的地方。我也不知道我这到底是怎么了。

"我想去一个古老的地方,"努尔说,"嘿,你能回到多久以前?"

"我想回刚开始有时光圈的时候。大概几千年以前吧。米勒曾经有一张很大的《时间地图》,上面标着很多超级古老、坍塌的时光圈,还有一些时光圈来自古罗马、古希腊、古代的中国。"

"听起来太棒了,"努尔说着,目光飘向远方,"那也是我要做的。"她停顿了一下,"我是说,如果有机会的话。"

"我知道你会的。"我说。

她笑了:"我喜欢你的乐观。"

"总有一天我们会把所有的火都扑灭,"我说,"然后我们可以随心所欲地探索。"

她看了我一眼,笑了。我意识到,我不假思索地用了"我们"这个词。"我们落后了。"她轻快地说。但说这话的时候,她还在笑。

就在我们赶上大部队的时候,几个异能女孩从我们身边走过,朝相反的方向走去。她们跳起来，挥着手，咯咯地笑着。"能给我签个名吗？"一个女孩说。

太尴尬了。我感到脸上滚烫。努尔忍住了笑，向我扬起一道眉毛。我摇了摇头，拒绝迎接她的目光。

"能吻我一下吗？"另一个女孩喊道。

现在我的皮肤上起了鸡皮疙瘩。我目不转睛地盯着前方，等待这令人难堪的时刻过去。

"哦，我来给你一个吻吧！"伊诺克在她们后面叫着，但姑娘们不理他，继续往前走。

艾玛瞪着她们。

最后，努尔用胳膊肘推了推我："怎么样，这很有意思吗？"

"一点点。"

"一定很惊喜吧！"她开玩笑说。但她的微笑是真诚的。也许对这些奇怪的关注，我还是隐藏着一丝期待。不过，我并不奢望我这名不副实的名气会让努尔觉得我有多么了不起。

"快点，你们两个！"艾玛在瞪着我们。

我们加快了脚步，但我还没做好结束谈话的准备——直到努尔说："是不是很奇怪？你和你爷爷的前女友在一起过……"

我差点跳起来，我太惊讶了："你是怎么知道我们……"

"这很明显，我看见她看你的眼神了。"

我叹了口气。我原本希望我是唯一看到这些表情的人。"好吧，我们没在一起了。"

努尔问我发生了什么事。这个，我真的不想提起。

她没有忘记他。

如果这些话从我嘴里说出来，我可能会尴尬得死掉。

"我认为最终是年龄差异。"我说，这可能有百分之十的真实性，"我们就是不能……有关系。"

"嗯。我看得出来。"

我想她并不相信我。事实上，我敢肯定她已经看透了我。但她还是同情我，让我换个话题，这对我来说足够了。

我们一行人停了一会儿，观看一群念控师用意念进行拔河比赛。他们谁也没有碰绳子。努尔自然被迷住了，于是我们在老派伊广场的矮墙上找了几个勉强能坐下来的座位，看着眼前陌生的一幕。

"这儿晚上有什么可以做的事情呢？"努尔问道。

"刺伤街上有一家'干枯头颅'酒吧。"艾玛说，"但他们主要供应防腐液和老鼠酒，而且很拥挤。"

"上面提到的绞刑是有的，"伊诺克说，"每天晚上六点整，在码头边进行。"

"我真的不喜欢看绞刑，伊诺克。"奥莉弗说。

"哦，好吧。不管怎样，只要你看过几次，就会觉得很无聊了。"

"幽灵被打败后，格里姆熊的血腥运动竞技场就被关停了，谢谢伊姆布莱恩们。"休说。不过，我看到艾玛和贺瑞斯在听到"打败"这个词时，他们的脸都绷紧了。它现在是个名不副实的竞技场。

"由于出台了更严格的安全规则，大部分场所都被关闭

Chapter 5

了……"布朗温说,"另外还有宵禁,从太阳下山开始。"

"这很好。我认为文明人应该在天黑前就上床睡觉。"克莱尔说。

很明显,安全规则包括一切都有卫兵监视。我看到他们了,他们在广场周围的屋顶上,正在四处扫视。

艾玛看到我在看,说:"那是本地的卫兵,新招募的。老卫兵都在空心鬼的突袭中牺牲了。"

"可怜的家伙们。"伊诺克喃喃自语。

"伊姆布莱恩她们没有冒险,"布朗温说,"我觉得她们很害怕。"

就在这时,一群人开始在广场中央围成一圈,高呼着口号游行。

"我们想要什么?"一个游行者喊道。

"自由!"其他人回答。

"我们什么时候要?"领队说。

"尽快!"其他人怒吼起来。

"好吧,原来是这样,"贺瑞斯说,"看啊:民主!"

一些游行者举着标语:我们要求平等对待!另一个标语呼应了当天上午的《揭秘者》的标题:伊姆布莱恩无能!

"这就是我们在佛罗里达告诉你的那些糊涂虫。"伊诺克喃喃地对我说,"他们不想再活在时光圈里,想进入现实的世界。"

"就好像我们不会被烧死似的,"艾玛说,"难道我们上学时用的是不一样的异能人历史教科书吗?"

"他们的运动正在发展,"米勒德说,"如果伊姆布莱恩们不

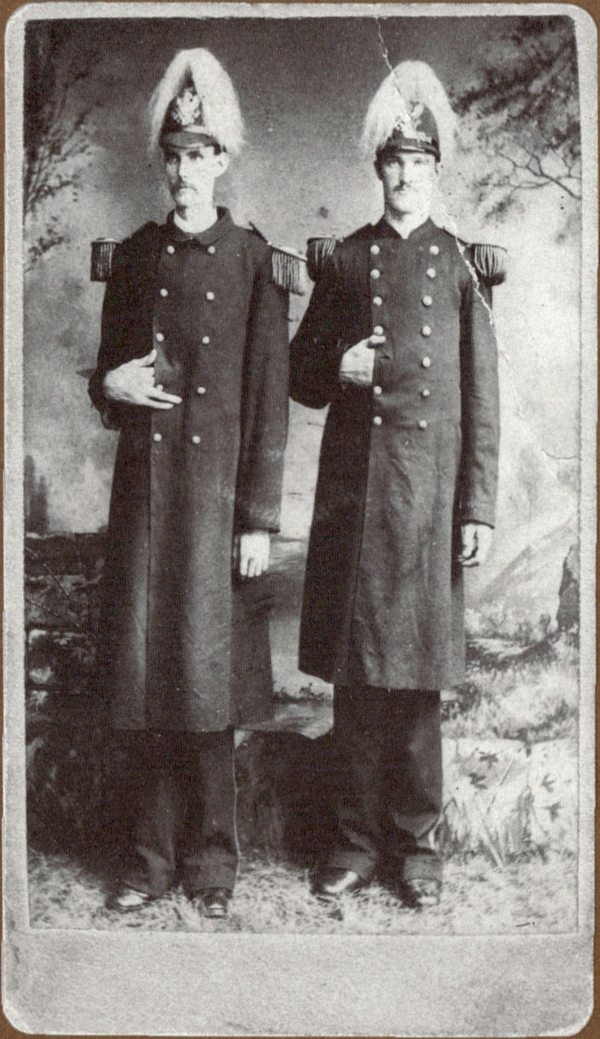

处理好自己的事务,让幽灵赢得了控制权,她们就会失去普通民众的支持。"

"但我们之所以能在二十世纪幸存下来,就是因为伊姆布莱恩!"克莱尔气愤地说,"难道他们没有弄清楚吗?如果没有时光圈,我们都会被科尔的空心鬼吃掉!"

"有些人说他们本可以为突袭做更好的准备,"米勒德说,"说他们早就应该攻击幽灵在魔域的领地了。"

"听起来有点像放马后炮。"努尔说。

"谢谢你,完全正确。"米勒德说,"什么是马后炮?"

"忘恩负义的家伙!"伊诺克朝游行的人喊道。

我突然感到一股寒意袭来,一股冷冻混合肥料的味道飘到我们身上。

"我们这个星期六见面。"一个低沉的声音说,"我们很希望你们能来和大家谈谈。"

我转过身,看到七英尺长的黑色长袍。"你们都被邀请了。"沙伦说着,牙齿闪着光。

"你和那些傻瓜有关系?"伊诺克说。

"但你是为伊姆布莱恩她们工作的!"克莱尔朝他吼道。

"我有权拥有自己的政治信仰。我还认为,这个由伊姆布莱恩长期垄断权力的地方应该变得更公平一点。"

"她们能听取大众的意见,"艾玛说,"她们有公共论坛!"

"她们假装在听,假装点头,采取了她们认为最好的做法。"沙伦说。

"好吧,她们是伊姆布莱恩。"布朗温说。

"看,这种态度正是问题的所在。"沙伦回答说。

"你才是问题所在。"克莱尔回击道。

突然,巨大的隆隆声震得地动山摇,广场周围的窗户嘎嘎作响。人群中有人尖叫起来,几名游行者俯伏在地。

"那是什么?"贺瑞斯尖叫着,"又是越狱?"

"这要么是场灾难,要么是个突破。"沙伦一边说,一边用一只手捂着兜帽,仔细地听着,"新电池今天晚上才能充完电……"

他朝本瑟姆的大楼飞奔而去,动作之矫捷,显然超过了他那魁梧身材可以达到的速度。

宵禁生效了,我们回到了房子里。每个人都很累,想放松一下,准备睡觉。在这漫长的一天里,我们大家——嗯,几乎是我们所有的人——一直在一起,说了那么多话,经历了那么多令人激动的时刻。

我发现楼上的休息室里只有我和努尔。

我一直在想我们之前的谈话。她很惊讶,我竟然不能随意地使用全景敞式时光圈,这也让我对自己感到好奇。为什么我不能?当然,我也听到了自己的回答,但现在我想知道,这些回答是否完全正确。更糟的是努尔认为我是轻率之人,尽管我知道根本不是这样的。

但我的静默与沉思只会激起她更多的问题——怎么了?你在想什么?——我意识到,很多关于我自己的事情,我还没有告诉她。我想让她知道的事情:关于我和这些异能孩子在一起的经历,关于

Chapter 5

我第一次见到他们的经历，关于发现自己也是异能儿童时的感觉。我向她讲述了故事的来龙去脉：我和我父亲来到迷雾重重、神秘莫测的凯恩霍尔姆岛；我从爷爷的遗言和他的旧照片中找到的线索；他们把我带到佩里格林小姐的破房子，然后进入她的时光圈。见到这些孩子时，他们已经很老了，或者应该死去了很久，但他们仍然保持孩子的模样，这让我何等困惑与震惊。那些疑问让我挣扎：我应该相信自己的眼睛吗？我能相信自己的想法吗？当我讲到我意识到自己能看到那些空心鬼，告诉她岛上来的一个陌生人居然是我的心理医生——也是个幽灵的时候，她惊诧得喘不过气来。

我一直聊到腮帮子酸疼，但发现自己忽略了一些小细节，主要是关于艾玛和我。我不想把我对她的感情作为我决定放弃平常人生活的原因。但说话的感觉真好，尤其是与一个和我有同样感受的人说话。

那让我感觉自己不那么孤独。

但最终，这些唠叨让我感觉有些不自在。

"好，轮到你了，"我说，"我想了解了解你的生活。"

"不可能。"她摇摇头，"我的生活是三个月前才开始改变的，你已经知道了。现在告诉我，你们离开那个岛以后发生了什么。我讨厌悬念！"

"对不起，在这一切发生之前，你的生活不可能比我的更无聊。"

"告诉我吧。在那之后，如果你坚持要我讲述我无聊的生活，可以，没问题。你有没有想过把你的异能告诉你父母？"

我差点笑了:"好吧。我真的试过了,但我妈妈接受不了,我爸爸基本上不认我了,太糟糕了。佩里格林小姐不得不抹去他们的记忆,所以他们甚至都不记得了。"

"是的,你以前提到过,"她平静地说,"我很抱歉。"

"他们现在正在放长假。他们以为我一个人在家呢。我想等他们回来时,发现我不在,他们才会开始担心。"

"关于你父母的那部分真是糟透了。但剩下的就像……就像是命运。你爸妈对你来说感觉并不像家庭。相信我,我知道那是什么感觉。但最后你找到了一个新家。"她微笑着,慢慢地把两只手合在一起,在手掌之间形成一个完美的圆形阴影球,"事情的发生就是这么神奇。"然后她的眼睛后面发生一点变化,似乎有片浓雾从她身上掠过。

在那张破旧的沙发上,我们之间有个很小的空隙,我朝她挪过去,把空隙弥合上。"你会找到她的,"我说着,抓住她的双手,"我知道你会。"

她装作漠不关心地耸耸肩。"我想我们还是再看看吧。"她说,"谁知道呢,也许她都不记得我了。"

"她当然记得你。我敢肯定她还在为你伤心。我知道她会很高兴再见到你。"

她深深地吸了口气,又叹了口气:"我们要不要聊一聊以前那无聊的生活呢?"

"好啊。"我笑了,"这听上去不错。"

于是我们继续聊了好几个小时——关于以前的生活,关于我离

Chapter 5

开凯恩霍尔姆以后的日子,还有其他的一些事情。我本来可以和她聊一整晚,聊到天亮,如果不是贺瑞斯爬上楼来,睡眼惺忪地抱怨说他在楼下都能听到我们的声音,我可能会一直聊下去。直到这时候我们才意识到时间有多晚,才感觉到我们有多累,于是,我们遗憾地上床睡觉去了。

Chapter 6

THE CONFERENCE OF THE BIRDS

砰的一声巨响把我震醒,这是两天里第二次听到这样的声音了。但这次不是爆炸,是有人在使劲敲门。

外面还很黑。

"雅各布!"艾玛在楼下喊道。

我从床上爬起来,光着脚,衣衫不整地跑进大厅。随后我们都冲下楼梯,楼梯上响起了脚步声。

艾玛站在前门那里,门是开着的。

"布莱克伯德小姐来了。"她说着便走到一边,接着布莱克伯德小姐出现在大家面前,"是关于佩里格林小姐的消息。"

"她在哪儿?"我说,"她来了吗?"

布莱克伯德小姐省略了寒暄,直奔主题。"佩里格林小姐在美国,那个时光圈里正在举行和谈。"她一边说,一边用她那三只眼睛盯着我,"一个小时以前,我们开放全景敞式时光圈,很快就收到了她通过鹦鹉发来的紧急信息。"

布莱克伯德小姐被推到屋子里。她看起来很紧张。"有情况,"她神秘地说,"她尤其需要你。"

"我?"我说,"去那里吗?"

"马上就去。"布莱克伯德小姐回答说。

"你能说说是怎么回事吗?"艾玛问道。

"如果她要找的是你的话,"布莱克伯德小姐说,"我想一定与空心鬼有关。"

我用力吞咽,胸口发紧的老毛病又犯了:"让我穿上衣服吧。"

"我们不可能让他一个人去。"努尔说。她已经神不知鬼不觉地溜到了我身边。我惊讶地瞥了她一眼。她紧紧抓住了我的手。

"我绝不会建议雅各布一个人去的。"布莱克伯德小姐说,"但你太没经验了,普拉德什小姐。此外,里奥·伯纳姆和他的手下也会在那里,他们如果看到你,就会变成一群被踢了一脚的黄蜂,愤怒无比。"

"我知道,"努尔皱着眉头说,"我也没打算说服自己……"

我心里暗自高兴,想到要把努尔带到一个空心鬼附近,我的肚子就不由自主地疼起来。

"选两个朋友吧。"布莱克伯德小姐没有再理会努尔,"穿好衣服,三分钟后到外面见我。"

然后她大步走到外面,啪的一声关上门。

我不假思索就让艾玛和伊诺克随我一起去。尽管伊诺克是个讨厌鬼,目前和艾玛的关系有点紧张,但他们勇敢、足智多谋,在压力下表现良好。我知道我可以依靠他们。

"我去拿我的东西。"艾玛说,她的脸因为坚定而变得僵硬起来,随后冲上楼梯。

伊诺克咧嘴笑了:"哦,好吧,我再救你一次……我去拿几个腌过的心脏。"然后他便跑着去追艾玛。

然后我们都上楼去了。我穿上了前一天挑的新衣服和靴子,向大家道别。朋友们在大厅里排成一排,向我挥手,祝我好运,并低声建议:"让他们见鬼去吧,雅各布。"

休说:"小心你身后!"

贺瑞斯说:"按照佩里格林小姐说的去做。"

克莱尔说:"我本来不害怕的,但是我的胃里正在垒起冰块。"

有那么一会儿,我发现只剩下努尔和我。

"真的只有你能做到吗?"她问我,"难道没有成年人可以为伊姆布莱恩处理这样的事情吗?"

"问题倒不在这里。"我说,"如果是我想的那样的话。"

"我知道,"她说,"只是我得问一问。"她想装出一副勇敢的样子,却掩饰不住心中的忧虑。我希望能把自己的情绪隐藏起来。

"我希望你能一起来,但我想布莱克伯德小姐是对的。"

"不管怎样,我在这里有太多的事要做。"她停顿了一下,看上去有些不确定,然后说,"昨天晚上,我还记起了一些别的事情。我小时候和妈妈住在一起时的事。从我们的车道上,我能看到一个路标。我不知道这重不重要,但我需要找出答案。"

"可能有什么含义。"我说,"你确定你在这里没事吗?"

"你才是该被担心的人。我可能只会和米勒德他们一起翻阅旧书。"

听到她如此轻易地提到我那些异能朋友的名字,真是太好了。她很快就成为我们中的一员了。

"我知道你会找到她的,"我说,"那一刻,我真的很想在场。"

"我也希望如此。"努尔说。

她拥抱了我一下。"照顾好你自己,"她对我说,"我需要你安然无恙地回来。"

我们站在那里互相拥抱了很久。我不想挪开脚步。

"我不会有事的。我保证。"

"你最好平安归来。"

"我很快就回来。"

我吻了吻她头顶。她身上散发着洗发水和书的味道,我胃里的冰开始融化。

"啊哼。"伊诺克站在楼梯上,交叉着胳膊。

然后有人敲门,我听到布莱克伯德小姐喊道:"三分钟了,波特曼先生!"

布莱克伯德一言不发,领着艾玛、伊诺克和我穿过魔域。天色尚未破晓,本地卫兵还在外面执行宵禁。

我们到了本瑟姆的大楼。几个临时事务部的小吏站在外面守望着,屋顶上还有更多卫兵在瞭望远方。每个人都高度戒备。

我们进了房子,上了楼梯,但我们没有停在通常的楼层,而是继续攀爬。通往佩女士目前所在时光圈的大门并不位于全景敞式时光圈的主要走廊,而是在本瑟姆那间尘封的阁楼里,四周都是他那装在玻璃里的古老珍奇物品。

房间的尽头有一部漂亮的旧电梯。布莱克伯德告诉我们,这就是时光圈入口。她解释说,这是个新入口,是伊姆布莱恩为举行和谈而专门设定的。她按下门上的一个小铜按钮,电梯门就打开了。内饰全是用油浸过的木头。后墙上有个面板,上面有个很大的控制杆，用装饰艺术字体刻着三个字符："上""下"和"时光圈"。

"请在那边小心点。美国，"她摇摇头，喃喃地说，"那本来不是孩子们应该去的地方。"

"听起来你已经准备开始计划我们的葬礼了。"我们列队走进电梯时，伊诺克说。

"才没有呢！"布莱克伯德小姐说着，尽力露出鼓励的笑容，"祝你们好运，嘿！"

管不了那么多了，我想。我把控制杆一路拉到时光圈。门自己合上了。电梯厢下降了一英尺，然后猛地停了下来。

伊诺克看起来很生气，说："什么鬼东西——"

然后我们开始自由落体运动。

我的脚从地板上飘起，最后一顿饭差点从胃里倒出来。

"发生……什么……事了？"艾玛说得很费劲，我几乎听不见她的话。

然后是一团漆黑，我们突然剧烈地向左倾斜，被甩到墙上。几秒钟后，一个悦耳的铃声响起——叮！灯又亮了。我们颤抖着停了下来。

我摇摇晃晃地站起来，与胃里的恶心斗争着。这时，门打开了，一堵黑暗的墙出现在面前。一阵闷热潮湿的空气朝我们袭来，那感觉，就像被一个大汗淋漓的男人紧紧地抱住。

"我们在哪儿？"伊诺克说。

我感到一阵恐惧从我心中掠过。

艾玛在手里点燃一团火焰，试探着走出电梯。火光向我们展示了一条从岩石上凿出的崎岖隧道,隧道很长,没有我高,也比我宽不了多少。

一股可怕的感官记忆击倒了我。尽管很热,我的皮肤上还是起了鸡皮疙瘩。上一次在这样的地方时,我被枪杀,一个庞然大物几乎杀死了所有我关心的人。

艾玛肯定也有类似的感觉。"哦,天哪,"她说,"你没想到我们会被送到——"

"别傻了,"伊诺克说,"那地方被冲进了异次元厕所。"

"你们在地下半英里处的一个金矿里。"

这是佩里格林小姐的声音,接着是两个回声,三个回声。之后艾玛松了口气。这不是噩梦,我们没有被送回那个地狱迷宫。

一道亮光出现了,佩里格林小姐转过一个角落,手里拿着一盏灯笼。

"佩女士!"艾玛叫道,"你没事吧?发生什么事了?"

我们朝她冲过去,她也朝我们冲过来。艾玛立刻用力地抱住了她。

"我很好。"她说,"但是你和奥康纳先生不该来,这地方危险。"

"我想到了,"伊诺克说,"这正是我们来的原因。"

"布莱克伯德小姐叫我带几个朋友,"我说,"于是我请他们来了。"

很明显,佩里格林小姐并不赞成,但她知道,现在送他们回去也没有用。这让我很惊讶:在我们共同面对了这么多之后,她仍然低估了她的管控能力。

"好吧,"她摇摇头说,"只是你们得保持安静,跟在我后面,不要和美国人说话,也不要一个人走。你们明白吗?"

"是的,小姐。"他们齐声说。

她点点头:"欢迎来到马罗伯恩,孩子们。我们手头上的事情真是乱七八糟。"

"在矿井下举行和平会议,这是谁的绝妙主意呢?"

伊诺克不得不朝佩里格林小姐的后背喊出他的问题——她走得太快,我们几乎是在追赶她。

"这只是入口。会谈是在我们头顶的一个小镇举行的,在地表。希望你们能穿上这个时代的衣服。"她指着一块牌子,上面写着"服装","但是时间不多了,反正这个时光圈的平常人大部分都被关起来了。"

"被关起来了?"我说。

她没有回答我。

我们来到另一部电梯前。这部电梯比上一部显得更粗糙、更可怕。我们挤进它的铁丝笼里,佩里格林小姐拉了拉地板上的控制杆。一个巨大的发动机轰鸣着,在某处启动了,电梯开始向上尖叫。这是一场幽闭恐惧症患者的噩梦:我们看到的只有岩石。

"这是个漫长的旅程。"佩里格林小姐说。她的声音盖过了噪声,"所以可以趁这个空当告诉你们一些事情。在马罗伯恩,很难找到一个不被美国间谍监听的地方。"

佩里格林小姐的疲惫引起了我的注意。她头发蓬乱,衬衫歪歪

Chapter 6

扭扭地皱着——要知道,她从来不忽视这样的细节。

"今天早些时候发生了一起绑架案。受害者是北方部族中一个重要的异能女孩,看来她被加利福尼亚部族的人带走了。于是一队北方人聚集起来,尽管伊姆布莱恩们强烈反对,他们还是骑马进入了加利福尼亚人的营地并俘虏了一名囚犯。战斗爆发了,但谢天谢地,我们成功制止了战斗,无一人死亡。"

艾玛说:"但我猜这并不是全部。"

"不,加州人有罪的'证据'太明显了——几乎是凭空捏造的。这是幽灵惯用的伎俩,更不用说此事发生在幽灵越狱的几个小时以后。我相信,他们是偷偷地溜了进来,带走了那个女孩,而且这样的方式势必会引起部族之间的冲突,破坏我们为实现和平而付出的努力。我们费了很大的劲才阻止了今天市中心的一场战斗。恐怕我们只能制止一次,除非我们能证明幽灵是有责任的。"

"你觉得可能有空心鬼牵涉其中,"我说,"所以你才找我过来?"

"是的。"佩里格林小姐说。

"你想让我找到证据,"我说,"只有我能看见的证据。"

"没错。"

"你想让雅各布阻止一场战争,"伊诺克惊讶地说着,将一根手指伸进耳朵里掏了掏,好像听错了似的,"给美国人一个他们看不见的证据?"

"你得想办法让他们明白,"佩里格林小姐说着,把手放在我肩上,"对不起,孩子。但现在你是我们最大的希望了。"

怪屋女孩 5：群鸟会议
THE CONFERENCE OF THE BIRDS

我们走出了黑暗的"地狱"，进入一个凉爽明亮的世界。我总算可以呼吸到空气了。佩里格林小姐领着我们迅速从三个持枪的人身边经过。其中一个看起来像个山里人，穿着破烂的皮草；第二个穿得像个牛仔，戴着宽边帽，穿着一件皮掸子长外套；第三个穿西装打领带的肯定是里奥·伯纳姆的手下。他们目不转睛地盯着对方，似乎看不见我们的存在。

"每个部族都派了一个哨兵。"佩里格林小姐低声说，"最好不要和他们有眼神交流。"

然后我们来到了车上。我一直以为应该是辆公共马车，但等待着我们的是一辆玻璃车厢的马拉灵车。

"短时间内他们只能提供这样的。"佩里格林小姐略带歉意地说，"爬进去吧。"

伊诺克"哦"了一声。艾玛略显不悦，但并没有说什么。

我们没有时间辩论。

灵车上的随从为我们打开后门，我们爬了进去。里面的空间足够我们坐直。

"真花哨！"伊诺克一边说，一边抚摸着黑色的天鹅绒窗帘。

这是我三天内第二次占用通常留给尸体的空间。宇宙似乎在试着以一种并不十分微妙的方式告诉我一些事情。

佩里格林小姐对驾车人说了些什么。驾车人是个长胡子、相貌平平的人。他松开缰绳，我们出发了，随从和三名武装人员留在原地。

森林和山峦滚滚而过。没有树木的小山上散落着采矿机械：堆

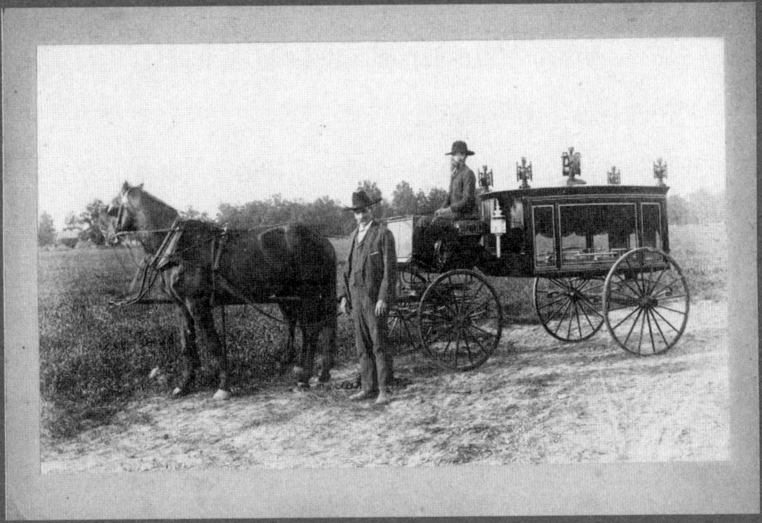

满岩石的窄轨火车车厢,向空中喷射蒸汽和烟雾的机器,成堆的矿渣。偶尔能看到几名疲惫的矿工,他们正靠在铁锹上吸烟——我想这些就是时光圈里的平常人吧。

一路上,佩里格林小姐向我们指出了各个部族的营地:森林边缘那些牛皮帐篷是北方代表团宿营地;加州代表团占领了位于城市边缘的贫民公寓;里奥的第五自治区部族住在伊格尔帕斯酒店,这是马罗伯恩最好(也是唯一)的住宿设施。

"那么,伊姆布莱恩她们在哪儿睡觉呢?"我问。

"在树上。"她简单地说。

我们穿过贫民公寓。这是一个令人压抑的茅屋群落,看上去一阵强风就可以把它们吹走。

来到镇上,再过几个街区,我们到了马罗伯恩的中心——一个真正的古老的西部小镇,这也是我第一次亲眼见到这样的小镇。街上排满了马鞍店、枪械店和酒馆,让我想起了曾经看过的牛仔电影。只有一件事似乎不对劲:周围没人。

马儿们放慢速度,停了下来。佩里格林小姐向驾车人喊着问出了什么事。

"我一步也不走了。"他说。他的一匹马发出一声紧张的嘶鸣。

"看来这是我们的终点站。"佩里格林小姐说。我们爬了出来。

"人都在哪里呢?"我问。

佩里格林小姐指了指街上:"就在前面。"

我眯起眼睛,看到街道正对面有几十个人站在遮阳棚的阴影下,蹲在桶和马车后面。我们左边的是北方人,右边的是加利福尼

Chapter 6

亚人。我们朝他们走去,很快发现两个部族正在沉默对峙,和矿井入口那里的武装人员一样。

"中立方!"我们走近时,佩里格林小姐喊道,"别开枪!"

"不开枪!"北方人这边有人喊道。

"不开枪!"加州人这边回答道。

另一位伊姆布莱恩从一个店面偷偷溜出,沿着木质人行道向我们走来。那是库库小姐,她那金属般的银发和黝黑的皮肤映衬着马罗伯恩被太阳烤焦的粉白色街道。

"阿尔玛!"她显得很焦虑,呼吸短促。她朝我眨了眨眼睛,"很好,你找到他了。他们都在等着。"

"有没有发生进攻?"佩里格林小姐问,"有人开枪了吗?"

"还没有,真是个奇迹。"库库小姐说。

我们跟着她,很快回到她来时的路上。我们的鞋子在木质人行道上发出空洞的响声。我不知道库库小姐刚才在说什么,直到我看到北方人中间有个面色蜡黄的女人,手里拿着一根至少一英尺厚、二十英尺长的大原木,像掷标枪一样扛在肩上。离她不远的地方站着两个男人,他们的皮带上挂着死鸟,手里拿着猎枪。在他们附近,有个年轻女孩在面前的地面上用一个指尖来回滚动着一块巨石。在街对面加州人那边,一个戴牛仔帽的男孩揉着双手,怒目而视,可以看到他手指间有电火花在流动。一个更年幼的男孩无所畏惧地站在那里,胸前绑着一条子弹带,头上戴着一顶宽边帽,大得压住了他的耳朵。

街道两旁到处都是挥舞着武器的人——有异能人武器,有常规

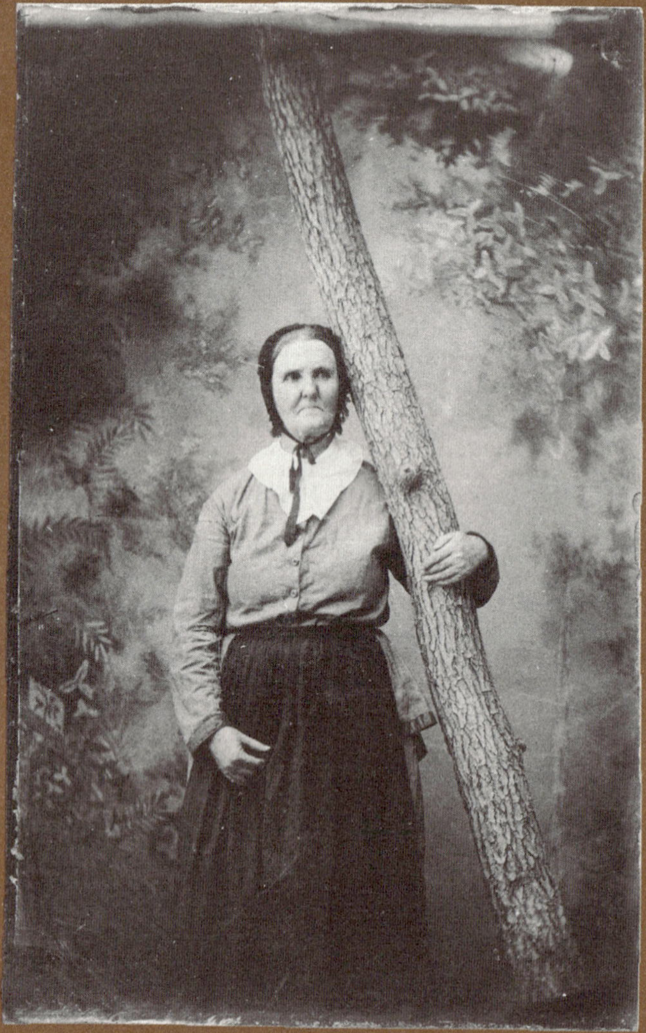

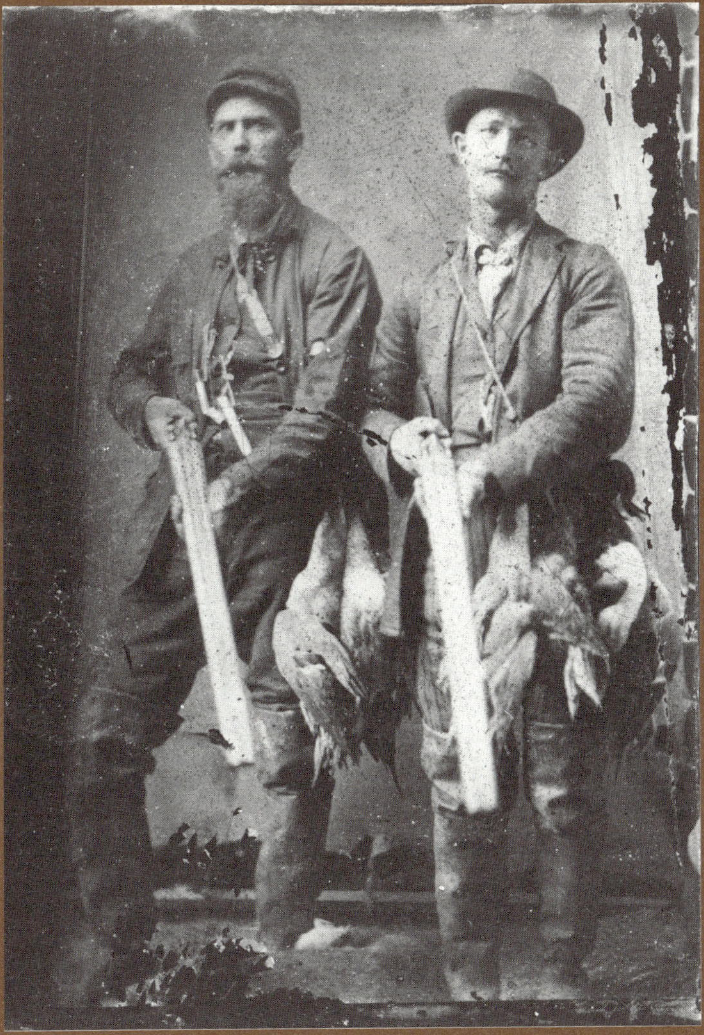

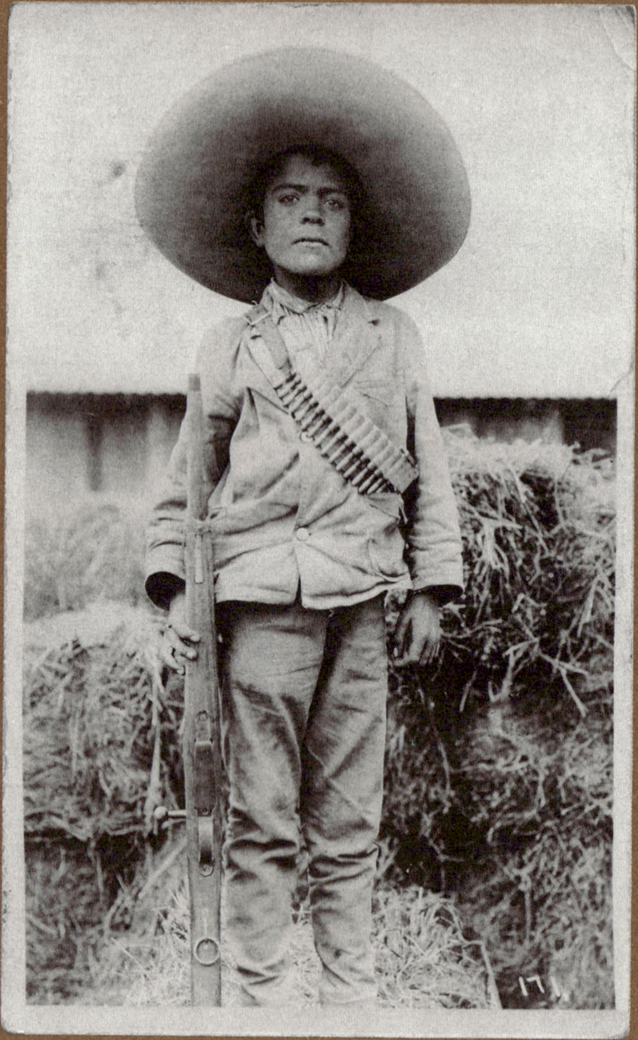
161

Chapter 6

武器——很明显,只要有一次暴力行动就能引发一场血战。

佩里格林小姐停下来,转向我们。"我们就要见到部族首领了,"她说,"除非有人跟你们说话,否则别说话。"然后她转过身,穿过一扇门,我们跟着她走进一个酒吧——里面安放有桌子,还充斥着溢出来的啤酒的酸味。

里面大概有十来个人,围着吧台附近的几张桌子。我们一走进去,他们都安静下来,转过身来看着我们。库库小姐挡住了我们的去路,嘘了一声说:"等一等。"佩里格林小姐则走近一位坐在轮椅上的绅士。

"那是帕金斯先生,"库库小姐低声对我们说,"加利福尼亚部族的首领。"房间对面,一个穿着宽大水牛皮大衣的人一边盯着帕金斯,一边用一只手的指关节转着一枚硬币。库库小姐补充说,"安东尼·拉莫斯,北方部族的首领。"两位首领旁边站着的人应该是他们的贴身警卫——一个穿得像个陷阱捕兽人,另一个像约翰·韦恩,还有一个身材矮小优雅的老妇人,我认出她是雷恩小姐。她正在低声和拉莫斯说话。

"那边是里奥·伯纳姆,"库库小姐说,"我相信你已经知道他了。"

是他,好吧,她们没有搞错。他穿着细条纹西装,戴着米色小礼帽,打着紫色领带,一只胳膊肘撑在吧台上,一边喝着饮料,一边若有所思地看着整个过程。我克制住了强烈的冲动,没有上前去揍他那张丑陋的脸。

佩里格林小姐走到雷恩小姐身边。雷恩小姐仍在和拉莫斯急促

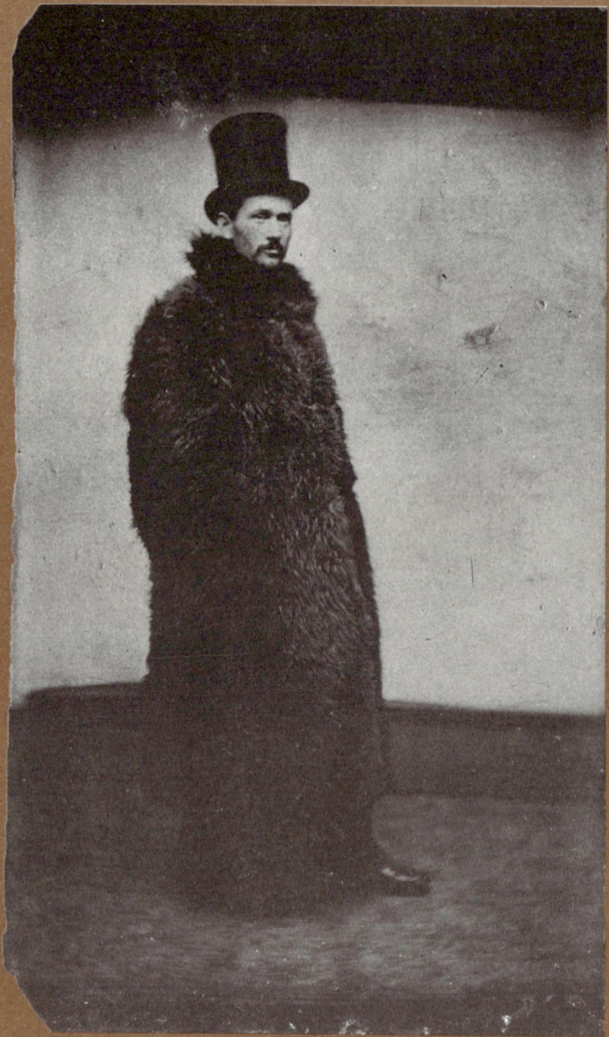

J. M. Parkins

地说着什么。两人又吵了一会儿，轮到佩里格林小姐说话了。我试着看她的口型，但没有看懂。看上去，佩女士也没找到什么成功的机会。拉莫斯愤怒地摇着头。

帕金斯，加州部族的首领，显然一直在观看这场交流。他拍了拍轮椅的扶手，似乎很生气。

"给它一个该死的机会，拉莫斯。"他喊道。

拉莫斯转过身来，脸涨红了："把我的翻土姑娘还给我！"

"我们没带走你那该死的翻土姑娘！"帕金斯气炸了。

他们的保镖紧张起来，准备抽出武器。

"你当然没有！"拉莫斯又说，"过去的五十年里，你一直在说你多么想要一个！"

帕金斯的轮椅自动向前挪了几英尺："我们没带走她，就这样！现在，听着，你们最好在日落之前把埃勒里带回我们的营地，否则就要付出惨重代价！"

我认为埃勒里就是那个被报复性劫走的囚犯。我皱了皱眉。这让我感觉事情远没有那么简单。两个部族的首领相互威胁着，侮辱着，我的脑袋像乒乓球一样来来回回。

"为什么要等到日落？"拉莫斯叫道。

"冲我们来！"藏在拉莫斯大衣里的两只浣熊站了出来，朝帕金斯嗷嗷地叫着。它们的尾巴连在他大衣的内衬上。

佩里格林小姐和雷恩小姐恳求他们冷静下来，库库小姐则带着伊诺克、艾玛和我慢慢地向门口走去。

但我们被里奥一方的一个人拦住了。

Chapter 6

里奥·伯纳姆离开吧台,走到拉莫斯和帕金斯之间,吼道:"你们都给我闭嘴!"

令人惊讶的是,他们停下了。

"安东尼,你真的想为了一件可能是子虚乌有的事情和帕金斯开战吗?"

"是他干的。"拉莫斯咆哮着,差点引起另一场叫喊比赛。

"我们跟着鸟儿们来到这个乡下的时光圈里,是为了消除分歧,不是吗?所以,如果她们认为帕金斯没干这件事,至少得让她们说出理由吧。"

"我的想法完全正确!"帕金斯说。

"谢谢你,里奥,"雷恩小姐说,"说得好。"

"好吧,"拉莫斯瞪着佩里格林小姐说,"说出你的理由。"

里奥对我竖起拇指:"这就是你的犯罪现场调查员吗,佩里格林?躲在法郎奇裙子后面的那个?"

"没有人躲起来。"我说着,走上前去。

里奥的脸色变了。他终于认出我来。

"等一会儿。"他说,"这孩子?"他摇着头,差点笑了,"你真有胆量,佩里格林。"

"你认识他?"拉莫斯说。

"他是个捣蛋鬼。他爷爷是个罪犯。"

我嘴唇抽搐着,我真想扇他一巴掌。佩里格林小姐把一只手放在我背上,好像在说"我来处理这件事"。"这两点你都错了。我向你保证,雅各布是我们最优秀、最聪明的空心鬼追踪人之一,也

175

是世界上最有成就的一个。"

"好像不止一个人？"里奥说着，眯起眼睛看着我。

"我能看见它们，从四分之一英里外就能感觉到它们。"我说。

我正要继续说如何控制它们，这时佩里格林小姐捏了捏我的肩膀，打断了我。

"他的探测技能多次拯救了我们的性命。"她语速很快。

里奥似乎不愿接受这一点，但在内心挣扎了片刻之后，他还是放弃反驳了。自从我上次见到他以来，佩里格林小姐显然做了很多事，赢得了他的信任，那时他见到她便无法忍受。

"是什么让你觉得这件事和空心鬼有关？"里奥问道。他仍然看着我。

"经验和直觉。"佩里格林小姐说，"虽然我不能证明，但我想雅各布可以。"她转过身，面对帕金斯和拉莫斯，"如果他找不到任何有力的证据，我们不会妨碍你们，随你们的便。"

"不过我警告你们，"雷恩小姐脸色苍白，神情严肃地说，"如果你们发动战争，伊姆布莱恩们不会偏袒任何一方，更广阔世界的时光圈将永远向你们关闭。"

里奥笑了："世界其他的地方都会下地狱。"

"如果她们愿意，就让她们看看吧。"拉莫斯厌恶地说道，他的浣熊向帕金斯恶狠狠吼起来，"我已经知道痕迹通向哪里了。"

这条痕迹的起点是北方部族的营地——城外的一个大型兽皮帐篷群落。其中有些帐篷是精心设计的，有门和窗户，还有一顶是两层楼的设计，我猜是拉莫斯住的吧。甚至有顶帐篷挂在我们头顶的

Chapter 6

树上。

拉莫斯给我们指了指那个叫埃勒里的女孩的帐篷。我们看到的是帐篷背面，面对空旷的树林，还有被撕开的地方。他给我们看了她被带走时睡的那张床。

事情发生在当天早些时候。

有明显迹象表明发生了搏斗——一张翻转的简易床，地上散落着个人物品——但我认为这些都不是空心鬼袭击的典型迹象。草地上没有被舌头抽打而形成的蟒蛇状凹陷，没有明显的咬痕。最令人失望的是，这里并没有它们眼窝里那臭烘烘的黑色黏液的残留物。但是这三个部族首领和伊姆布莱恩正看着我，如果我看上去沮丧，一定会有大麻烦，所以我假装非常仔细地检查埃勒里的枕头，假装对帐篷墙上长长的裂缝感兴趣。

这时，我听到艾玛在帐篷外向人们展示幽灵的面部照片，希望有人能认出其中一个，但她一无所获。

我开始担心：担心失败，担心如果两个装备精良的异能人部族之间爆发战争，我们将如何走出这个时光圈。

拉莫斯也越来越沮丧。他感觉到我什么也没找到，于是叫他的一个下属把他们收集的证据带进来。

"我们在树上发现了这个。"他从袋子里掏出一把刀，晃了晃，"这是用来划开帐篷的——你可以从锯齿状的边缘看出来——这是他们的。"他指出刀的皮柄上刻着一个符号，看起来像是编织套索里的一个字母C。

"这是我们的，"帕金斯承认，"但我们也不知道它是怎么去那里的。"

"你他妈的居然不知道!"

"可能是被偷走的!"帕金斯说,"是幽灵设计的圈套!"

拉莫斯的一个身材魁梧的保镖走上前去。"那么拖痕呢?"他说,"直接通向你的营地!"

"可能是假的!"帕金斯喊道,"见鬼,也许是你们伪造的,这样你们就有借口来抓我们的人!"

双方情绪接近沸腾。

"现在,现在,先生们!"雷恩小姐说着,插进两个愤怒的男人中间,"我肯定雅各布会证明我们的理由!"

"只差一点点了!"我撒谎了。我只是想争取时间,"再给我一分钟!"

佩里格林小姐向我冲过来。"我希望你不是在开玩笑。"她低声说。

我畏缩了。

她拉长了脸。

有那么一会儿,她似乎已经绝望。接着,她好像想起了什么,灵感乍现,眼前一亮。

她转身面对着其他人。"对不起!"她大声说,"波特曼先生取得突破了!请跟我们来吧!"

她大步走出帐篷,向我伸出一根手指,让我跟着。

"也正是我所怀疑的!"她假装兴奋地说,"一条非常清晰的眼部残留物痕迹!"

Chapter 6

"什么的痕迹?"拉莫斯说。

"眼睛渗漏物。每个空心鬼都会不断地流下油腻的眼泪。只有雅各布能看见——他确实看见了,就沿着这条路!"

"雅各布,太棒了!"艾玛说着,苍白的脸颊恢复了些许颜色。

伊诺克轻轻地按了按我的肩膀:"我就知道你很能干。"

当然,我很困惑:佩里格林小姐在干什么?

"你沿着林木线发现了眼部残留物。"她在我耳边很快地嘘了一声。

我别无选择,只好一路奉陪,假装在跟踪一条臭迹。我们沿森林边缘走着,佩里格林小姐走在我身边。当这些愤怒的牛仔和山里人意识到一切都是我编造的,我很确定,他们中一定会有人开枪打我。时间不多了,队伍开始变得焦躁不安。

拉莫斯开始发牢骚。

"更有可能的是什么呢?"他说,"某个看不见的怪物抢走了我的埃勒里,伪造线索嫁祸给了帕金斯和他的人?或者最终仍是这个加州垃圾将她绑架了?每个人都知道他们多么需要一个翻土姑娘,因为他们是穷得可怜的农民,什么也种不出来。"

"我来说点什么吧,"里奥说。他一反常态地沉默了一段时间,"我不想说这些,因为这不是我引以为豪的事情。但几天前,我们受到了幽灵的袭击。他带着一个空心鬼闯进了我的总部,在我眼皮底下带走了一个野孩子,从我的大楼里。"

"你看见他了吗?"帕金斯说着,从轮椅上转过身来。地面高低不平,保镖推着他,椅子飘浮在地面上方。

"不,约翰,那些该死的家伙是隐形的。但我看到有个人被他扔到了房间另一边,而且他气味恶臭难闻……"

天哪,我想。里奥以为H是个幽灵。这也说得通。H控制那个空心鬼,这一点他和幽灵一样。他们发现他的时候,他尸体上已经没有眼睛,没有瞳孔,因此无法形成反证。

"这仍然说不通,"拉莫斯说,"为什么要带走埃勒里,而不是更容易绑架的异能人!幽灵是不是要耕地种庄稼?"

"他们是为了引起混乱,"雷恩小姐阴郁地说,"其他地方陷入混乱,他们就会繁荣壮大。我们分心了,他们可以继续从事他们真正的勾当。"

"那是……什么勾当?"拉莫斯问。

雷恩小姐叹了口气:"要是我们知道就好了。"

一路上,我假装寻找更多的眼泪黏液。佩里格林小姐一半时间在抬头看树。有两次,她看到什么东西后,把我轻轻推向稍微不同的方向。

然后我看到了一个,一个真的……我简直不敢相信——

草丛上有个脚印,脚印中央,有个黑色的印记。我猛地停下,弯下腰检查。

"是吗,孩子?"帕金斯说。

"残留物!"我抑制不住兴奋,"这一滴格外大。"

我将手指按了进去。它扁了一点,但还是湿的。我感觉手指尖一阵灼痛。

该死!这东西是酸性的。在擦掉之前,我先把手指放在鼻子上

Chapter 6

闻了闻,那股腐肉的味道让我差点呕吐。

绝对是个空心鬼。

而且不是另一个,正是我在血腥运动竞技场上突然发现的那个。直到最近,它还一直在为全景敞式时光圈供电。

"我知道这个,"我说,"我闻出了它的气味。"

"你就像只猎犬。"里奥有些吃惊。

我惊讶地看着佩里格林小姐:你是怎么知道的?

她只是笑了。

我沿着痕迹——真正的痕迹——快速搜索。如果眼部残留物密集,说明空心鬼放慢了速度;如果眼部残留物间隔大,说明空心鬼加快了速度。我不必用眼睛去看它们在哪儿,因为能闻到。甚至在十到十五英尺之外我都能闻到。

这条痕迹沿着树林一直延伸到矿井。但它避开了入口,从侧面绕了过去。就在这里,我发现了一摊直径将近一英尺的黏液。它在这儿等了很久。

我正弯下腰想仔细看看,突然听到拉莫斯在叫他的人。他们蹲下来,检查地上的什么东西。然后他们站起来,拉莫斯向佩里格林小姐伸出手。他手掌里有个又小又白的东西在蠕动。

"那是什么?"她说。

"是埃勒里的虫子,"拉莫斯说,"她不高兴的时候,它们会从她眼罩里爬出来。"

"我们就知道她在这儿。空心鬼也在。"

"那就证明了!"帕金斯说,"是幽灵和空心鬼干的。他们将她带出了时光圈。"

"但应该会有人看到他们离开,"里奥说,"我们派了卫兵值守。"

"如果他们从这条路出去,就不会被人看到。"拉莫斯一边说,一边走到一块靠着山坡的大石头前,"大家帮我推一下。"

我们总共七个人走上前去,最终把那块大石头滚到了一边。它后面是条黑暗的隧道。

"我会被诅咒的,"帕金斯说,"那是回到矿井的路吗?"

"也是从时光圈出去的路。"里奥说。

"空心鬼如果想移开那块石头,不会遇到任何麻烦。"我指出。

"好吧,我想事情已经明朗了,不是吗?"帕金斯生气地说,"现在,拉莫斯,你们最好把我的姑娘还给我,快点儿。"

拉莫斯哈哈大笑:"哦,这还没完呢!在我们找到埃勒里之前,这一切都不会结束。"

帕金斯沮丧得几乎在发抖:"现在,听着,拉莫斯——你没看出来伯纳姆在阻碍谈判,因为幽灵带走了他的人。"

"这事可不一样。这是在本应该举行和平谈判的时候对我犯下的战争行为。"

"拉莫斯先生,请你讲点道理。"雷恩小姐几乎在恳求。

他向她转过身来:"好,好,就按你说的。你说这些幽灵就是从你们监狱里逃出来的那一批。所以,要么是你们看守不严,要么我只能假设你们是故意放他们出来的。"

"太荒谬了!"雷恩小姐叫道。

Chapter 6

"他说得很对。"里奥说,"你们鸟儿几个月前就应该将这些幽灵和怪物处决的。现在他们又在外面闹事了吧?我们怎么能相信这么无能的人?"

拉莫斯将他那嗷嗷叫的浣熊转向我。"这么说你是个有名的追踪高手?"他说,"好吧,你最好是。"

他朝我走来,把一张小卡片塞到我手里。这是一张照片,一个女孩,戴着眼罩,穿着一件巨大的黑色连衣裙。

"不。"佩里格林小姐从我手里抢走了照片,"雅各布不参与此事。"

"是你把他拖进来的。"拉莫斯的眼睛像燃烧的煤,"收拾好你的烂摊子,佩里格林,把我的姑娘找回来。否则,你休想达成任何和平协议。"

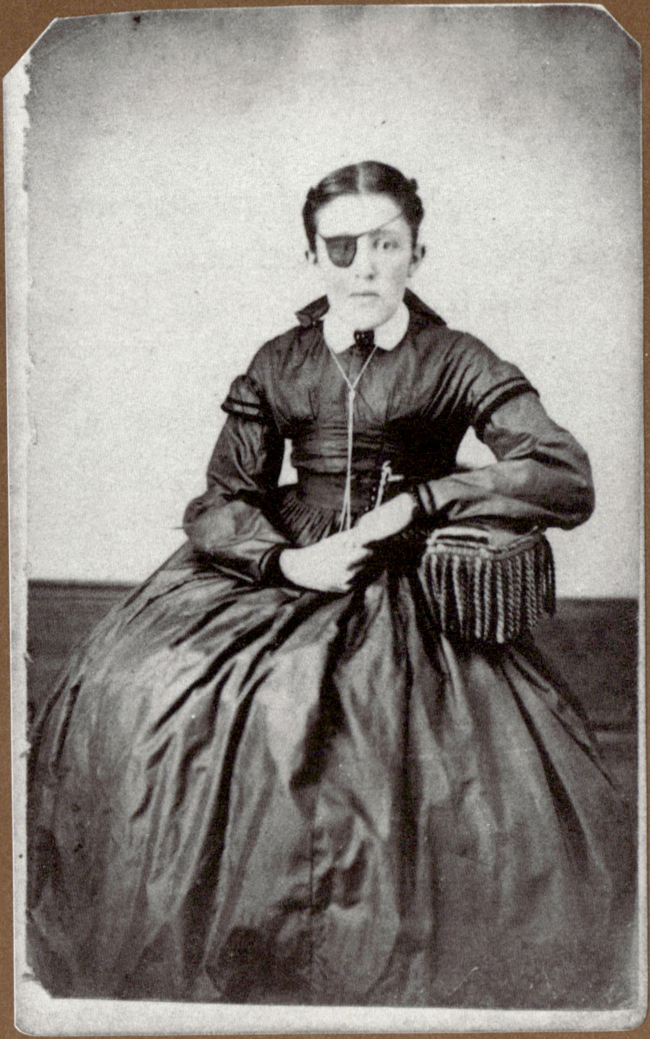

Chapter 7

THE CONFERENCE OF THE BIRDS

"抱歉，雅各布。我很后悔让你陷入这样的困境。"

我带着佩里格林小姐、艾玛和伊诺克，沿着空心鬼残留泪液的痕迹穿过隧道。追踪到这里倒还容易，但是，不知道时光圈另一端的情况怎么样。

"如果做不到，我会怎么样啊？"我说，"我从没这样追踪过空心鬼。我不像阿迪森那样可以从很远的地方闻到异能人的气味……"

"你能做得更好。你能感觉到他们的存在。"

这痕迹通向美国人常用的时光圈入口——然而我们走的是另一部电梯——在这部电梯上，转换发生得没有那么急剧，我们很顺利地进入了现实。随后我们走进了一个挤满游客的大厅。

"希望你们玩得开心哦！"一位导游咧嘴笑着，将一张贴纸贴在我衬衫上，上面写着：我看过昔日的金矿，只得到了这张贴纸！

在出口的地毯上面，我看到了一个黑点。空心鬼也是从这条路进入现实的。

空心鬼的眼部残留物继续在外面延伸，沿着人行道，拐过一个角——它越来越容易跟踪，没过一会儿，我已经不必循着它的气味了，我内心的一种感觉在告诉我应该去哪里。我觉得自己就像卡通里的人物，正循着窗户里飘出的馅饼香味前行。

我们从市中心拥挤的人群中穿过。我担心同伴们穿的旧时代服装会引起注意，但当我仔细地看了看四周，我就不再担心了。这里的人有的穿旧西部的牛仔服，有的打扮得像旧时代的老太太，正在走来走去。许多古老的建筑被保存了下来。这里曾是个边境小镇，是个法外之地，现在变成了一个露天的西部荒野主题公园，你可以穿戴着旧西部的装备拍照，可以在礼品店买皮套裤和牛仔帽、仿制的水牛骨头，可以观看著名枪战的盛装表演——其中一场发生在城市广场，一群晒黑的游客和烦躁的孩子为决斗者欢呼着。我不禁想起了时光圈里仍然在发生的真枪实弹的武装对峙。这让我意识到，这个小镇是时光圈入口的完美掩护。陌生人在陌生的地方来来往往，这不会引起什么特别的注意。

"这对平常人来说很好玩吗？"伊诺克说，"看着别人假装在彼此射击？"

"你的眼睛得放尖点儿。"艾玛嘘了一声，扫视着人群中的面孔，"穆诺他们可能还在附近。最好是我们先看到他们。"

这让我彻底回到了现实。我们正在追捕幽灵，但如果被他们发现，他们马上就会开始攻击我们。这个问题早些时候一直盘旋在我脑海中，但我没能当着美国人的面提出来：

"佩女士，你是怎么找到空心鬼眼部残留物的？"

艾玛猛地向我扭过头来："你这是在干吗？"

"帐篷里没有任何眼部残留物，"我说，"那是我编的。真正的痕迹从一千英尺外开始——其实是佩女士不知不觉把我引过去的。"我充满期待地看着她。

她给了我一个神秘莫测的微笑："我们检查现场时，我发现幽灵并没有亲自去过马罗伯恩时光圈。他们派空心鬼去了——和另一个人一起去的。这个人不会引起太多注意。就是这个人偷偷溜进那个女孩的帐篷并绑架了她，把她拖到空心鬼等着的地方——就是在那里,你发现了它残留物的痕迹。"

"但你是怎么追踪那个人的?"

"凭着伊姆布莱恩的直觉。"她说。

伊诺克咕哝了一声:"哦,拜托。"

"那好吧。我注意到帐篷后面有一条很浅但是不同寻常的鞋印——那是高抓地力鞋底留下的胎面花纹,并非加利福尼亚人喜欢的光滑底牛仔靴或大多数北方人穿的软底运动鞋。它沿着林木线向外延伸。"

"佩女士,你真是在永不停歇地制造奇迹啊!"艾玛说。

"那么另一个人是谁呢?"伊诺克问。

"根据鞋子的尺寸和作为伊姆布莱恩的直觉,我想这是个和埃勒里同龄的女孩。只需循着空心鬼的气味和感觉的轨迹寻找。没有空心鬼,这些幽灵哪儿也去不了,我怀疑幽灵会意识到空心鬼已经被追踪了。你有优势——至少现在是有的。"

"如果他们徒步旅行,我才有优势。"我说,"如果他们乘车的话……"

我一直以为这条痕迹随时会干涸,但它直到一个空旷的停车场才终结。

"和空心鬼一起钻进一辆车里,"伊诺克说,"那场景也太恶心了吧。"

Chapter 7

"不管恶心与否，我都无法追踪。眼部残留物已经到了尽头，气味的踪迹又太微弱。"我叹了口气说，"我的追踪能力没那么强。"

佩里格林小姐向我扬起一道眉毛："波特曼先生，我想你可能会给自己一个惊喜。看看你把我们带到哪儿来了。"

我抬起头。这道踪迹直接通往一个汽车站。

"开什么玩笑？"艾玛说，"他们带着空心鬼乘坐巴士？"

"不可能。"我说。

我们进去了。候车区阴沉灰暗，大概从上世纪七十年代起就没人打扫过。流浪汉占据了所有的角落，候车的人看上去憔悴而愤怒。我循着一条浅浅的痕迹来到乘车区，就在这里，那痕迹突然消失。

难以置信——他们居然上了一辆巴士！

我跑回去找我的朋友，发现艾玛正朝我飞奔而来，一双眼睛睁得又圆又大。"有人认出了他们中的一个！"她说着，朝我挥舞着幽灵的面部头像，然后抓住我的胳膊，把我拉到售票窗口。

"是的，我看到了。"柜台里面的人百无聊赖地说，"几个小时以前吧。他们五点钟动身的，去了克利夫兰。"

说完，他继续看手机上播放的篮球比赛。

佩里格林小姐敲打着窗户："从这儿到克利夫兰，这辆巴士要停几站？"

柜台里的人叹了口气，从抽屉里掏出一张纸，啪的一声放在柜台上："这是行程安排。"

佩里格林小姐看了看。"五站，"她说，"大约一千英里。"她又敲了敲窗户，"下一班去克利夫兰的巴士什么时候开？"

"四十五分钟后。"他头也不抬地说。

她转向我，露出得意的微笑："看到了吗，波特曼先生？奇迹总在你快要失去希望的时候出现。"

"每到一站，我们都下去看看。"艾玛说，"你可以检查有没有空心鬼的眼部残留物……"她搓着手，有些激动，每当想出一个计划或者一个看似不可能解决的问题有希望解决时，她就是这个样子。这是我喜欢她的地方之一，我永远都喜欢。

伊诺克又咕哝起来："在这里，我希望今晚大家能睡在自己床上。"

"你还是可以的，"我说，"又没有人逼你来这里。"

"他已经来了嘛，"艾玛说，"他就是不能错过抱怨的机会。"

我们发现等候区有一块废弃的地方，于是走了过去，坐在了一条长椅上。这条长椅的扶手上绑着一台投币式电视机。我感觉脑子胀痛无比，好像有一百万磅那么重。我紧张得发抖，但如果躺下的话，我也可以在金属长凳上睡着。这个世界上的一切都在分崩离析，然而艾玛和伊诺克却在笑着谈论这个镇上平常人的衣着，佩里格林小姐则在平静地环顾四周，似乎在思考什么问题。也许他们已经习惯了在各种灾难下的生活，这对他们没有太大的影响——但我真的受不了。

"你们为什么这么肯定我能行呢？"我努力地掩饰着我的沮丧。

"因为你是雅各布呀。"艾玛耸耸肩。

"我从来没说过你行,"伊诺克说,"但干这件事,比整天和米勒德一起往地图册上加书签好玩多了。"

我转向佩里格林小姐——我们的智慧之石:"如果我跟丢了,找不到他们,那怎么办呢?如果我们救不回那个女孩呢?"

告诉我,结果不会那么糟。告诉我,如果我失败了,世界不会因此而终结。

"会怎么样?"她叹了口气,"美国人可能会对我们失去信心,退出会议,继续争斗。或者说不管我们做什么,他们都有可能马上开战。"

她说得那么随意,我惊得下巴都快掉下来了。

"佩女士,请原谅我这么说,但你听起来并不是那么在乎。"艾玛说。

"我非常在乎。"她回答说,"不管发生什么事,我和其他伊姆布莱恩会尽最大努力让谈判顺利进行,但我们只能控制这么多。我们成功的前提是美国人想实现和平,而我们不能强迫他们。即便我们达成了严密的和平协议,有一天它也可能会崩溃。"

"那为什么派我们来办这件事呢?"伊诺克说,"如果这不重要,为什么还要去救那个女孩呢?"

她那平静的表情消失了,眼睛眯了起来。"因为我关心的不是那个女孩,"她说,"而是幽灵。"

艾玛看起来很震惊。佩里格林小姐通常不会这么直言不讳,但她似乎决定把我们当大人一样对待:"这次绑架不是随机行为。我不相信雷恩小姐的说法——我认为这次绑架不仅仅是制造混乱和破坏和平。"

"那是怎么回事？"我说。

"跟着幽灵，"她说，"观察他们。我们也许会有所发现。"

"那个女孩呢？"伊诺克说。

"如果可以的话，把她找回来，但不能冒不必要的风险。我可以忍受自己的失败，但不能忍受失去你们中的任何一个。"

"我们在执行任务的时候会有什么危险呢？"伊诺克问。

"我会留心的。"

艾玛看起来很惊讶："你不跟我们一起去吗？"

"不是不跟，也不是一直跟着，"佩里格林小姐回答，"但我永远不会离开的。哦，我要你们带休一起去。"

伊诺克歪了歪脑袋："这有点随意吧。"

"他半小时后能到吗？"我说着，看了一眼挂钟。

"他随时都会到，"佩里格林小姐说，"我之前派人去叫他了。"

就在这时，休在尤利西斯·克里奇利的护送下走进大楼，从售票大厅对面向我们挥手，咧嘴笑着。

"为什么是休？"伊诺克低声说，"如果你认为我们需要支援，为什么——我不知道——为什么不是布朗温？"

"因为他很能干，而且是个无私的人。"佩里格林小姐说，"坦白地说，他需要做一些冒险的事情才能不去想菲奥娜。"

我无法反驳。这个可怜的家伙每时每刻都在担心自己会死。

Chapter 7

巴士公司的名字和标志借用的是儿童文学中的一个角色（他会飞，和仙女交朋友，住在一个不会衰老的小岛上）。巴士上印有他的卡通形象——戴着一顶羽毛帽，微笑着——与遍地沙砾的车站产生了滑稽的冲突。

我还没来得及跟朋友们上车，佩里格林小姐把我拉到一边，要单独和我谈谈。

"你梦到过他，是吗？他，指的是我哥哥。"

我一时忘记了呼吸。

"是的。"

"但那些似乎不仅仅是梦，"她说，"就好像他在你脑子里。"

我像机器人一样点了点头："是的，是的。"

"我也梦到过。"

"真的吗？"

"他可能正试图通过我们的梦与我们联系，折磨我们。他将自己的失败归咎于我们——世界上他最恨的两个人。但是相信我，雅各布，他只能用幻觉来嘲弄我们。"

"你确定吗？"我说，"如果他们想把他带回来呢？"

她坚定地摇了摇头："这是不可能的。他被困在了一个很深的洞里，会永远困在那里。我向你保证。"

"但这并不一定能阻止他们尝试。"我说，"你说他们是不是正在干这件事？把科尔带回来？"

"小声点，"她看了看四周，"别放任你的想象。记住，鲍勃预言过的事情也有很多是从来没有发生过的。所以,我们把注意力集中在目前的任务上吧,不要过分在意我们的梦,也不要告诉其他人。"

我点点头:"好吧。"

"但是,下次他在你梦里出现的时候,告诉我。"

巴士的引擎发动了。朋友们从窗户里向我招手。

然后我跑上了那辆巴士。

"我带来了一些礼物。"休说着,将他腿上的一个小包翻了个底朝天。我们只坐了几分钟,伊诺克就睡着了,但现在他醒了过来。艾玛和我靠在座位上,朝过道另一边看了过去。"大家知道我要来,就托我带东西给你。克莱尔给我们打包了炖肉三明治。"他拿出了几个用棕色包装纸包着的三明治分给大家,"备用内衣和袜子,布朗温提供。哦,这个很好——是贺瑞斯的两件异能人羊毛衫。"

"太好了!"伊诺克说,"我在想这是怎么来的。"

"被蛾子咬坏了一点,但贺瑞斯一直在业余时间里修补。"

"既然能阻止子弹,还不能阻止飞蛾吗?"艾玛说。

休解释说:"魔域的蛾子是可以吃掉金属的。"

"还有肉,我听说了。"伊诺克说,"真是个绝妙的物种。"

休举起一本书。"奥莉弗的《异能人星球:北美》一书。"他摇了摇,一张地图从书页间掉了出来,"米勒德塞进了一张最近绘制的美国时光圈地图。"

"这是给你的。"他说着,递给我一个小盒子。

Chapter 7

"谁送的?"我问。

他眨了眨眼:"猜猜看。"

上面有一张字条,字迹整齐而灵动。上面写着:你错过的日落。

我打开盒子,一道琥珀色的光从里面飘了出来,像阳光下的尘埃一样闪着光。这光将我围了起来,甚至有那么一刻,我只能看见这道光。然后它消失了,我感到脸上有些发烫。

"哇,"休说,"太美了!"

"确实如此。"伊诺克说。

"可能有人已经见过。"艾玛气冲冲地说。但车上的其他十几名乘客要么在看手机,要么在看窗外,总之没人注意到她。

"别吃醋了,"伊诺克取笑道,"这可不是你啊。"

"什么?我……我没有……"她皱起眉头,支吾着,"噢,闭嘴。"

她站起身来,坐到了另一个座位上。

"别理她,"伊诺克说,"她要花很长时间才能忘记一件事。为了艾贝,她唉声叹气了半个世纪呢。"

"让我看看时光圈地图。"我急于改变话题。

我挤到伊诺克和休的座位上,把它在我们的腿上展开,很快,我们就被它的古怪吸引住了。

我见过烫金字的时光圈地图,夹在重达一吨的皮面地图册里。

怪屋女孩 5：群鸟会议
THE CONFERENCE OF THE BIRDS

我见过在餐厅的餐垫上潦草地涂画、用图钉和纱线画出路线的时光圈地图。但我从没见过这样的。这是一张真实的地图，也是一张现代地图，和人们在公路旅行时从加油站买的地图一样。最奇怪的是，四边都有广告。

时光圈的广告。听起来类似卡车停靠站的服务，比如加油，就餐，住宿……还有一些异能人的附带福利。

全天供应热饭热菜——酒店式住宿。其中一则这么写道。

另一则宣称：开启时光圈里没有灾害的一天！在完美的天气里，作为平和的平常人，体验我们的热情好客！

另一则是：武装起来的维和人员确保你轻松逗留。

其中一则甚至带一张优惠券：凭此券9折！

"这究竟是一个怎样的国家，怎么这么奇怪呢？"休问。

"这是一个没有伊姆布莱恩的国家。"伊诺克说。

异能人王国包罗万象，但我对它的印象并不深刻。美国的异能人王国与我在欧洲所了解的完全不同。自从几周前我第一次见到H，从很多方面来说，这一点已经很明显了，但这种认识一直在困扰着我。

"一个酒店式时光圈，"伊诺克睡意蒙眬地说，"听起来像是天堂。"

"别抱太大希望。"我说，"我认为这些幽灵对舒适感并不怎么感兴趣。"

"好吧，他们总得在某个地方停下来吧。"伊诺克说，"那个被绑架的女孩被困在时光圈里。如果他们不停下来，她会衰老的。"

"你这是在假定他们需要让她活着。"休说。

"他们费了很大的劲才把她抢走,"伊诺克说,"我相信他们的目的不只是让她枯萎成一堆满是尘土的骨头。"

我们继续前进。太阳开始下山了。伊诺克和休在车上说说笑笑,休嘴里飞出的一只蜜蜂在乘客间飞来飞去。我看得出来,为了让休振作起来,伊诺克尽了最大努力,这也让我更喜欢他了。尽管他一直都是个捣蛋鬼,但他体贴温和。

我回到座位上,将贺瑞斯的羊毛衫当作枕头,靠在车窗上睡着了。我睡得并不安稳,一直在做梦,但我并不记得这些梦。

我惊醒了。有人坐在我旁边。

是艾玛。

她的手握成拳头,放在膝盖上,看上去很紧张。她回头看了一眼,确保伊诺克和休在睡觉,听不见我俩说话,才开了口。

"我们需要谈谈,"她说,"我们之间不对劲。"

这让我立刻醒了过来。

"哦,"我揉着脸说,"好吧。但我觉得我们有点……"

说好了不谈这个的。

"我一直在努力不去想这个问题,"她说,"试着忽略它,假装它不存在,假装我们只是朋友。但这没用。"

"这很明显。"我说。

每当有人提起努尔,你就黑脸。

"我只想再说一次对不起。我为我所做的事感到抱歉。我不该打电话给他。"

我心里真是百般滋味。她所说的明明是小事一桩啊。我居然因为一个电话而和她结束了那一切。如果我因为一些微不足道的事情而伤了她的心,我是不是反应过度了呢?

"你经常这样做吗?"我问她,"给艾贝打电话?"

"不,只打过一次,从路边的电话亭。为了和他道别。"

我不知道自己是否相信她,或者是否真的在乎她。那天的感觉突然又将我淹没,她从来没有,也永远不会真正地属于我,这让我感到难过,却不得不面对这个事实。我在欺骗自己,因为我喜欢的只是一个想法——被艾玛这样的人爱上的想法。

"某种程度上,很高兴你做了那件事,"我说,"这逼着我面对了一些我不想面对的事情。"

"什么事情?"她怯生生地问。

"几天前你自己说过的。我不是艾贝,永远都不是。"

"噢,雅各布,我为我所说的感到抱歉。我当时在气头上。"

"我知道,所以你才那么诚实。因为事实是你仍然爱他。"

她很安静。这就是她的回答。

很简单。

她情不自禁地爱上我,只是因为我让她想起了艾贝。我没有伤她的心,因为她从来没有真正把她的心给过我。

"我不想让你恨我。"她说。

她低下头。在那一刻,在那光线下,她显得那么年轻。我为她感到难过。

Chapter 7

"我永远不会恨你。"

她把头靠在我肩上,我没有拒绝。

天快黑了。我眼睁睁地看着最后一缕深红色的阳光从路那边的几座山后面滑落,周围的田野变成让人忧郁的深蓝色。

"那他是怎么说的?"我说,"你打电话给他时,你们说了什么?"

"他什么也没说,真的。"她叹了口气,"他很生气,说我不该打电话给他。"

"你是忍不住。"

她说得很平静,我几乎听不见她的声音:"他说我打断了他的晚餐,然后挂断了电话。"她抬起头,眼里含着泪水,"我觉得自己像个白痴。然后我不得不回到你所在的那辆车旁边,假装什么也没发生。"

一阵刺痛穿过我全身。一个我没料到的念头掠过我脑海:我爷爷是个混蛋吗?

我搂着她,说:"对不起。"

"别这样,"她说,"我需要听到那句话。我终于让他走了。"

终于。但对我们来说,已经太晚。

"我知道我们不能再像从前那样亲密,"她说,"但我们有一段友谊,那是真实的,值得记住。"

"它依然如此。"我说。她身上的枷锁被解开了,她的肩膀开始颤抖。

我说的都是真心话。

我仍然相信我对她的所有美好感觉都是真实的,只是我不再像以前那么爱她了。

"谢谢你。"她说着,仍然在抽鼻子,"那么我们该怎么做呢?"

"像这样。"我说着,抱起胳膊,"现在我们都该睡一觉了。"

⋅⋆⋅

有人轻轻拍了一下我的胳膊。是艾玛。她低声说:"我们停下来了。"

我眨了眨眼。这是半夜,我们到了艾奥瓦州的某个车站。

"你先走吧。"伊诺克推着我走下过道,朝门口走去。

我下了车,在公共汽车停车场周围的地面上寻找空心鬼的残留物,但没有找到,他们并没有在这里停过。

我们走进了车站,里面有个通宵营业的小饭馆。我和休买了一些热狗,艾玛吃了一个豆子和奶酪卷饼。他们都在一天天长大——在长达一个世纪里,这是一直处于十几岁的他们第一次长大——而且他们总是很饿。但是我的胃不舒服,一想到吃东西就恶心。我的朋友们有时看上去是旧时代的人,但是在另一些时候我觉得自己比他们年长。这感觉很奇怪。

我们回到车上,继续前行。

我有些焦虑不安,总处于半梦半醒的状态。黎明前的某个时刻，艾玛摇醒了我。

高速公路上堵车了。我们乘坐的巴士在长长的车流中缓慢前行。在前方某个地方，急救车的车灯在闪烁。

我开始有种不好的预感。

三条车道被堵成了一条车道。现场慢慢地映入了我的眼帘——发生了一起严重事故：有警车，还有救护车、消防车和闪光信号灯，还有指挥交通的警察。现场热闹无比，却让人沮丧。我的眼睛不禁盯住了一圈醒目的黑色轮胎印，它绕过一排闪亮的照明焰火，延伸到一辆失事巴士后面。

"哦，我的天哪。"艾玛低声说。红黄交替的焰火照在她脸上。

"是同一辆巴士吗？"休说，"他们乘坐的那一辆？"

"我们最好弄清楚。"我说。

伊诺克什么也没说，只是点了点头。

交通已经瘫痪了。我带着我的朋友们，不顾司机的反对推开了车门。

"警察不可能让我们在事故现场四处窥探。"我说。

艾玛说："如果你假装自己是失事巴士搭载的一员，你会吃惊地发现你可以去很多地方。"

有一些医护人员围在失事车辆旁边，但事故似乎已经发生了几个小时，伤者早已被带走。

巴士侧翻，像个倒下的巨人，在闪烁的灯光中，隐约可以看到它那扭曲、散架的车身。看上去它滑出了公路，侧翻了，在通往树林边缘的路上砸出了一个洞。我们看不到其他被砸的车辆。这辆巴士似乎失去了控制，是自己撞坏的。

没过多久，我就找到了空心鬼残留物的痕迹。它散布在巴士周围，从车辆残骸延伸到树林。树林里没有警察，也没有急救人员，除了黑压压的树，别的什么也没有。

我沿着这条痕迹在林间小路上前行，朋友们跟着我。走过林木线二三十英尺时，艾玛在手里生起一团火焰，照亮了我们的路。

我们经过一堆垃圾和一丛带刺的灌木，然后我们发现了躺在树叶里的她。

那个女孩，埃勒里。

她快死了，头上的伤口正在流血，腿在身体下面不自然地扭曲着。

我们向她冲了过去。

"去叫人过来帮忙！"艾玛喊了一声，休就向急救人员跑了过去。

她是个瘦小苍白的女孩。她只有一只眼睛，遮住她另一只眼睛的眼罩不见了，取而代之的是一个黑洞。

等待救援人员的时候，我们想弄清楚到底发生了什么。但埃勒里神志不清，意识时有时无。

"他们想让我哭，"她说，"那些戴着黑眼罩的人。他们让我哭了。"

就在她说话的时候，一条白色小虫从她眼窝里爬了出来，从她脸上滚下，落在地上。我注意到还有上百只这样的小虫子，正在落叶中蠕动。

Chapter 7

我差点呕吐,艾玛和伊诺克则不慌不忙。

"他们偷走了她,"她说着,哭了起来,"他们把她从我身边带走了。"

"她是谁?"艾玛说。

"玛德沃姆,"她低声说,声音颤抖,"她现在要死了。她不能住在外面。"

艾玛、伊诺克和我抬起头来,彼此交换着恐惧的眼神。

"那些人现在在哪儿?"我问。

"走了。"她说,"你会杀了他们吗?"

"哦,当然。"伊诺克说。

"但不要杀那个女孩。那些事不是她想做的,是他们逼她的。"

"哪个女孩?"我问。

"她干的。她让巴士停下了。"

"怎么做到的?"

"用绳子。她给了我最好看的花儿……"

急救人员刚到,她就开始抽搐。他们的闪光灯照亮了这里,过了一会儿,我们被拉走了,以便他们对她进行治疗。

埃勒里扭动着,呻吟着,并且正在起着变化,尽管她被急救人员挡住,我看不出是什么变化。那群人从她身边走开时,我听到其中一个人在骂。

有人说:"到底怎么回事?"

突然,我又能看见她了。

埃勒里剧烈地抽搐，身体周围好像长出了一丛丝线。

"天哪，"伊诺克说，"她开始变老了！"

那是头发，正以指数级的速度从她头皮上长出来，从棕色变为银色，再变为象牙色。

突然一阵风起，吹弯了树枝，吹走了树叶。我们回头一看，一架直升机正在树林那边降落。我们蹲着，看着，不知道该怎么办。有几个人从直升机上跳下，向我们跑过来。

是美国人。拉莫斯和他的保镖跑过树林，叫着埃勒里的名字。佩里格林小姐、雷恩小姐和库库小姐跟在他们后面，甚至都不往我们这边看一眼。

急救人员被吓跑了，他们本来就要逃跑的——当美国人朝埃勒里俯下身去时，我看见伊姆布莱恩将一样东西从玻璃瓶里倒进她松软的嘴里。

很明显，她们想拯救她，但那女孩仍在快速变老。她们把她抱起来，从我身边经过时，我看了她一眼，在三十秒钟的时间里，她的皮肤已经变薄，接近半透明，眼睛已经变成混浊的液体。

伊姆布莱恩对她无能为力了。美国人把埃勒里带走了，佩里格林小姐这才离开他们，走向背靠一棵树的我们。

"佩女士！"艾玛哭了，抱着她，"你是从哪里来的？"

"我告诉过你我会留意你们！"她说着，头发在直升机刮起的风中飞舞，"这也是好事……"

"她会死吗？"伊诺克大声喊道。

"我们给她服下了一种应激血清，以减缓她的衰老，但她仍然无法抗拒衰老。休在哪儿?"

"他求援去了,"艾玛说,"还没回来。"

佩女士脸上闪过一抹忧虑的神色。

我们跑去找休,在失事的巴士旁发现了他。巴士被闪光信号灯和警用带子围了起来,扭曲地侧卧着。一直在事故现场守着的警察已经离开,调查直升机去了,因此目前没人阻止我们直奔巴士暴露的底盘。

走近了,我才看见巴士的轮胎已经爆裂,车轴也坏了。休站在一根车轴旁,拉着一条看起来像绳子的东西,它缠在车轴上,堵塞了轮槽。

"埃勒里说了一些关于绳子的事。"我们朝休跑去时,艾玛说,"她说还有一个女孩,她用绳子拦住了巴士——"

"你说得对,"我对佩里格林小姐说,"还有一个人。一个女孩。"

但当我们走近时,我们发现休手里拿的根本不是绳子,而是一根藤蔓。

藤蔓将车轴和车轮缠住了。

"到底怎么了……"艾玛说着,拿起一根。这是一根绿色的藤蔓,带着刺,上面开着娇嫩的紫色花朵。

"埃勒里也说过一些关于花的事,"我说,"那女孩送了她一些花。"

伊诺克从藤蔓上摘下一朵:"我认识。凯恩霍尔姆的房子周围就长着这种花。"

休仍然一言不发。他从伊诺克手里拿过那朵花,就着跳跃的火焰的光芒,将它举起,仔细查看。

"佩女士,"他说着,他那依然带着男孩子气的脸上浮现出一抹疑惑,"这是犬牙蔷薇。"

佩里格林小姐向他转过身。她闭着眼睛,严肃地点了点头:"是的,休。"

我说:"我不明白。"但其他人似乎都明白了。

"那是菲奥娜的花,"艾玛平静地说,"她不用费任何力气就可以让它生长。有时,这种植物会在她走过的地方自动地冒出来。"

我感到空气稀薄,脑袋发胀:"你是说……"

伊诺克看着那些藤蔓:"只有菲奥娜能做这样的事。"

"天哪,"休哭了起来,眼泪顺着他的脸颊流下,"她还活着。"

艾玛抱住了他,他靠在她身上。他既喜出望外,又悲痛欲绝:"他们抓走她了。他们抓走她了。哦,亲爱的。哦,我的天哪。"

"我们会把她找回来的,休,"佩里格林小姐说,"别怀疑这一点。"

Chapter 8

THE CONFERENCE OF THE BIRDS

怪屋女孩 5：群鸟会议
THE CONFERENCE OF THE BIRDS

我们都会乘坐美国人的直升机——它足够大，装得下所有的人，而且可以让我们以最快的速度离开这里。我们等待着，直升机正在做起飞前的准备。我们累坏了，瘫坐在急救车中间。不知什么原因，雷恩小姐让警察离开了，我怀疑她编造了一些荒诞的故事骗过了他们，或者恰到好处地抹去了他们的一部分记忆。只有拉莫斯一个人站得直直的，焦虑地来回走动，库库小姐和佩里格林小姐则在照料埃勒里，往她额头涂膏药，给她剩下的那只眼睛涂看上去像是药水的东西。埃勒里的眼眶现在被长发遮住了一半。一条白色的虫子把头伸进银丝里，我不寒而栗，把目光移开，但场景的改变并没有让我反胃的感觉减轻。

我意识到，休近乎歇斯底里了。艾玛和伊诺克试着让他冷静，但他呆若木鸡，无法跟他讲道理。更糟的是，他又哭了。我站起来，开始向他走去，但艾玛把他拉近，抱着他，在他耳边焦虑地低语着。我又向前迈了一步，她越过他肩头对我使眼色。让我来处理，她做着口型。

于是我走开了。

我发现只有我自己没事做，觉得自己没有什么用处，但同时又为自己的无用而松了一口气。尽管我尽了最大的努力以保持警惕，但疲惫感深深地笼罩着我，令我头脑混乱。我靠在附近的一辆警车上，支撑着我身体的胳膊肘每过一秒都会滑一下。我眼睁睁地看着库库小姐在路边走来走去。她抹去了这起交通事故目击者的记忆，因为他们可能会对我们所做的事情感兴趣。我差点笑了，又感到头晕目眩。

Chapter 8

然后,突然,我听到一个声音。

很高兴再次见到你。

我脖子后面的汗毛直立,浑身僵直。那声音带着调侃,温柔而毒辣,又熟悉得让我诧异。我转身环顾四周,但这里没有陌生人。

我又听到了——*所以,你很激动是吗?*

这些话似乎是从我内心的某个地方冒出来的,几乎是我自己思想的产物。我太累了,不知道自己是不是睡着了。不,这是噩梦。

一个小小的、令人恶心的声音——嘴唇在张合,元音在伸长——充斥在我的脑海里。带着一种夸张的满足感,就像有人在漫长的一天后躺在温暖而干净的床单上的感觉。

*嗯嗯。*那个声音低声说,*这样更好。我会习惯的。*

"谁在那儿?"我说着,打量着四周。

"雅各布,你没事吧?"艾玛盯着我说。

我对她眨了眨眼,吓了一跳,一时忘了自己在哪儿。"没事。"我说,"对不起,我很好。我想我只是……睡着了。"我对自己的谎言皱起了眉头,"也许我应该走一走,呼吸点空气,让脑袋清醒一下。"

艾玛心烦意乱地点了点头,她和伊诺克都专注于自己的任务——让休冷静下来——所以顾不上怀疑我的行为。于是我走动起来。我不是为了远离他们,而是为了将那个声音从脑海里赶走,让我相信自己的谎言:这不算什么,我什么也没听到。

我坚定地走了很长一段路,在迷宫般的急救车中间穿行。夜里的风吹拂着我的身体,曾经让人舒服的晚风变得咄咄逼人。一阵风突然卷动了我的腿，我绊倒在一边，撞在了救护车的后门上。

我又听到了那个声音。

一个新的世界即将到来，它低声说，*它将如此美丽——*

"你是谁？"我朝漆黑的夜空叫着。

一个老朋友而已。

"那是什么意思？"我说，我的脑袋里一阵阵地抽搐，我的心在狂跳。

那声音哈哈大笑。那是一种黑暗的声音，粗糙而嘶哑。然后，又有熟悉的话语响起：

地球上每块土地都会下沉，臭气熏天，尸骨遍地，陆地上*植被腐烂……*

一把锁嘎嘎作响。

救护车的后门打开了，差点把我撞倒。现在我彻底被吓坏了，但不知怎么的，我发现自己越来越接近黑暗的内部。我不知道为什么。我甚至不知道我在寻找什么，直到我看到它，它很显然是我可以在这里找到的东西。

一具尸体，在床单下面，一动不动。

我身体里的每一种本能都在叫嚣着，要我逃跑，要我呼救，要我搭飞机回到我在佛罗里达那无聊但是可以预测的生活中。

我叫它闭嘴，叫它去死。

然后我站起身，爬上救护车。我的心怦怦直跳。我掀开床单的一角，看到了一个年轻人的脸。他已经死了，半个脑袋凹进去了。

天哪。

"一个老朋友而已。"那个声音说。现在那声音是从尸体上传来的,从死去的年轻人沾满鲜血的嘴里传来,"但我很快就会回来……"

床单掉了下去。我的身体无法控制地颤抖着。

驾驶室的收音机里开始播放一首歌,声音很大,那是《在我朋友的帮助下》。

寒气从我脊背上往下窜,我快要发疯了。我从救护车里冲了出来,撞上了伊诺克。他抓住我,睁大了眼睛。

"你去哪儿了?"他的叫喊声中夹杂着我之前没有注意到的另一个声音:直升机发动的声音。"快点,"他说,"我们要走了!"

他把我拉向等候的直升机。

两分钟后,我们升上了天空,我们被绑在座位上,头戴式耳机挡住了螺旋桨的轰鸣声。埃勒里横躺在拉莫斯和他保镖的腿上,我们其他人挤在后排。雷恩小姐和库库小姐只好变形为鸟,这样我们才能坐得下。她们就落在飞行员附近,扫视着前方开始变得明朗的天空。伊姆布莱恩们已经尽了最大努力稳住了埃勒里的情况,但让她回到时光圈是她得以活下来的唯一机会,所以我们前往最近的一个时光圈,一个叫蝗虫沟的寂静小镇。

一刻钟前发生在地上的事仍然令我惊魂未定。是幻觉吗?是幻想出来的吗?

我听到的是科尔的声音。

科尔引用的是预言中最具有启示性的那部分。这是什么意思呢?

这意味着我可能要失去理智了。要么是这样，要么是科尔找到了折磨我的另一种方式。

休精神崩溃了。尽管艾玛和伊诺克尽了最大努力，他还是越来越糟糕。

"他们抓走了菲奥娜，"他通过耳机上的麦克风对大家说，"我们花的时间越长，将她救回来的难度就越大。我们要搜查两三百英里以内的每一个时光圈。必须现在就——"

艾玛把一只手放在他的胳膊上："休，这样不行——"

"当然行！我们有直升机！"

拉莫斯转过身来，怒目而视："这是我的直升机，孩子，它唯一要去的地方就是最近的时光圈，这样我们才能救这个女孩的命。"他的目光转向了佩里格林小姐，"控制住你的孩子。"

"拜托了，休，你必须冷静下来，"佩里格林小姐说，"我们需要非常谨慎地选择下一步的行动。我们都很难过，我们都很担心菲奥娜。但在眼下这关键时刻，我们最不应该盲目行动。"

"菲奥娜也受时光圈的束缚，"休抱怨着，"她也会衰老。"

"天哪，"艾玛脸色苍白，"我忘了。"

我也忘了。因为灵魂博物馆崩塌时，菲奥娜并没有和我们在一起，没有像其他人一样重置她的内部时钟。这意味着她会衰老。

"他们很可能是在雷恩小姐的时光圈崩塌的前后几个月将菲奥娜监禁起来的，"佩里格林小姐说，"有人看见她从悬崖边跳下来。我们只能推测她被人从下方的树林里救起，侥幸活了下来。"

休闭上眼睛，想象着那个过程："他们对她做了什么？想要她怎么样?"

"目前还不知道,"佩里格林小姐说,"但你可以肯定,他们让她活下来,并不是为了让她在艾奥瓦州中部老去。"佩里格林小姐瞥了一眼窗外。

"是啊,"休难过地说,"我想是吧。"

"我们停下来之后,"佩里格林小姐说,"要回到魔域,集合我们所有的人和情报,制订合适的计划。我们会把她找回来的。"

他点头:"有你这句话就可以了,佩女士。"

我们在一个旧谷仓旁的地里着陆,树和灌木在向下的气流里翻腾着。在旋翼开始减速之前,伊姆布莱恩们和美国人已经下了直升机。当我们追上雷恩小姐和库库小姐的时候,她已经变回人形,穿得整整齐齐,甚至连一根凌乱的头发都没有。

我们帮拉莫斯和他的保镖把埃勒里抬到了谷仓的阁楼上,那里是时光圈的入口。转换进行得很快,我的胃有些痉挛。之后,我们又把她抬下来,进入了一个暖和、雾气朦胧的早晨。

"别动!"有人说。我看到有个人用枪指着我们。

他随意地坐在一把木椅子上,戴着一顶礼帽和一副奇怪的胡子面具。"说出你们的名字和部族关系!"他叫道。

"你不知道我是谁吗?"拉莫斯吼了回去。

"我才不在乎呢。只要你不是北方佬,花五十块钱你就可以进去。"然后他把头一仰,往前坐了坐,喃喃自语道,"等一等……"

"是的,"拉莫斯的保镖说,"这是安东尼·拉莫斯。如果你不想站在行刑队面前……"

那人立刻扔掉枪,扑倒在地上:"对不起,拉莫斯先生,我没认出来,我是说,没想到您……"

雷恩小姐走上前,把那个人拉了起来。"我们需要一张床给这个可怜的女孩,"她说,"让她躺得舒服点,我们还要给她涂膏药。"

"当然,当然,"那人紧张地笑着说,"有这样一个地方,可以提供,毫无疑问,他们会免除像您这样的杰出人士的费用。"

我们跟着他,他一边带路,一边鞠躬,朝着一排隔板建筑物走去。最大的隔板建筑顶上有个雨篷,上面写着"饭馆儿"。在入口处,有三个人正无所事事——一名穿着白上衣的服务员和两名穿着围裙的厨师。蒙面人大声叫他们准备一个房间,他们马上站直了身子,消失在里面。

床单从我身上掉了下去,我的身体无法控制地颤抖着。

伊姆布莱恩让我们待在外面。"我们不会太久的,"佩里格林小姐对我们说,"只要这个女孩情况稳定了,我们就会走。"

休是一股紧张的能量。他在努力地控制自己的情绪,这让他的太阳穴的静脉在跳动。我不能怪他。他所爱的人落在了科尔最臭名昭著的副官手里,天知道她正在经历什么。

但我们对此无能为力。我环顾了一下这个荒凉的小镇,想找点能转移他注意力的东西。

"想知道卡尔为什么戴面具吗?我敢打赌你想知道。"一个小小的声音颤抖着说。然后一个小姑娘从餐厅的角落里走了出来。

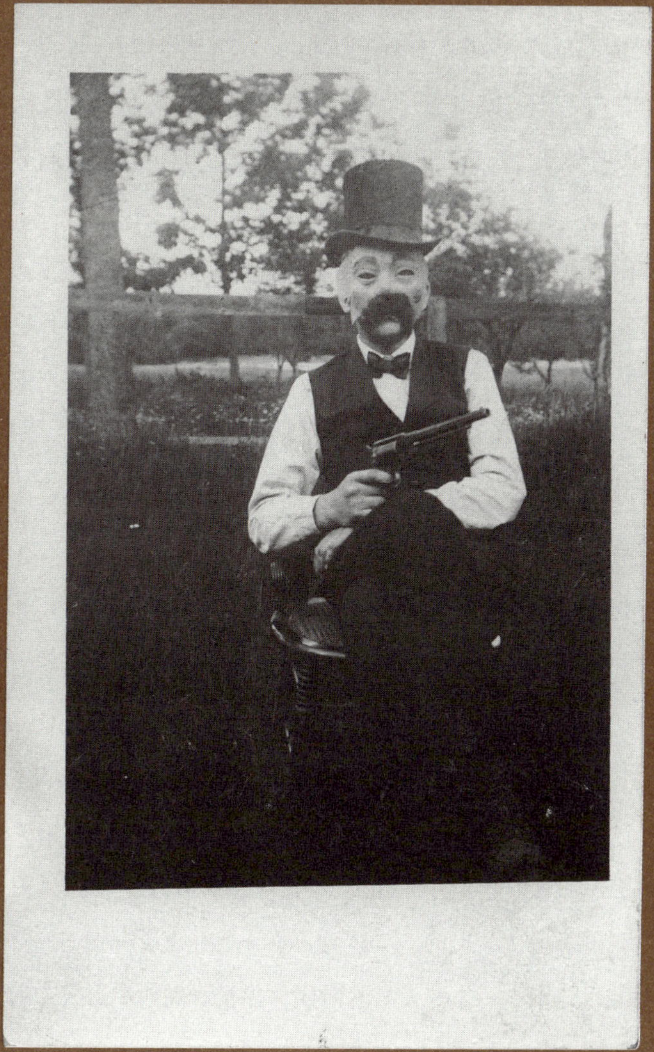

她不可能超过六岁。她的衣服很朴素，棕色的头发剪成了短短的波波头。

"为什么？"伊诺克漫不经心地说，"甘露上瘾者吗？"

"是为了不暴露身份。"她磕磕绊绊地说着，想连贯地说出来，却没有做到，"守卫入口的人总是戴着面具。万一他们必须杀死什么人呢？戴着面具他们就不会受到报复了。"

"你别说了。"伊诺克现在更有兴趣了。

"我是埃尔西，你们是新来的。你们都是和准伊姆布莱恩一起来调整时光圈时钟齿轮的吗？那些齿轮最近被卡住了，惹出了不少麻烦。"她说话的速度很快，脸上充满好奇。

"她们不是准伊姆布莱恩，"艾玛说，"她们是真的。"

"哈！"她说，"你们真有意思！"

"我们不是在开玩笑。"我说。

"和她们在一起的那个气势汹汹的家伙是北方佬的首领。"伊诺克说。

"你是认真的吗？"埃尔西睁大了眼睛，"你们来这里干什么？"

"不能谈这个，"伊诺克说，"这是最高机密。"

"我们不会待太久的。"休直言不讳地补充了一句，然后猛地抬起眉毛，"除非……今天早些时候，你没看到四个男人带着一个女孩过来吧？"

"没有。几个月没人来过了。"

休的脸垮了下来。

"除了那个人。"她指着街对面绞刑架上挂着的一具干尸说,"他是想抢劫我们的强盗吧?所以我们开枪打死了他并把他挂在那里,以示警告。自从泰德弟弟的火花石被偷走,我们对小偷很失望了。"她满怀希望地看着我们,"你们不是为了这个来的吧?"

"为了什么?"伊诺克说。

"泰德弟弟的火花石。我希望,如果这么重要的人来这里,可能是因为偷火花石的人被抓住了,你们是来归还的。"

"对不起,"艾玛真诚地表示着遗憾,"我们对此一无所知。"

"哦。"她那坚不可摧的劲头有点消沉,"你想见泰德弟弟吗?我知道这会让他高兴的。他变得不一样了。"

艾玛说:"我们真的不能。"

埃尔西低着头。"啊,我明白了,"她说着,然后瞥了一眼不远处的一所小房子,"不过他就住在那边……"

"为什么不能呢?"我说,"如果很近的话。"

我看了看艾玛,向休点点头,她明白了。

"好吧,我们去见见他。"她说着,挽住休的胳膊。

"2——3——走起!"女孩喊道。

休很不情愿地跟来了。我们都朝那所小房子走过去,埃尔西一路说个不停:"最近这里的时间过得很慢,周围一个人也没有,只有一个推销员和时光圈维护员。老师应该很快就会来给我上课了。除了这些,这里太无聊了。你们是从哪里来的呢?"

"伦敦。"艾玛说。

"哦，我一直想去那样的大地方。那里很漂亮对吗？"

伊诺克笑了："不是特别漂亮。"

"没关系，我还是想看看。你们是从什么时代来的？我是说，你们是什么时候出生的？"

"你问得太多了。"休说。

"是啊，这就是我的名声之所在。泰德弟弟叫我审讯者。你们回去时能带我一起吗？"

艾玛看起来很惊讶："你不喜欢这里吗？"

"我想看看蝗虫沟之外的世界。顺便说一下，我是在辛辛那提出生的，但从四岁起就在这里了。"

"那你在这里没待多久啊。"我说。

她点点头："是啊，我想我确实没待多久，我才四十四岁呢。"

我们走进了那所小房子。

我们就像走进了一个烤箱，一个巨大的壁炉正在熊熊燃烧，前面是一堆厚厚的毯子。

"嗨，弟弟。"埃尔西说，那堆毯子朝着我们的方向稍稍转了转，里面有个孩子。

"天哪，"休说，"他会被活活烤死的！"

"别碰他，"埃尔西警告说，"你会被冻伤的。他的体温是零下五十度。"

"你好——"男孩颤抖着说。他的皮肤是蓝色的，眼眶是红色的。

"可怜的家伙。"艾玛低声说。

我额头上已经有了汗珠，但当我走近那个男孩时，我能感觉到他身上散发出的阵阵寒意，那寒意击退了热气和我的汗水。

我转向埃尔西："你刚才说有人偷了他的东西，是什么东西呢？"

"他的火花石。"她说着，朝那个男孩难过地笑了笑，"他自己会告诉你，但他很难开口说话，因为他的舌头被冻僵了。"

"也许我能帮上忙，"艾玛说，"哪怕只是一小会儿。"她双手点燃火焰，让它们燃烧得更旺，然后举到那个男孩头顶。

"太好了，"他结巴地说，"谢谢你，女士。"

温度高得让人难以忍受。温度越高，我越能闻到一种奇怪、刺鼻的气味。就像有人在烹饪垃圾。但我试着忽略它，我要集中注意力。那个男孩正在热身，刚好能说话了。

"我处于这种情况，"泰德说，他的皮肤没有那么蓝了，"唯一能让我过上正常生活的就是火花石。那是一块永远燃烧、永不熄灭的小绿石头，是我的伊姆布莱恩很久以前送给我的。"他的话里充满了伤感，"那还是我们有伊姆布莱恩的时候。她从很远的地方带过来的，她说是从大海的另一边。她说，如果我把它放在肚子里，它会一直让我暖和。而且它在我身体里待了很长一段时间。"

气味开始变得比热更加让人难以忍受。我紧紧地捏住鼻子。奇怪的是，这气味似乎并没有打扰到其他人。

"然后那个人进城来了。"男孩接着说，他现在说得很轻松，"他说他是个医生。我总是有点冷，必须一直穿着外套和毛衣，他说可以帮我治好。他让我将火花石咳出来，让他捣鼓捣鼓。"

我全神贯注地听着,并没有意识到自己正朝房间的一个角落走过去,直到我走了一半。有什么东西正在吸引我——气味,还有恶心的感觉。"他将火花石拿走了,"男孩说,"我去追赶他,想要夺回来,但是一个东西拦住了我。一个力气很大的东西,但我看不见。"他摇着头,眨着眼睛,忍住了眼泪,"它把我按在墙上,捂住我的嘴,我叫不出声。我晕过去了……"

在角落里,地上有个黑色的污点,是那种气味的来源。

"雅各布,"艾玛很快便说了出来,"听起来像是——"

"是的,"我说,"这里有一滴残留物。"

男孩点点头:"它就是在那里按住我的。"

"那是什么时候?"我问。

"五六个月前。"埃尔西说。

"那人长什么样?"

"和一般人并无二致,"泰德眨着眼睛说,"没有任何辨识度。"

"他戴着墨镜,是吗,泰德?"埃尔西说,"他从不摘下墨镜。"

有人在大声敲门,门打开了。佩里格林小姐走进房间,然后深深地吸了口气,她热得有点喘不过气来。

"我们要走了。"她说。

休和伊诺克迅速说了一声"再见",然后去追佩里格林小姐。

埃尔西看着我,恳求着:"你能做点什么吗?你知道那个人……"

"我们现在有很多事情要做,"我说,"但我们不会忘记你的。"

埃尔西点了点头,咬了咬嘴唇。

"谢谢你,"泰德说,"看到友好的面孔总是很让人高兴的。面对分离,也不要太难过。"

"我很抱歉,"艾玛对他说,"我希望我们能多待一会儿。"

"没关系。"他叹了口气,然后把目光转向壁炉。

埃尔西也是这样。在火光的强烈照射下,有那么一会儿,她看上去既年轻又衰老,而且不知所措。

艾玛慢慢地合上双手。她看起来既伤心又遗憾,虽然我们几乎不认识这些人。但正如我已经知道的,她的心胸,比整个法国还宽广。

当我们走到门口,那个男孩已经开始变蓝了。

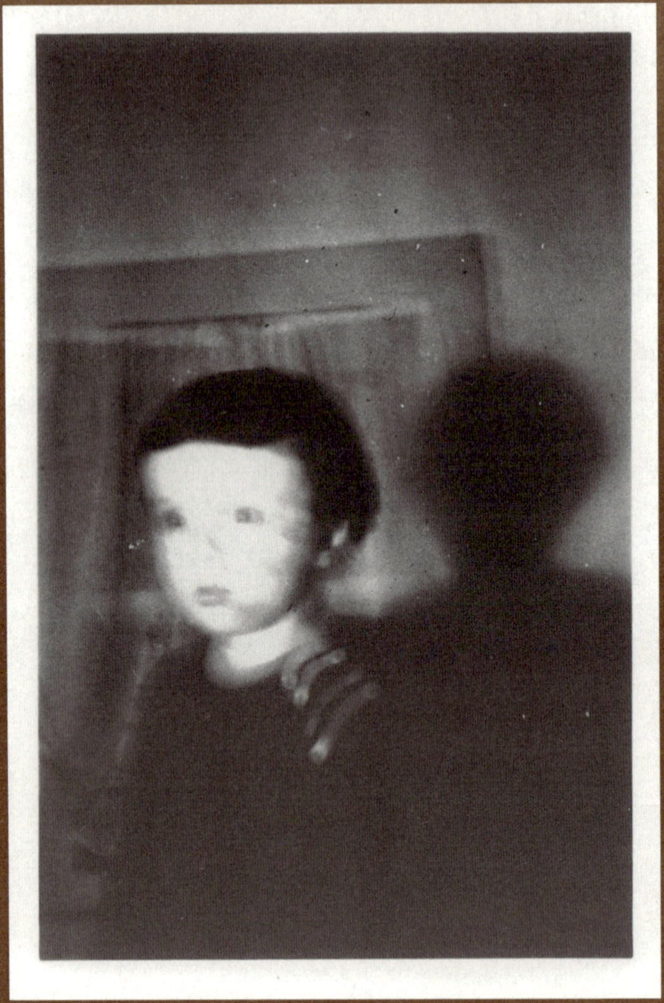

Chapter 9

THE CONFERENCE OF THE BIRDS

怪屋女孩5：群鸟会议
THE CONFERENCE OF THE BIRDS

我们将埃勒里和拉莫斯的保镖一起留在了蝗虫沟。我想看看她状况如何，但是伊姆布莱恩们坚持说她需要安静休息，不需要人去拜访。我们的快速行动挽救了她的性命，但还有待观察。虽然只是一个晚上，但她已经衰老成为一个中年妇女，而这种衰老对大脑的影响最为致命。尽管如此，拉莫斯还是对我们所做的一切表示感谢。他没有说太多，但我可以判断出来。乘坐直升机返回马罗伯恩时，他很安静，没有那么容易就发飙和抱怨，他的浣熊也终于停止了吼叫和翻滚。

我们其余的人都没怎么说话。伊诺克睡着了。在大部分的行程中，艾玛都在与休低声交谈，并悄悄地松开了他握紧的拳头。

我想到了努尔。最近我一直在想她，尤其是当我没有被无趣的人或者威胁生命的东西分散注意力的时候。在安静的时刻，只要想起她的脸，我的压力就会减少百分之十到百分之二十。那几乎一直紧贴我胸口的紧张情绪会放松——有时，如果我想象离她很近或者在亲吻她，那紧张情绪会转变为别的东西，一种纯粹的需求和欲望。

我要承认，我对艾玛从没有过这种感觉。我和她之间是那么纯洁，那是维多利亚时代的感情。我对努尔的感觉却有所不同——我们之间更能起化学反应。

她还让我感觉到了温柔。

她对这个世界是如此陌生。我想知道她的心情好不好，是不是适应我们的世界。她还好吗？米勒德的地图研究有没有取得进展呢？他们能找到V所在的时光圈吗？如果努尔找到她，会发生什么事

Chapter 9

呢——什么时候能找到她呢？

这继而让我想起：菲奥娜到底在哪儿？

由于埃勒里和拉莫斯的保镖没有和我们一起，雷恩小姐和库库小姐可以保持人形。在大部分行程中，她们都在与佩里格林小姐严肃地低声交谈。我希望她们能想一想幽灵会把菲奥娜带去哪里——为了菲奥娜，也为了休——但我并不确定。在这一切发生之前，休实际上已经渐渐平静下来，但是现在，他的伤口又被撕开，是原来的两倍。我非常了解他，我知道他不会停歇，直到她回到我们中间并且再也没有任何危险。而如果鸟儿们阻止他，或者万一她有什么闪失，那绝对会要了他的命。

我搁置了这个想法，取而代之的是一个我很想问佩里格林小姐的问题。不过，我无法通过耳机麦克风来提问，我不想让拉莫斯听到。

他似乎睡着了，光秃秃的脑袋靠着窗户，一动不动。

我再也等不及了。

"有些事情，我必须知道。"我靠在她的座位上，小声说着，她也转过身来，"在马罗伯恩的营地，你是什么时候发现空心鬼残留物痕迹的起点的？不仅仅是根据鞋印，对吧？"

佩里格林小姐摇了摇头："不是的。"

休正在用心听着。

"我在帐篷外的树林里找到了它。"她从衬衫口袋里抽出一朵被压扁了的紫色花朵。是犬牙蔷薇。

休伸出手，抚摸着它，将它拿在手里翻来覆去地看，"她在那里，对吗？"

"是的。而幽灵不在。"佩里格林小姐声音太小,我只能通过她的唇形来判断她的话,"是菲奥娜将那个女孩带到空心鬼那里的,空心鬼一直躲在北方人的营地附近,等着她们。"

"我不明白。"休皱着眉头,两眼打转,"她在帮他们是吗?"

"那并不是出自她的本意。我一直在与雷恩小姐和库库小姐讨论这件事,我们相信她曾经(而且很可能正在)受精神控制。巴士事故是那种控制失灵的结果,菲奥娜想要逃脱,也许甚至要杀死控制她的家伙。"

艾玛喘着粗气。休什么也没说,他的下巴紧紧地绷着,这让我担心他的牙齿。

"该死,他们可能想杀了她。"伊诺克喃喃地说,然后用一只手捂住了嘴巴。艾玛瞪了他一眼。

"不,"佩里格林小姐说,"幽灵非常专注,非常实际。他们让她活着,并用尽一切力量将她从威尔士带到这里。无论是出于什么目的,他们的目的都还没有实现。他们不会杀了她的。"

"还没有,"休说,"直到他们不再需要她。"

拉莫斯在动。我们不能再讨论了。

在紧张的沉默中,我们抵达了马罗伯恩。

我们站在现在的马罗伯恩大街上,就在矿业博物馆——时光圈的入口外,一位游客停了下来,要为我们拍照。拉莫斯朝他吼着,让他走开,他匆匆离开了。

佩里格林小姐勉强笑了笑。"我们要离开一阵子,会议至少要暂停几天，"她说，"手头有件更紧迫的事情。"

拉莫斯点点头。"希望你能找到你的女孩。"他一边说着，一边握住了佩里格林小姐的手。

"谢谢。"佩里格林小姐说，"一旦埃勒里身体好转，可以旅行，我们会对她竭尽所能。我们在魔域有一位非常出色的治疗师，如果你能放心地把她交给我们的话。"

他点了点头，然后转过身，第一次直接对我说话："对不起，我怀疑过你，孩子。你有难得的天分。"然后他在我后背上狠狠地拍了一巴掌，我差点摔倒。

他打算走了，但雷恩小姐抓住浣熊的尾巴，拦住了他。她说："我们不在时，希望你们不会尝试发动战争。"

"如果爆发了，肯定不是我们开的第一枪。"他拍了拍大礼帽，走了。

几分钟后，我们通过全景敞式时光圈重新进入本瑟姆的阁楼。电梯门开了，有奇怪的声音，是掌声。

阁楼上到处都是人——伊姆布莱恩、我的朋友们、部门工人，其他我路过时才认出来的异能人——他们都在鼓掌，面带灿烂的微笑，为了我。

佩里格林小姐将我推出电梯时，我感到后面有人友善地推了我一下。

"他们知道你做了什么，"她小声说，"而且都为你感到骄傲。"

贺瑞斯欢呼起来。布朗温肩上扛着奥莉弗和克莱尔，这样她们可以看到人群中的所有人。他们都在欢呼。布莱克伯德小姐和巴巴克斯小姐向我表示祝贺，甚至沙伦也拍了拍我的后背。奇怪的是，看到他们聚集在一起，朝我笑着，这让我吃惊，让我充满了喜悦。我觉得很激动，浑身充满了多巴胺。这让我想起了我一直在为之奋斗的目标：

我最真实的朋友，最真实的家。

我爱我的异能人大家庭，我知道我的余生会和他们一起——也是为了他们——奋斗。

我感觉佩里格林小姐的手落在了我肩上。我转过身，发现她此刻难得的温柔，眼里充满了感动。

"波特曼先生，你做得很好，"她轻声说，"做得好。"

我站在那里，像个白痴一样咧着嘴笑着，想着如何与我的朋友们一一拥抱，这时人群似乎突然安静了下来。当我看到她的那一刻，其他的一切都消失了。那些窃窃私语、那些问题和那些好奇的眼神——都无关紧要。我的脑子瘫痪了，因为在那里的——越过沙伦表弟那宽阔的肩膀——是她。她气喘吁吁，尽可能快地向前冲，她的神情是那么不顾一切，又是那么高兴。

努尔。

"雅各布。"她说。她从人群中挤过，喘着气，忽略了朝她照过去的聚光灯，"你回来了……我只是听说了……我和米勒德在博物馆……我好担心……"

我用双手做成一个楔子的形状，将人群分开，缩短了我们之间的距离。我甚至没有打招呼，就当着所有人的面亲了她。当她的身体靠在我身上时,她的惊喜消散了。我的胸膛和头顶喷出一阵火花时,世界上其余地方突然沉默。

最后,我们分开了,因为我们发现房间里是那么安静,而且有那么多人在注视着我们。

我意识到我需要呼吸。

"嗨!"我傻笑着说。我的脸很热,可能是甜菜的红色。

"嗨!"她也笑着说。

然后我们笑了。宽慰、喜悦和紧张充斥着我们的身体。我们俩似乎都意识到我们走过了一条有去无回的路,正在直奔新的领域。过去我们之间是友谊,现在我们直接进入了——

我还不确定。

但是想到这一点,想到我们会成为什么,我就感觉无法呼吸。接着让我感到意外的是我竟然能同时有这么多感受:喜悦,恐怖,恐惧,悲伤。我的笑容消失了,现实世界匆忙地恢复了它原来的样子,我不得不冷静、清醒地看待这里的一切。尽管如此,现实的严酷边缘现在似乎变得柔和。这是个奇怪的奇迹。

在附近,我能听到佩里格林小姐正低声与一个人谈论菲奥娜的事。沙伦似乎正在朝着我们走来。努尔和我仍然站得很近,但是我们不再碰彼此,甚至没有看对方,但我们之间的空气有了一些变化。接着,有人开始拍我的肩膀,我皱着眉头,准备告诉沙伦后退一点,我现在不想谈论所谓时光圈的自由。

但那是贺瑞斯。

"雅各布,"他焦急地说,"我知道你刚到,但我们还有很多事要讨论。你不在的时候,努尔、米勒德和我有了惊人的发现。"

我朝努尔看去,她咬着嘴唇。"是的,我没机会提到那一部分,"她尴尬地说,"但贺瑞斯说得没错,我们有很多话要说。这里太疯狂了。"

"你们取得了突破?"我问道。熟悉的希望之光在我胸中生起。

"实际上,是的。"她笑着说,"从我们房子里往街对面看过去的那个路标,你还记得吗?原来,那是一家只在俄亥俄州和宾夕法尼亚州设有分店的商店广告。因此,我们将范围缩小到了两个州!"

"棒极了!"我说,"你们快要找到了!"

"这还不算——米勒德说,要在这么广袤的地方找到一个秘密的时光圈,还需要几个星期。现在进展缓慢,因为米勒德在处理其他的事情。"

"还有什么?"我皱了皱眉,"还有什么比这更重要的呢?"

努尔耸了耸肩。

我看着贺瑞斯。

贺瑞斯也耸了耸肩,心不在焉地拨弄着他的领带。"谁知道呢?很难将他按住并向他问个明白,"他说,"尤其是当他非要像个不开化的动物一样裸奔的时候。"

"有些动物是穿了衣服的。"我想到了阿迪森。

"我说过,他是不开化的动物。"

我正要继续谈论这个话题,这时伊诺克从人群中跳了出来,抓住贺瑞斯的肩膀。"你听说菲奥娜的事了吗?"他叫道,"她还在,伙计!她还活着!"

Chapter 9

贺瑞斯跳了起来,好像摸了一根带电的电线:"什么!"

显然,他没有听说过。他们都没有听说过。

"谁在说菲奥娜呢?"布朗温大声喊着,推开尤利西斯·克里奇利,向我们走来,"她还活着吗?"

"哦,我的天哪!"奥莉弗哭了。她很激动,从布朗温的肩膀上飘了起来,被卡在了房梁上。

"那——那——"克莱尔结结巴巴地说。然后她走了出来,从布朗温的肩膀上滑到她怀里。"太好了。"她呻吟着。

"好极了。她在哪儿?"布朗温说着,转了转脑袋,"这件事要好好庆祝一下!"

"她现在是幽灵的囚徒。"艾玛说着,将一根绳子扔给奥莉弗。她看了一眼努尔和我,然后迅速移开视线。

"哦,"贺瑞斯面无表情,"见鬼。"

"我们去找她!"布朗温说,她的情绪永远不会低落,"我们今天就组成救援队——此时此刻!他们把她关在哪儿了?"

"现在还不知道,"我说,"这就是问题所在。"

"见鬼。"布朗温说着,垮下了肩膀。

我转身寻找休。他还在电梯旁,与布莱克伯德小姐和佩里格林小姐严肃地交谈着。

"我不明白为什么佩里格林小姐非要让他和我们一起去不可。"伊诺克说,"她知道,即使我们找到菲奥娜,她也是惨不忍睹。至少受到了精神控制,甚至——"他停了下来,然后才说出死亡的可能,"那会让他粉身碎骨。"

贺瑞斯说："我的天哪，伊诺克，你的心是肉长的吗？"

伊诺克瞪着他："听起来有点残酷，仅此而已。"

"不，"艾玛坚定地说，"把休排除在外，不会对他有任何帮助。如果我们不带他找菲奥娜，而他发现佩里格林小姐有她的下落，那才会让他粉身碎骨。无论如何，他都应该去。"

"他怎么样了？"努尔问。

"不出所料，"艾玛说，"他是个坚强的孩子。但是他很愤怒，很担心。"

"我们都是。"我说，我转向努尔和贺瑞斯，"所以，你们有消息？"

"这不能公开地讲。"贺瑞斯说，"我们找个地方小声说，找个更私密的地方。"

"只要有吃的就行，"伊诺克说，"我快饿死了。"

现在还很早，离宵禁还有几个小时，魔域的天空中还挂着太阳，"干枯头颅"酒吧还没那么拥挤。

"我一般不批准你们去公共场所，"佩里格林小姐认为酒吧门上方那个干巴巴的黑色头颅很可疑，"但我们的柜子现在空空如也，而且你们辛苦了好几天，所以这次是个例外。"

"见鬼去吧，你个装模作样的老太婆！"那颗脑袋低下来回答道——佩里格林小姐要么没听见，要么不想作出让它满意的回应。

Chapter 9

　　我们在酒吧后面的角落里抽出两张桌子拼在一起，作为我们的私人区域。我所有的朋友都在那里，除了米勒德，我们回到全景敞式时光圈时，他欢迎过我们，但随后他立刻忙自己的事去了，连一声再见都没说。

　　我坐在努尔旁边的椅子上。贺瑞斯在我另一边。佩里格林小姐、伊诺克和艾玛坐在桌子对面，桌面上刻着各种各样的英文缩写和字母，布朗温则与奥莉弗和克莱尔坐在最后面。

　　我很想听听其他人的消息，尤其是贺瑞斯说过的事情，但他和努尔要求我们先说自己所看到和做过的。艾玛、伊诺克和我轮流讲述，休在桌子末端沉思着，抚摸着手里的啤酒杯。营地，事故，埃勒里和她的蠕虫，泰德弟弟和被偷走的火花石，我们讲完时，我不禁想起一个问题：幽灵到底想要什么？

　　"碰巧的是，"贺瑞斯说着，将椅子挪到离我更近的地方，"对此，我们有了一些眉目。"

　　就在这时候，我们的食物到了。当然要先吃东西。

　　每个人都分到了土豆鱼汤。我们没勇气去问那是哪种鱼，端上来的男服务员也没说明。

　　"艾弗塞特小姐和她的团队一直在深入研究《伪经》，"贺瑞斯说，"弗朗西丝卡一直在加班加点地翻译我们之前未能理解的部分。"

　　我们都凑了过来。

　　"然后呢？"艾玛说。

　　"预言比我们想象的要丰富得多。"

怪屋女孩 5：群鸟会议
THE CONFERENCE OF THE BIRDS

佩里格林小姐啪的一声放下汤匙。"我们回来的那一刻你就应该告诉我的，"她生气地说，"现在——你发现了什么？"

"在我们刚刚发现的脚注中，"贺瑞斯说，"在讲到黑暗时代来临之前的部分，预言谈到了背叛者组织的崛起——描述他们是'无情的人，想要扭曲自然的灵魂，并受到了诅咒的报应'。"

"那听起来很像是幽灵。"艾玛说。布朗温和奥莉弗点了点头。

"艾弗塞特小姐也是这么认为的。"贺瑞斯说，"但是下一段就变得奇怪了，甚至更糟糕，似乎提到了科尔和灵魂博物馆。"

我感到喉咙被卡住了。

"我从未见过一个预言中提到另一个预言，但这似乎是圣经《启示录》中的一句话：'他们之上有个国王，他是无底之坑的天使，名叫阿拜登。'他接着说，背叛者组织将把他从那个坑中救出。"

伊诺克差点被他的汤呛住了："让他复活？"

"当他回来，他会充满可怕的力量。"

"什么力量？"布朗温说着，僵硬地坐在椅子上。

我眼前发黑，身体从头凉到脚。床单下的尸体，科尔引用预言的声音回响在我耳边。

"那力量来自古老的灵魂，"我的声音空洞得连我自己都吃惊，"一定是灵魂博物馆。"

努尔担心地看着我，但我不能看她的眼睛。我现在还不想泄露自己的恐惧，所以我像往常一样，只要害怕就看向佩里格林小姐。但她面无表情，她显然正在思索。每个人都惊慌失措，贺瑞斯一口接一口地喝水,似乎想要缓解由过度恐惧引起的口干舌燥。

只有伊诺克看上去不为所动。

"真是一堆折腾人的事儿。"他说着,大声喝了一口汤。

"这不好笑,伊诺克。"艾玛怒目而视。

"当然不好笑啦。现在这一切都讲得通了——所以他们抓住了菲奥娜。还有那个美国女孩的玛德沃姆。"他摇了摇头,无声地笑了。

"你在说什么?"我说着,我的愤怒开始代替恐惧。

"非常明显,"他说,"幽灵要按照一个秘方来操作,"他用汤匙在碗边刮了一下,"制作复活汤,就像女巫团。加倍,加倍,不惮辛劳,不惮其烦!"

布朗温就像在跟一个孩子说话:"真可怕,伊诺克。"

他叹了口气,放下汤匙:"只剩下我一个人听佩里格林小姐的话吗?科尔在一个崩塌的时光圈里,永远,永远回不来了。"

"除非有别的情况。"奥莉弗说。

"米勒德说他也被困住过。"克莱尔大声说道。

伊诺克摇了摇头:"幽灵显然是绝望的。他们在抓救命稻草。他们别无选择,除了永远躲在阴影中,以类似优雅的方式接受失败,这显然不符合他们的性格。所以他们正在进行疯狂的尝试,因为这是他们唯一能想到的。但这是不可能的。"他用汤匙指着佩里格林小姐,"你自己也是这么说的!"

他坚持的时间越长,就越想得到确认。

现在我们转向佩里格林小姐,我们的希望寄托在她的下一句话上。她看上去经过了深思熟虑："我想,我确实这么说过,不是吗?"

佩里格林小姐声音中的某种东西使伊诺克停止了进食。他的汤匙停在了嘴巴前面:"你想?"

"有可能他们就像伊诺克所说的那样绝望,并且会尝试任何事情。但是,他们不大可能在蠢事上花费那么多力气——尤其是穆诺。我怀疑他可能直接听命于科尔,可能是通过梦。"她意味深长地看了我一眼,"波特曼先生做过几个这样的梦。我也做过。"

贺瑞斯发出一声呜咽:"哦——"

我猛地抬头,看着他。

"什么'哦——'?"伊诺克说。

"这汤有什么问题吗?"服务员俯在我肩膀上方说,"需要加一些鳗鱼粉吗?"

"现在不需要!"伊诺克向他喊道,服务员偷偷溜走后,伊诺克再次转向贺瑞斯,"'哦——'是什么意思?"

贺瑞斯凝视着他那空荡荡的酒杯,说道:"我也梦见过他。"

"是吗?"我说。

"还记得雅各布第一次来找我们时,我做的让我惊醒的噩梦吗?沸腾的鲜血和从天而降的火海,记得吗?"他等大家露出肯定的表情,然后点点头,咽了一口口水,"昨晚我又做了一个,梦里只有科尔。"

"你为什么不说呢?"布朗温有些受伤地说,"做噩梦时,你总是来找我。"

"我认为这是自己恐惧的表现,而不是预言性质的梦。"贺瑞斯忧虑地说,"但是,如果科尔也出现在雅各布和佩里格林小姐的梦里……"他用一只颤抖的手搓了搓脸,让自己情绪稳定下来,然后说道,"以前我从没在梦中见过科尔,无论是预言性的还是其他的梦。但这次我非常清楚地看到了他。他飘浮在天空中,像乐队指挥一样导演着末日大灾变。"他抬头看着我,"我认为是他以及他的复活搅起了这个时代的黑暗与纷争。"

"这是我应该帮忙终结的,"努尔沉重地说,"解放大家。和另外六个人一起。"

"等一等,"我说,"我们是不是有些超前了呢?首先,为什么幽灵认为可以让他复出呢?因为他们也看过预言吗?他们是否像我们一样,以为预言是关于他们自己和科尔的?"

"确实与他们和科尔有关。"贺瑞斯说。

佩里格林小姐举起手,要求大家保持冷静和理性:"为方便讨论起见,我们假定贺瑞斯是正确的,即预言就是关于他们的。他们是怎么做的呢?如果他们正在按照复活汤的秘方在操作,那是谁的秘方呢?里面包含什么?他们从哪里得到的?我认为——"

"从你哥哥那里,佩女士。迈伦·本瑟姆。"

那是米勒德。他气喘吁吁,在桌子前面的佩里格林小姐旁边打了个滑。佩女士目瞪口呆,因为她不习惯别人问她还不知道答案的问题。

米勒德说:"我刚从本瑟姆的秘密办公室过来,我想你最好现在和我一起回去。"

本瑟姆的秘密办公室就在他正式办公室的正上方，可以通过隐藏在天花板上的梯子进去。梯子藏在他自己的大幅画像后面，天花板上有很多这样的画像（奇怪的是墙上并没有）。在梯子顶端，我们发现了一间静修室，里面有塞满了书的书架、可折叠书桌和一张硬椅。

本瑟姆的老仆人尼姆在角落里紧张地等待着我们一个接一个爬上去。

"我从没见过这个房间。"佩里格林小姐说着，慢慢地环顾四周，"我让布莱克伯德小姐和她的人将这座房子搜查了一遍……"

"尼姆知道这个地方。"米勒德说。那个奇怪的小个子尼姆开始点头。"显然，幽灵也知道。"

"本瑟姆先生将他最敏感的论文和书籍都放在这里，"尼姆说，"远离窥视者和小偷，但他相信老尼姆，没错。"尼姆摆弄着他的手，将指甲盖上的倒刺拔掉，同时眼睛在房间里来回扫视，"尼姆的工作是除尘、整理这些书籍、文件，将它们按字母顺序排列、分类……"

"你能谈谈幽灵让科尔复活的事吗？"艾玛说。

"还有，这与菲奥娜有什么关系？"休低声吼叫着。

米勒德清了清嗓子："是的——所以，大家总是说不可能从崩塌的时光圈逃出来。所有研究过它的专家都这么认为：要么它会杀了你，将你变成空心鬼，同时将方圆几百英里夷为平地（如1908年的通古斯事件），要么，如果你刚好给自己注入了远古时期最强大的灵魂之一，就像科尔在灵魂博物馆崩塌之前所做的那样，那么你将永远陷入一种现象，我们将其称为深度隔绝。"

佩里格林小姐说："请说得直白一些，纳林斯先生。"

"几乎每个人都认为这是不可能的，但本瑟姆显然并不这么认为。"米勒德向尼姆点点头，"继续讲。告诉他们。"

尼姆往前挪了挪，仍然在摆弄他的手："本瑟姆先生不想这么做，但是科尔先生强迫他。"

"强迫他做什么？"佩里格林小姐说。

"找到逃离崩塌时光圈的方法。"他偷偷抬头看了一眼，好像在迎接耳光，然后再次低下头，"科尔先生追捕本瑟姆先生多年了。我记得。我听见了。尼姆一直在听。尼姆是我的名字。"

"结果呢？"我说，"他想出办法了吗？"

"他想出来了！本瑟姆先生真是个天才。但是他对科尔撒谎了，他告诉科尔那是不可能的。不过他写下了他发现的秘密配方，写在书上，因为他说'发现就是发现'，然后交给我藏起来，并告诉我永远不要告诉他我藏在哪儿，这样即使有朝一日科尔严刑逼问，也问不出来。"

"让我猜猜，"伊诺克说，"你并没有把它藏好。"

"不，先生，不，我藏好了——但他们还是找到了。"

米勒德插话了："幽灵越狱后找到的。离开魔域之前，他们来到了这里——到了这个房间——偷了一本书，写着本瑟姆配方的那本书。"

尼姆指着架子上空白的地方："该死的小偷。"

艾玛挥动着双手："这太可怕了，可怕。但是，有了这个发现，我们现在怎么制止他们呢?"

"还有，我们怎么找到菲奥娜呢?"休说。他似乎打算把头发扯下来。

对这一切，佩里格林小姐出奇地冷静。她走向尼姆，将双手轻轻放在他肩膀上。他往后退了一步。

"尼姆，"她像对一个孩子那样微笑着说，"你有没有碰巧抄下本瑟姆的配方呢?"

他看着肩膀上的她的手，然后抬头看了看她。"是本瑟姆亲自抄写的，"他说，"他要求我把这两份都藏起来。"

佩里格林小姐的笑容更灿烂了："你还有那个抄写本吗?"

"哦，有的，夫人。"他眨了眨眼睛，感到很困惑，"你想——想看看吗?"

"是的，尼姆，我想看看。"

尼姆走到写字台前，打开锁，里面塞满了乱七八糟的文件。他在里面翻动时，努尔举起一只手，尽量以不会冒犯到他的语气说道："我能问个问题吗?"

我们都看着她。

"为什么我们这么确定他的配方会有用呢?幽灵在绝望的情况下进行尝试，并不一定意味着它就有用。那个家伙，他是个巫师吗?"

伊诺克翻了个白眼："这怎么可能呢。"

努尔似乎准备与他争论，这时米勒德插话了。

"这个问题问得合理，"他说，"因为你并不知道他，所以也是可以理解的。"

"本瑟姆就像……建筑师。"我说。努尔向我皱起一道眉毛。

"时光圈科技是他的专长,"米勒德解释说,"他设计了全景敞式时光圈。我们现在知道的是,他要对将科尔和他的追随者变成空心鬼的那次崩塌负责——还有,那次崩塌将他自己和科尔困在了灵魂博物馆……"

"好吧,我明白了。"努尔举起双手说,"他精通自己的领域。"

"相当精通。"佩里格林小姐说,但她的脸色有些发青,她在盯着尼姆。

尼姆从桌子上拿出一张皱巴巴的纸,在空中挥舞着:"这里,这里,这里!"

佩里格林小姐拿了过去,开始读起来。

她几乎立刻就皱起眉头:"你在开玩笑吗?"

贺瑞斯拿过去看了一眼:"鹌鹑蛋……鳗鱼冻……卷心菜……"

尼姆说:"哦,不,那是杂货店的货物单。"他伸手过去,将佩女士手里那张纸翻了过来,"在另一面。"

她开始浏览。她的表情变得难以解读。

布朗温转向米勒德,小声说:"在这样的纸上写这么重要的东西,感觉怪怪的。"

他朝她嘘了一声。

佩里格林小姐的眼睛正盯着那张纸。

四周安静极了，你甚至可以听到图钉掉在地上的声音。

然后她呼了一口气，脸上有些颜色了。"是的。"她平静地说，"这确实可以解释很多东西。"

然后，她倒在了地上。

大家都冲过来帮忙，布朗温把佩里格林小姐抱在怀里，米勒德用书给她扇风，艾玛在她眼前挥舞着一个小火球，贺瑞斯跑去给她找水喝。几秒钟后，她眨了眨眼，再次说话了，问现在几点，茶是否煮开了。当她意识到所发生的事情时，她感到有点尴尬，并立即让我们放下她。我们放下她的那一刻，她差点又摔倒。

"就是汤，仅此而已。"当布朗温和努尔扶住她时，她说，"我对那可怕的汤反应不佳。"

没人相信，甚至克莱尔也不相信她。

她一度让我们看到了她的恐惧，现在她正在克服，因为她的恐惧让我们所有人感到害怕。

她喝了一点水，恢复了冷静，然后在本瑟姆的桌子旁坐了下来。我们很想知道本瑟姆的杂货店货物单背面写了什么。她将那张纸在面前摊开——它有些皱，沾上了一点好像是咖啡的污渍——然后说："我不想让你们提心吊胆，所以你们坐下，听我说吧。"

我们在地上围着她坐成一圈，就像幼儿园的孩子在听最紧张的故事时的样子。努尔坐在我旁边，她的靠近对我来说是一种安慰，因为她在面前挥舞了一下拳头，先是收集了光线，然后又松开。

"最上面的是拉丁文。"佩里格林小姐说，然后她用拉丁语念了出来。努尔和我交换了一下目光，但其他人似乎都能听懂。

在佩女士继续念之前,我举起了手。

她看着我。

"嗯。"我清了清嗓子,"你能翻译一下吗?"

即使说到了这里,佩里格林小姐还是认为停顿的时间够长,所以她看上去对我有些失望。

"好吧,波特曼先生。"她摇摇头,接着说,"它说,'要将一个灵魂从深渊中召唤出来,这些你都需要……'"

米勒德说:"你哥哥不是诗人。"

"就这样,列表开始了。"她看着我,"用英语写的,只有六个条目。"

接下来的内容与纸张背面的杂货店货物单没有什么不同,只是这些食材的名字晦涩难懂,让人不安。

"一、超级蠕虫的构件。"

"超级蠕虫。"我猛地将脑袋转向艾玛和伊诺克,发现他们已经在看我,"埃勒里说他们从她那儿拿走了什么?"

"她的玛德沃姆。"伊诺克说,"我只能猜测那是——"

"一只令人讨厌的大蠕虫。"艾玛说。

布朗温呼了一口气:"所以,他们已经有了这种食材。"

"我可以继续念吗?"佩里格林小姐说。

"二、新鲜采摘的苗牙舌头。"

"什么苗牙?"奥莉弗问。

佩里格林小姐看上去很难过。"菲奥娜,"她说,"这是她这一类异能人的特有名称。"

休用双手抱住脸。

"新鲜采摘的,"米勒德说,"这一定是他们让她活下来的原因——"

"求你别说了,米勒德。"佩里格林小姐小声说,"对不起,休——"

他说:"继续,继续念。"他抬起头,眼睛发红。布朗温紧紧地挽住他的胳膊。

"三、不可淬灭的火焰。"

我们窃窃私语,想要弄清楚这个条目。

"是艾玛吗?"贺瑞斯猜测。

伊诺克倒抽了一口气。

"也许我会长生不老,"艾玛摇了摇头,"但我可不是坚不可摧的,所以我的火焰怎么可能不可淬灭呢?"

然后我就想起来了:"毯子里的那个男孩,蝗虫沟里的。"

艾玛的眼睛一亮:"是的!他非常冷,曾经有种东西能让他暖和起来——他肚子里有一块燃烧的石头……"

"火花石。"佩里格林小姐说着,了然地朝艾玛抬起头,"世界上只有一块。"

"几个月前,有人把它偷走了。"艾玛说。

我们并没有告诉佩里格林小姐关于那个男孩的事,但是她立刻就明白了,点了点头。"他们有了三样东西。"她的视线回到清单上,"四、地下赫梯人的死甲虫。"

尼姆用手拍了拍他的嘴巴:"哦。"

Chapter 9

我们都看向他。

"那是什么?"米勒德说。

尼姆的脸颊突然变成了粉色:"在本瑟姆收藏的玻璃杯下面。直到那天晚上——"

"被穆诺和他的亲信偷走了。"我猜测道。

"嗯,考虑到他们失踪的时间,"他结结巴巴地说,"是的,恐怕是这样……"

叹息声和窃窃私语的声音越来越大。伊诺克骂了起来。努尔非常安静。米勒德自言自语地说这比他想的糟糕得多。佩里格林小姐捏着鼻梁,闭上了眼睛,仿佛在驱赶头疼。

"我的天哪,"贺瑞斯的声音带着慌张,"他们几乎弄齐了清单上所有的东西!还剩下什么?"

"拜托了,我们不能失去理智,"佩里格林小姐说,"还有两个条目。"

房间里安静下来。她再次将桌子上的纸抚平,不确定地斜视着它,就像她无法完全认出本瑟姆的笔迹。

然后她说:"五、希望之井的阿尔法头骨(粉状,五到十毫克)。"

大家都惊呆了,一个个面面相觑,等待着坏消息,等待着某个人说幽灵已经有了阿尔法头骨,或者阿尔法头骨遍地都是,甚至可以在树上长出来,或者阿尔法头骨(粉状,五到十毫克)在开市客量贩店很容易买到,而幽灵距科尔的复活,只差一张开市客的会员卡。

但是大家都没说话。

"希望之井是什么？"努尔终于鼓起勇气问了一句。

我们都看着佩里格林小姐。"我不知道。"她转向伊诺克，"奥康纳先生，你是死亡之神的研究专家，你听说过阿尔法头骨吗？"

伊诺克茫然地摇了摇头。

佩里格林小姐耸了耸肩："那么，只剩一个了。六、鸟妈妈跳动的心。"有人发出喘息声，她迅速抬头，"在你跳之前——"

"那指的是你，佩小姐！"克莱尔哭了。

"他们会来找你的！"贺瑞斯大声恸哭。

"贺瑞斯、克莱尔——别说了！"佩里格林小姐大叫，"它似乎在暗示伊姆布莱恩，但我既不是我们当中最年长的，甚至也没有母亲的形象。如果有这样一位的话，那就是艾弗塞特小姐。"

"但你是我们的母亲，或者相当于我们的母亲。"

"还有菲奥娜，"休说，"而且她也在清单上。"

"而且你是科尔的妹妹，"米勒德指出，"与他有真正的血缘关系，他需要你的一部分才能复活。这真是太糟糕了。"

我等她争辩，等着她告诉米勒德他错了。

但她很安静，她的眼睛扫视着空白的墙壁，然后她说："是的，我想这确实说得通。"

这是一个漫长而沉重的时刻，感觉我们正滑落到危险的边缘，似乎不得不打算放弃，屈服于恐惧。

然后休说话了。

"没关系,"他说,"我们绝不会让他们带走你。"

他的声音透出他钢铁一般坚定的意志,似乎将我们其他人从边缘拉了回来。

"没错!"奥莉弗说。

"那绝不可能!"布朗温同意。

"如果他们还没来找你,那是因为你是最难抓到的,所以他们将你留在最后。据我们所知,他们还没有弄到另一样东西——阿尔法头骨。"

"不管那是什么鬼。"伊诺克说。

佩里格林小姐从书桌旁站起来,站稳了脚。"那么,我们就弄清楚那到底是什么吧!"她说,"我们要千方百计阻止幽灵得到它。"

"还要找回菲奥娜。"布朗温说。

"用他们的脑袋给魔域做装饰!"休大声呼喊着。

大家沸腾了。

几天来,我第一次看到休露出踌躇满志的笑容。

Chapter 10

THE CONFERENCE OF THE BIRDS

怪屋女孩 5：群鸟会议
THE CONFERENCE OF THE BIRDS

我们现在处于一个目标明确但令人沮丧的境地——知道要抢在幽灵之前找到希望之井和头骨，但是没有明确的方法。通过空心鬼的残留物追踪幽灵几乎不再可能了。他们大概是乘坐一辆小汽车逃离了巴士事故现场，而且我们无从知道他们走了哪条路。从来没人听说过头骨或井，在我们对其中至少一个位置有些许了解之前，我们实际已经累瘫痪了。佩里格林小姐希望伊姆布莱恩们能解决整个问题。她告诉我们回到屋子里，要求我们在她们商谈的时候好好待着。"你们必须休息一下，"她说，"前面有一场战斗，我需要你们保持最佳状态。"然后随着羽毛抖动的声音，她变形为鸟，飞走了。

该死的休息。

无论如何，这都不可思议，所有这些悬念都笼罩在我们头上——所以我们分头开始工作。

米勒德冲到地图档案库，搜索美国时光圈地图册，查找任何有关希望之井的资料。贺瑞斯的睡眠和工作通常是一回事，实际上他确实回到屋子里休息了——他的计划是喝下一剂安眠药，让自己进入昏昏欲睡的状态，希望在梦里得到我们需要的答案。休一直在咕哝着说要审问被关押的幽灵——"他们知道些什么，"他说——并威胁说，"如果他们不说，不惜一切也要从他们嘴里掏出。"但还是冷静占了上风，因为那样不仅会打破伊姆布莱恩的许多法令，也会打草惊蛇，让幽灵——包括被监禁的那些——有所警觉，这可能会危及一切。

然后，克莱尔说，她几年前曾与神秘动物部的几个生活在美国的异能人一起工作过。说完，她跑去向他们打听有没有听说过阿尔法头骨或者一口井。

这时,一个思路出现在我脑海。"如果我们认为这发生在美国,"我说,"为什么不去问问美国人呢?拉莫斯欠我的,会帮忙……"

因此我们进入本瑟姆的阁楼和马罗伯恩时光圈入口——却发现电梯被世俗事务部一堵黑色的墙堵住了。

"哦,不,你们不要,"尤利西斯·克里奇利说着,像学校门前路口的警卫一样举起手,"佩里格林小姐刚离开,并给了我们严格的指示,不允许你或其他任何人进入。雷恩小姐和库库小姐已经知道了情况,她们现在与美国人在一起。"

我正要和他争论一番,这时奥莉弗指出休和伊诺克不见了。我们环顾四周,不知何时,已不见了他们的身影。

艾玛非常生气,差点把自己的衬衫袖子点燃了。"我知道他们去哪儿了。"她低声吼叫着,"来吧,布朗温,我们去阻止他们,趁他们还没做出蠢事。"

现在就剩努尔、奥莉弗和我。显然,我们不会进入马罗伯恩,无论如何,两个伊姆布莱恩有能力从美国佬那里获取信息(如果有的话)了。我们在魔域徘徊了一个小时,感到很无助。

我们是如此接近真相,然而……

最终,我们都回到了那所房子,没有人查出任何有用的线索。米勒德在伊姆布莱恩收集的美国时光圈地图里没有任何发现——经过对V的时光圈地图长达数天的梳理,他对美国时光圈已经非常熟悉。贺瑞斯尽了最大的努力想要揭开神秘的面纱,但令他尴尬的是，他梦中看到的只是比萨。其他人的努力也没有得到任何回报，佩里格林小姐也没回来。

我们是一群悲哀的孩子。

我看了一眼朋友们憔悴的脸——休的悲伤，艾玛的疲惫，努尔的焦虑，甚至伊诺克的困倦——然后我做出了一个决定。

总之我们今晚无人入睡。

"好吧，"我合起了手，"我们尝试过，对吗？我们试过在遵守规则的同时寻找更多信息，不是吗？我们尽力了，是吗？"没有人回答，但我还是点头，主要是对我自己，"嗯，今夜还很长，有足够的时间进行最后一次尝试。"

我的朋友们纷纷抬头看着我，眨着眼睛，迷惑不解。

"我不明白。"克莱尔打着哈欠说。

"我也是。"奥莉弗也打着哈欠说。

"我知道。"休挺直了肩膀说，"雅各布，我很清楚你的意思，我倾向于同意你的看法。"

"还有我。"努尔微笑着说。那微笑直接穿透了我的心，搅得它好乱。我喜欢这微笑。

我笑着看向她。大笑，傻傻地笑。

然后，我回过神来，对其他人也笑了笑。

布朗温朝我眯起眼睛，她显然在思考。然后，她突然转过身来。

"奥莉弗，"她回头说道，"你能帮个忙，让克莱尔上床睡觉吗？已经过了上床睡觉的时间了，你们还没睡呢。而且你知道，佩里格林小姐希望你们两个都在八点钟的时候入睡。"

"好吧,"奥莉弗说着,又打了个哈欠,"来吧,克莱尔。"她牵着另一个女孩的手说。

她们在楼梯上爬了一半,奥莉弗的金属靴子在木地板上咚咚作响,我听到了克莱尔的声音和柔和的回音——

"但是上一次我们看过,"她说,"你答应过,今晚我们读《格里姆熊的恐怖故事》和《九个爱管闲事的平常人》。或者,也许我们可以看一看《不会燃烧的女巫》,那是我最喜欢的……"

当最小的孩子们安全地离开、去睡觉之后,其他人转身面对着我。伊诺克、布朗温、艾玛、贺瑞斯、休、努尔,还有米勒德。

六双眼睛对我眨着,而第七双是隐形的。

"那好吧,"我说,"谁想帮我闯入马罗伯恩时光圈?"

六只手在空中举起。"我也举手了!"米勒德说。

我笑得很开心,脸都疼了。

太阳早已沉入模糊的地平线之下,在没有光照的情况下,魔域变得尤为可怕。在这个时候,我们并不想打破宵禁,在大街上闲逛。我们只是别无选择。为了返回本瑟姆的阁楼和马罗伯恩时光圈入口,并减少沿途被卫兵发现的机会,我们不得不穿越镇上最简陋破旧的地带,这意味着要与最龌龊的一群人打交道——甘露上瘾者、最狡猾的盗贼,以及潜伏在泥潭中的难以想象的恐怖生物。艾玛只点燃了小火焰,以防我们对大团的火焰产生依赖,但米勒德呵

斥她，让她把火熄灭，以免我们被卫兵围捕。

"尽管罚款很高，"他低声喊着，"但我对光着身子躺在监狱冰冷的地面上毫不感兴趣，非常感谢。"

"那也许你应该穿上衣服，"贺瑞斯拱起手说，"我给你提供过数十次装扮的建议，但是——"

米勒德呻吟起来。

"安静，你们两个，"艾玛说，"我们必须保持机警，而且你们两个不能互相嘲笑。"

布朗温叹了口气："在黑暗中，本瑟姆的房子似乎更远了，不是吗？你确定我们没有走过吗？"

"已经离得不远了。"休冷静地说。我听到了蜜蜂的嗡嗡声，它们在黑暗中帮忙引导我们，"我们在灯那里左转，应该就在那条街上。"

由于目前只亮着一盏路灯，因此我们很容易找到它。但是它距离我们仍然至少有一千英尺远。长达一千英尺的夜行路。

实际上，远处似乎有些咝咝的声音。

我们继续前行，这次谁也没有出声，因为我们七个人都被黑暗笼罩着，还因为害怕。也许恐惧是最重要的因素。

就在这时，我感到一阵奇怪而温暖的微风吹过我的手。

我低下头，惊讶地发现一束光照亮了我的手掌。我停在原地，抬起手掌，查看着微弱的光芒。我正要向大家说话时，努尔出现在我身边。

我马上就感觉到了。我知道那是她，不用看。我能感觉到脑海

Chapter 10

中的火花，那暗示着她在附近。

"我想找到你。"她轻声说着，牵着我的手靠近我。那光芒在我们的手指之间溜走了。我们一边走，她一边小声说，"希望我没有吓到你。"

我感觉我的脊椎就像一根带电的电线。

我摇摇头想说不，却忘记了她可能看不到。但我有点茫然。我不知道为什么这次感觉会有所不同。以我有限的经验，与女孩子牵手从来没有特别难忘过。但是今晚，我的神经异常敏感。除了迷离的煤气灯在远处嗡嗡作响，我什么也看不见，随着一种感觉的消失，其他的感觉却被唤醒了。

努尔抓着我的手，让我无法抓住任何东西。我想告诉她放手，让我头脑清醒。但我又想永远这样牵手下去。

我屏住颤抖的呼吸，理清了思绪，这时三件事情同时发生——

米勒德说："就在附近！"

休——不，贺瑞斯，尖叫着。

艾玛着火了。

最后这件事只发生了一秒钟，艾玛显然感到很尴尬，因为她无法完全熄灭这些火。她心慌意乱，抱怨贺瑞斯让她吓了一跳，为什么他要大声尖叫呢，一切都还好不是吗。但是火焰不断地从她的胳膊上跳到腿上，再到头顶，最后到了她的指尖——成为拒绝熄灭的十支生日蜡烛。

贺瑞斯解释时，她还在抖着手——剧烈的动作只会使火焰更旺。这时贺瑞斯开始解释了。

"我记得,"他说,"我刚想起来!"

"想起了什么?"艾玛生气地说。她开始扑灭小火。

"灯光——我一直在盯着它看,它让我想起了我的梦,一个被我忽略的细节。你还记得我说过我看到科尔飘浮在天空中,导演着末日大灾变吗——"

"就像乐队指挥一样,是的,我们听到了。"米勒德喃喃地说。

"不要在意他,贺瑞斯,"休说,"继续。"

"好吧,他飘浮在天空中,但是天空在一座小山上。太阳在炙烤着——灯光触发了这一点——我现在记起来了,那附近有坟墓,坟墓上有铭文。我现在看到了,看得清清楚楚。美国一座城市的名称。一座新城。"

"你是说一座新城市?"米勒德再次问道,"新在哪里呢?用历史的观点来看,任何事物似乎都是发展变化的。"

"很好。"伊诺克听起来很懊恼,然后他大声打了个哈欠,"我们可以走了吗?我现在又冷又饿,我认为我们现在该干点好玩的事。"

"你只是为了掩饰自己的恐惧而不怀好意,"布朗温对他说,"这对我们其他人来说不公平。我们都害怕,你知道。"

"我不害怕。"伊诺克大声说。

"等一等,"努尔说,"等一等。一座新城市,你说会不会是,纽约?"她说到这里时,我仿佛看到了她皱起眉头。

贺瑞斯倒抽了一口气。

"是的。"两人立刻说道。

第一个人是激动的贺瑞斯。

第二个——

艾玛又燃起一团火焰,那光芒照亮了她的恐惧,也让我们看到了伊姆布莱恩的愤怒。

佩里格林小姐。

不仅仅是她。一群伊姆布莱恩来到我们面前——包括佩里格林小姐、雷恩小姐、库库小姐、布莱克伯德小姐。

伊姆布莱恩们从马罗伯恩回来了。

"你们所有人,回到床上去,"佩女士生气地说,"现在,马上。"

"但是,佩女士,我们只是——"

"够了。"她喘着粗气说,"你们要违反宵禁吗?故意违反我的命令吗?布伦特利小姐,我感到非常震惊,非常失望。现在转身,马上回家。"

"但是,佩女士,"休还想试试,"你们——有什么消息吗?"

一阵沉默后,佩女士说:"有消息。"

"和纽约有关吗?"贺瑞斯问。

佩里格林小姐叹了口气,战斗似乎离她而去了。"很好,"她说,"我们可以去房子里谈这个。抱歉,孩子们,今晚大家非常累。"

"没关系,佩女士,"艾玛说,"你已经处理了这么多事情。我们回去,贺瑞斯会为你做一杯美味的热可可。对不对,贺瑞斯？"

"我非常乐意！"

"马屁精。"伊诺克咕哝着。

"你在说什么，奥康纳先生？"

"没什么，佩女士。"

"好吧。"佩女士深吸了一口气，"各位伊姆布莱恩，我们回房子里见，好吗？"

唯一的反应是翅膀扑腾的声音。

当佩里格林小姐最终宣布这个消息时，我们所有人——孩子们和伊姆布莱恩们，都坐在客厅里，手里捧着一杯热可可。好吧，佩里格林小姐允许雷恩小姐向大家和盘托出。

不管怎么样，我们都提心吊胆。

雷恩小姐从伊姆布莱恩那群人中向前迈了一步："美国人终于给了一些我们认为可以作为根据的信息。在美国纽约州的上部，有个叫霍普韦尔的小镇，在那个小镇上，有个起死回生者时光圈。"

"纽约！"贺瑞斯大喊，"那就是我梦中在石碑上看到的！"他和努尔尴尬而又热烈地举手击掌。

"还有霍普韦尔！"布朗温大声说，"希望之井！"

"那么，本瑟姆的清单上为什么不这么说呢？"艾玛说。

"我哥哥喜欢拼图游戏，"佩里格林小姐说，"而且我敢肯定，他要阻止被科尔破译，万一清单被发现了呢。"

"那阿尔法头骨呢？"米勒德说。

"如果我们要寻找特殊的头骨，那么一个起死回生者时光圈是个不错的起点。"伊诺克说,"你对那些异能人了解多少呢?"

"不多,"库库小姐说,"只知道他们与世隔绝,不欢迎访客。"

"听起来像是我这样的人。"

休猛地将一只手拍在桌子上:"我们必须增兵,冲进去!带着枪!"

"不要那么快,"佩里格林小姐说,"我知道大家现在情绪高涨,但是我们不知道在这个时光圈里会发现什么,也不知道幽灵们是否已经去过那里。我们要对付的是什么样的异能人呢?我们应该谨慎行事,做好应对冲突的准备。"

布朗温说:"幽灵可能正在等待军队。"

"他们没有军队,"伊诺克不屑一顾地说,"只是几个逃犯。"

"还有个空心鬼。"奥莉弗说。

"也许不止一个呢。"我补充说。

"我们如果明智一点,就不应该低估他们。"佩里格林小姐说,"所以我们已经开始组建一个精英团队来执行此项任务。这个团队的成员都是最优秀的异能儿童。"

艾玛叉着胳膊,皱了皱眉:"是谁呢?"

佩里格林小姐笑了:"当然是你们了。"

"你们将解放魔域。"雷恩小姐说,"没有人比你们经验更丰富,准备得更充足。"

我们都笑了,骄傲地笑着。

怪屋女孩 5：群鸟会议
THE CONFERENCE OF THE BIRDS

"你们当然会有支援，"佩里格林小姐赶紧补充，"一个支持团队。"

"我们，"库库小姐说，"还有其他几个因为技能特殊而被挑选出来的异能人。"

"我有几头格里姆熊，它们一直想得到锻炼。"雷恩小姐说，"而且，一个家乡警卫队已经在做准备。"

佩里格林小姐说："但你们是先锋。"

库库小姐说："如果你们愿意试试，那就去吧。"

"你是认真的吗？"布朗温说，"即使你不允许，我们也会去的。"

休补充说："即使你将我们拴在地牢里。"

"我知道。"佩里格林小姐自豪地说，"嗯，我们还有很多事情要做，不是吗？"

"我们去杀几个幽灵吧！"休大喊着，房间里发出欢呼声。

"是的，是的，但是首先——去睡觉。"佩里格林小姐站了起来，"到床上去，孩子们。不要忘了刷牙。"

大家咕哝着回房了。

到了早晨，这房子就像嗡嗡响的蜂巢，每个人都到处跑，在楼梯上你挤我挤你，收集着他们认为执行危险任务所需的小物品，包括食物、备穿的衣服、最喜欢的刀，以及任何可以放在口袋或小袋子里的东西。反正我们都没有太多东西。

我在男孩的公用梳洗台上找一些干净袜子。努尔过来，往脸上撩了些水。"我想再洗个澡，"她说，"你不能一个人占着这里。"

我追上她，说："嘿，我们可以谈谈吗？"

她擦干脸，看着我，皱了皱眉。"我知道你要说什么，"她说，"回答是，算了吧。"

"我要说什么？"

她把我拉进一个空房间。

"说什么我不必这么做，也许我应该留在安全的地方。但是我自己可以应对。"

"我知道你可以，但这不是你的战斗。或者，你并不是非参与不可。"

她摇了摇头，开始生气。

我说："如果你只是专注于寻找V，我会理解——"

"你说我是你们中的一员时，你是认真的吗？"她说，"或者那只是敷衍？"

"你当然是我们中的一员。"

"那么这对我的影响与对你的影响一样大。实际上，如果我们现在不把那些混蛋关起来，而让他们将魔王复活，那我就得去处理他们制造的混乱。我宁可在他们开始制造末日大灾变之前介入。"

"好吧，"我说，"好主意。"

"等这一切结束后，我会找到V。现在，这是我的战斗，我不会去任何地方。所以不要再这样了，不要在你们冒着生命危险的时候，让我待在后面玩手指，好吗？我们并肩战斗。"

"好吧，"我说，"我们是一个团队。"

她笑了:"我们是一个团队。"

"是的。万一发生末日大灾变呢?我绝对不能让你独自应对。"

她笑了。"好吧,"她说,"但我们还是要避免这种情况发生。"

"好的。"我哈哈笑了。

伊诺克走进大厅:"快点儿,你们这两只爱情鸟。我们要走了。"

Chapter 11

THE CONFERENCE
OF THE BIRDS

怪屋女孩 5：群鸟会议
THE CONFERENCE OF THE BIRDS

一个小时后，我们乘坐的小型越野车组成一个车队，在美国的高速公路上飞驰。这是晚上，正在下雨。驾驶员是一个身材魁梧的家伙，来自世俗事务部。佩里格林小姐坐在副驾驶座位上，正在编织着什么。我、努尔和米勒德坐在中间一排的座位上，伊诺克、艾玛和布朗温在后面。我们其他的朋友和别的伊姆布莱恩都在后面的另一辆越野车上，她们承诺的支援力量在更后面的一辆越野车上，此外，滂沱大雨中还有一支美国人组成的护卫队跟在后面。

车是美国人借给我们的。我们把全景敞式时光圈的门带到了纽约，里奥向我们保证可以安全通过。伊姆布莱恩们告诉他，努尔已被我找到，现在和我们在一起。不过，经过她们的解释，里奥还是认为是幽灵利用空心鬼将努尔从他的时光圈里劫了出去，而不是H。令人吃惊的是，他同意先将这件事搁置一边，作为美国人与伊姆布莱恩交易的一部分，他答应不再派人追努尔。努尔和我简直不敢相信。雷恩小姐拒绝透露伊姆布莱恩为换取这些所付出的代价，但总之，这肯定是件好事。

我们驱车前行，朋友们的兴奋和激情已归于平静，几分钟内都没人说话。努尔的左手放在我膝盖上，手指与我的交叉在一起。她用右手玩弄着来往车辆的前大灯，将灯光舀起来，让它从拳头里流出去，又舀起来，又让它流出。我发现这居然有催眠和让人平静的效果。

"我一直想知道。"艾玛说。在这沉默中，她突然发话，这令我吃了一惊。

"什么？"努尔说。

"为什么科尔非要找到一条从崩塌的时光圈中脱身的路呢？"

"嗯。"米勒德说。这说明他在思考问题。

"他知道自己有一天会被困在一个崩塌的时光圈里吗？"

布朗温说："没有人期望陷入崩塌的时光圈，也许他只是在寻找预防措施。"

米勒德说："如果是这样的话，那一定是非常具体的措施。"

"他很清楚这个预言。"努尔说着，用她的手指让光线倾斜，"如果他认为与天使有关的事情也与他相关，他会认为，被困在那里是他命中注定的。"

"如果这是他计划的一部分呢？"米勒德似乎正在检验一种推论，"被埋葬在灵魂博物馆……"

"这未免太荒谬了，"我说，"他不希望那样的事情发生。他很生气。"

"也许他想让我们那么认为。"

"哦，见鬼，"伊诺克说，"你的思维拐了太多弯。"

"考虑一下吧。"米勒德的语气沉重又严肃，"他一直在谈论古老而强大的异能人，还说他们的异能人语言是多么多么纯粹，等等等等。所以他要让博物馆挖掘那些灵魂的力量。但是，也许将他自己埋在博物馆里才是做到这一点的唯一方式——然后由他自己操控博物馆的力量，让他自己复活。"

"重生，"艾玛说，"作为神。"

我浑身发冷。

怪屋女孩 5：群鸟会议
THE CONFERENCE OF THE BIRDS

佩里格林小姐把针捆在一起："我哥哥对权力的渴望让他成了疯子，他的灵魂有毒。但是他不是神，永远都不是。"

"但是他一直在为此做准备，"艾玛说，"他们都在做这样的准备。"

"即使他在准备，他也没有回来，我们也不会让他回来。因此，无须散布可怕的猜测，这会让我们焦躁不安。"

"是的，女士。"

"斯文松，为什么不打开收音机呢？"

司机猛地按下收音机，一首关于分手的流行歌曲开始播放。我听到艾玛叹了口气。

努尔将手按在嘴唇上，对着窗户呼出一道幽幽的光。那道光像滚滚迷雾一样散开，然后融入空中。

霍普韦尔小镇已今非昔比。我们穿过工厂厂房的废墟，以及空荡荡的街道和倒塌的房屋。它位于一个衰败的城镇，因工业崛起，也因工业的衰落而没落。在一天的行程中，大概有一百座这样的小镇。

我对空心鬼保持着敏锐的洞察力。关于幽灵或他们可能开到这里然后在进入时光圈入口前藏起来的汽车，我们每个人都在留意这样的迹象。我们不放过任何奇怪的事情。我们不知道幽灵是否在这里，还是来过这里但是已经离开，或美国人关于霍普韦尔的说法根本就一文不值。到目前为止，我们什么也没有发现，只有一堆堆的残骸、垃圾以及灌木丛——这些都是容易隐藏车辆的地方，但我们没有足够的时间一一搜查。

令我惊讶的是，起死回生者时光圈的入口并不像人们所想象的那样在墓地或殡仪馆中。它在镇中心的一个小公园里，这座小公园是我们见过的唯一一个有照明和维护的地方。它的中心有块方尖碑。时光圈入口就隐藏在尖碑底部的一扇门后面。

雨势开始减弱。我们的车队停了下来，公园就在我们的视线范围内，伊姆布莱恩们正在商量。

既然决定了一起去，我们就不应该分开。

我们结成一队，穿过湿草地，来到方尖碑那里。布朗温拉开了门，里面很黑。方尖碑上刻着一排排名字——提醒人们不要忘记。

内部空间很小，只容得下两个人。

我先去打探一下有没有空心鬼，努尔跟着我。

"到达另一边时，你们原地不动，"佩里格林小姐说，"我们会在三十秒内与你们会面。"

门关上了。我们暂时被黑暗吞噬，然后感觉到了一阵轻快。出来时，我们发现世界已经彻底改变。现在是白天，一个快乐的夏日早晨。原本破旧不堪的街道上堆满了可爱的口袋大小的小房子，而那个方尖碑也不复存在，取而代之的是一栋房子，盛开的鲜花一直延伸到台阶上。

"这不是你所想象的吧。"努尔说着，打量着周围怡人的环境。

我们等着，在等待的空当看了看四周。院子里插满了小小的美国国旗，马路对面的房子都装饰着红白蓝三色相间的彩旗。看起来这个小镇已经为7月4日的游行做好了准备。或者这就是时光圈创立的那天。二十世纪四五十年代的小汽车停在街区两边的车道上。一条狗从亮红色的狗窝里跑出来,朝我们叫着。

"人们都去哪儿了?"努尔说着,凝视着这条街。

但对于吵闹的狗来说,这条街异常安静。看得出来,这里曾经是一个人口稠密、热闹的小镇,只是所有的人好像都在夜间被绑架了。

三十秒过去了。接着,一分钟过去了。

没有人从门那里进来。

我说:"这很奇怪。"

努尔试着推了推那扇门。它被锁住了。

我从小玻璃窗往里看,里面一片漆黑。

"再等一下。"努尔镇定自若地说道。但是很明显,我们俩都越来越紧张。

我们还能做什么?我们又等了一会儿,希望朋友们能穿过时光圈来到这里。努尔开始小声地哼唱。这是我以前听她哼过的同一首歌,同样的旋律。

但是没有人来。

"很糟糕,"我终于承认了,"我认为这可能真的很糟糕。"

我们绕到房子后面。它再没有别的门窗,只是空白的墙壁,像一个锁着的盒子。

我开始变得非常害怕:"他们一定是被困在外面了。"

努尔说:"或者是我们被困在了里面。"

我们忧虑地看着对方。

我开始感到有点恶心。

Chapter 11

不,不是恶心,而是肚子里有什么东西让我感到刺痛。

在这个时光圈里的某个地方,有个空心鬼。

"我想我们并不孤单。"我把这里有空心鬼的事情告诉努尔时,她说道。她似乎并不害怕,使我感到恐慌的事情往往会让她集中注意力,"你能追踪它吗?"

"不幸的是,还不能,"我说,"感觉还不够强烈。"

要么是我的感觉还不够强烈,要么是某种东西干扰了将我引向空心鬼的定向感知。这种感知似乎被消掉了,像指南针碰到磁铁一样无用地摇摆。

努尔和我决定,我们不能干等着时光圈的入口再次打开。我们暴露了,容易受到袭击。而且我越早发现这个空心鬼,就能越早找到幽灵。

还有希望找到菲奥娜。

我们走到街区的尽头,拐了个弯。周围还是没有人,甚至没有平常人。远处是一座小山,被一些树木所遮盖,它似乎发出工厂的呜咽声,持续时间很长,声音高而遥远。那声音忽高忽低,然后消失。

我说:"那可能是小镇的旧厂房。"

我们朝另一个街区走去,走到一半时,我们听到了附近房子里传来的声音:一男一女正交谈甚欢。

我们冲向那房子,敲了敲门。

没人应答。

到了这个时候,我们顾不上礼貌了。

怪屋女孩 5：群鸟会议
THE CONFERENCE OF THE BIRDS

我试着开门。门没锁，一条润滑的铰链被打开了。

我打了个招呼，走进这座看上去像是来自上世纪中叶的普普通通的房子。声音的来源立刻显现：一台电视机正在播放一部旧电影。电视摆放在一个架子上，旁边是一棵过时的人造圣诞树，还有一个摇椅，椅背上还别着一块布。现场有些诡异和哀伤，好像是电视里的一男一女住在这里，被永远困在屏幕的黑白世界里。

我拧了拧电视机的旋钮，屏幕变黑了，突然之间一切都安静了下来。努尔踮着脚走过走廊，朝房子里面走去。

她停在门口。"你好？"她说着，然后转向我，"雅各布，这里有人！"

我冲进大厅。在一张床上，躺着一个十几岁的女孩，她正在睡觉，被子拉到了下巴的位置。墙上贴满了杂志的照片。

"你好？"我说，"打扰一下……"

她没有动。我向房间里面走了几步。我再次看了一眼墙壁上的照片，每一张都是猫王埃尔维斯·普莱斯利。

努尔进来，把手放在床边，摇了一下。

我们俯身对着那个女孩。

"她在呼吸吗？"我问。我想知道被单下她的胸膛是否在起伏。

前面一个房间传来一个声音，我们呆住了。

"那是门。"我小声说道。

如果空心鬼离得那么近，我的肚子会感觉到的。但此刻我感觉到的仍然是早些时候那种无法辨明方向的轻微刺痛。

我们走出房间，回到大厅。"有客人到访。"我喊着，不想惊动任何人。

一个穿着高腰背带裤的白人男孩站在敞开的大门口，冷冷地看着我们。

"嗨，"努尔说，"我们只是——"

"如果你们带了任何武器，请立即放下。"他平静而坚定地说道。

我说："我们并不想让你受到任何伤害，我们只想和你谈谈。"

我们听到了脚步声，我转头看了过去。

那个女孩下床了。

她的眼睛睁着，但是是玻璃状的，没有聚焦。她穿着睡衣，一只手上拿着切肉刀。

"不要说话，"男孩说，"现在，跟我来。"

"拜托了，"努尔说，"请听——"

"安静！"那男孩低声吼道。

他用舌头发出了两声咔嗒。

走廊里有个人打开了门。我看见外面的草坪上有几个人，他们站着，一动不动，瞪着我们。

他们都拿着切肉刀。

"跟我来，"男孩重复道，"不要做出突然的动作。"

这次我们没有争辩。

我们被一群瞪着死鱼眼、挥舞着切肉刀的郊区居民包围着。他们在穿背带裤男孩的带领下，默默无声地将我们往街道上驱

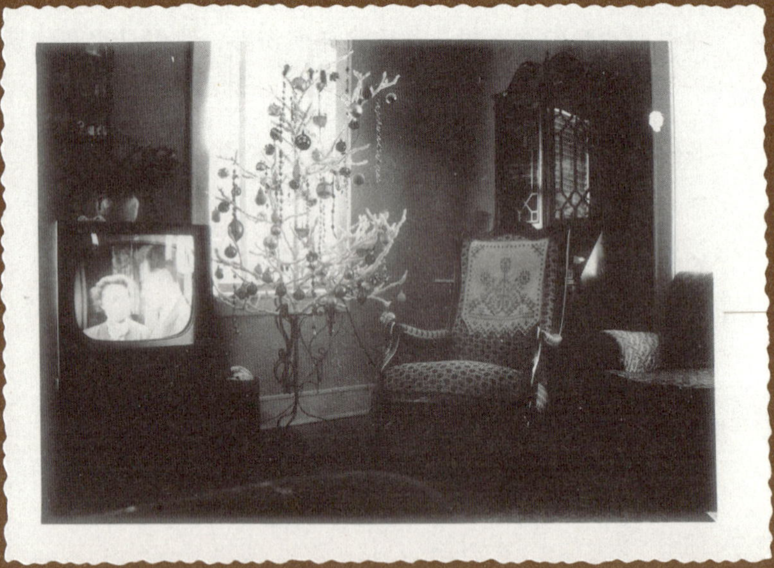

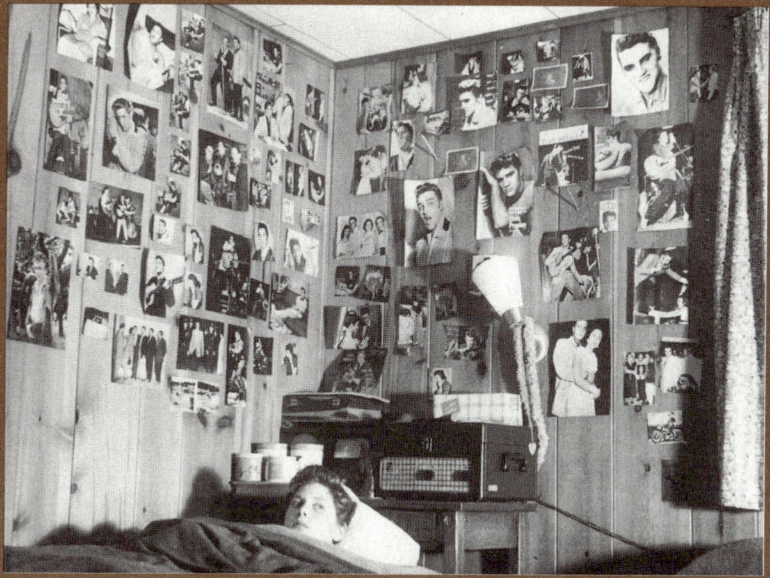

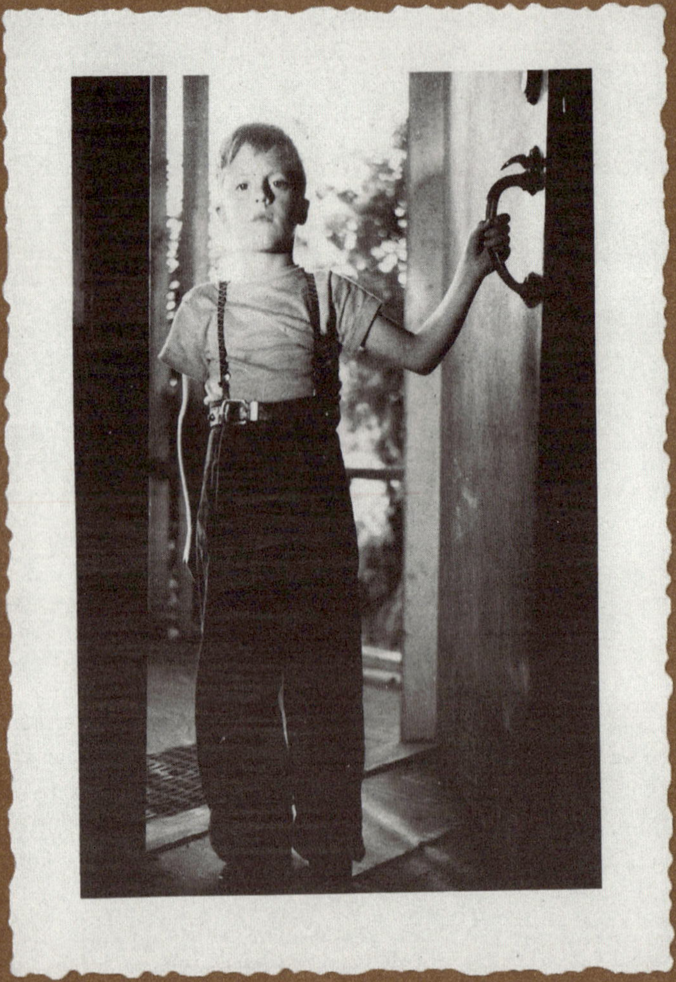

赶。他咔嗒一下舌头，他们就往左拐或往右拐。我们一讲话，他们就举起刀。如果我们走的方向不对，他们就像动物一样朝我们咆哮。

山上传来的呜咽声变小了，然后是一声响亮而遥远的轰隆声。没人反应。

"那是什么？"我问。

一个身穿睡衣裤的男人在我身后咕哝着，举起切肉刀。

又过了几分钟，我们来到了一所维多利亚风格的大房子跟前。它比我们在镇里见过的任何建筑都更古老和宏伟。它有一座塔、一座塔楼和一个带有装饰栏杆的环绕式门廊。它让我想起了佩里格林小姐的孤儿院，即使身处目前这可怕的境况，我仍然对它有些许怀念。

我们站在草坪中间。穿睡衣裤的那个人围着我们转来转去，穿背带裤的男孩则走到了房子里。前门开了一条小缝，他和另一边的人在商量着什么，声音太小，我们听不见。

我可以看到，一张张面孔正透过房子的窗户凝视着我们。他们都是孩子。

前门打开了一点。一个年轻人喊着说："你们叫什么名字？"

我们报了名字。

"你们和谁一起的？"

"来自伦敦的伊姆布莱恩。"我喊了回去。

我不想大声说出她们正在时光圈入口的外面等着或者我们是来阻止幽灵的，因为幽灵可能正在听。

怪屋女孩 5：群鸟会议
THE CONFERENCE OF THE BIRDS

穿背带裤的男孩回到草坪上，他说了一些我听不懂的话，所有挥舞切肉刀、穿睡衣裤的人都躺在了草地上。

"进来吧，"他说，"约瑟夫要见你们。"

努尔和我交换了眼色。

至少有了进展。

穿背带裤的男孩把我们带到门廊，然后进入里面，另一个男孩在那里接待我们。他年龄不超过八岁，穿一件双排扣大衣，配上一顶帽子。他是那种被外婆叫作"我的小男人"，会讨人喜欢的男孩子。他小心翼翼地向我们走来，好像永远都眉头紧锁。

"我叫约瑟夫，这里由我负责。你在我们时光圈附近打探什么？"他声音低沉，像个成年人，有那么一刻，我以为他是在对口型。

"我们在寻找几个危险的人，"努尔说，"幽灵。我们认为他们来这里了。"

"有个空心鬼和他们一起。"我说，"他们非常危险。"

"是的。"他不以为意地说，"我知道空心鬼是什么东西。"

"我可以看见它们，"我补充说，"追捕它们。"

约瑟夫的眉毛稍微抬了抬，不过我并不确定他这是表示怀疑还是震惊。

"幽灵正在寻找一个头骨，一个特别的头骨。"努尔说，"你这儿有这样的东西吗？"

他的眉毛又抬高了一些："我们是起死回生者，有很多头骨。"

"好吧,我们的团队正在你们的时光圈入口外面等着。有我们的朋友,还有伊姆布莱恩。我们之前和这些幽灵交过手,知道怎么制止他们。"

"你只需要让我们的朋友进来就可以了,"努尔说,"在幽灵得到头骨之前——阿尔法头骨。"

约瑟夫干咳了一下,清了清嗓子:"昨晚,一群怒气冲冲的陌生人闯入这里,提出各种要求,还威胁我们。他们带了一个怪物,那怪物对我们的安全构成了威胁。现在你们来了,讲了一些离奇的故事,还带了一支部队到了我们家门口。如果让你们进来,我会气疯的。如果我按照规定办事,现在就可以杀了你们两个。"

他看了看穿背带裤的男孩,好像正在考虑。

"但我认为我们应该先喝点柠檬水。"

约瑟夫拖着缓慢的步伐,带我们穿过这房子。低矮的天花板,厚重的阴影,低沉的声音,发黑的木头。在每个黑漆漆的房间里,都生长着正在开花的异域植物。角落里站着成年男子和女人,一动不动,像猫一样安静。

"陌生人是昨晚抵达的。"约瑟夫说,"我们派了步兵去杀他们,但我们的步兵被他们带的怪物咬成了碎片。他们直接去了山上的格雷夫希尔。我们以为事情到此结束了,但是他们派人来抓走了我们最有前途的学生萨迪,并把他拖到了山上。"在我们身后,一群孩子已经开始组队,与我们保持安全的距离,一边跟随我们的脚步,一边窃窃私语。

"噪声开始响起的时候。"约瑟夫说,"尖叫声、巨大的轰隆声,就是他们正在掘墓。"

"'阿尔法头骨',"我再次指出,"这个词对你来说是否意味着什么?"

"是的。顾名思义,格雷夫希尔就是一堆古老的坟墓。实际上,在我们来到之前——甚至在欧洲人定居美洲之前——这里是个异能人定居点。他们将最负盛名的领导者埋在那座山下面,包括一位非常著名的酋长。如果说有什么骨头充满异能人的力量,那就是他的。但是这些坟墓很古老,而且没有标记,要找到某一个特定的头骨是非常困难的事情。"

"那一定是他们正在做的事情,"我说,"寻找那个头骨。"

我们经过一个储藏室,里面塞满了用福尔马林泡着器官的玻璃瓶。那气味足以让人头昏眼花,这让我想起了伊诺克原来的地下实验室。我们来到一间客厅,这里有一排窗户,窗外是一条陡峭的街道。我们是在山脚下。

我们周围有椅子,但约瑟夫站着。那群孩子站在门外,似乎是出于对他们领导者的尊重。

约瑟夫看上去很忧虑,但他还没有决定如何处置我们。我想,我们的朋友正在外面等着,幽灵已经到山上去了——但是现在最好不要过于催促这个孩子。

约瑟夫打了个响指:"老兄,给我们的客人拿杯柠檬水。"

一个一直站在角落里的人——我才注意到他——伸直身体,拖着脚走出了房间。

"那是意念控制吗?"努尔问道。

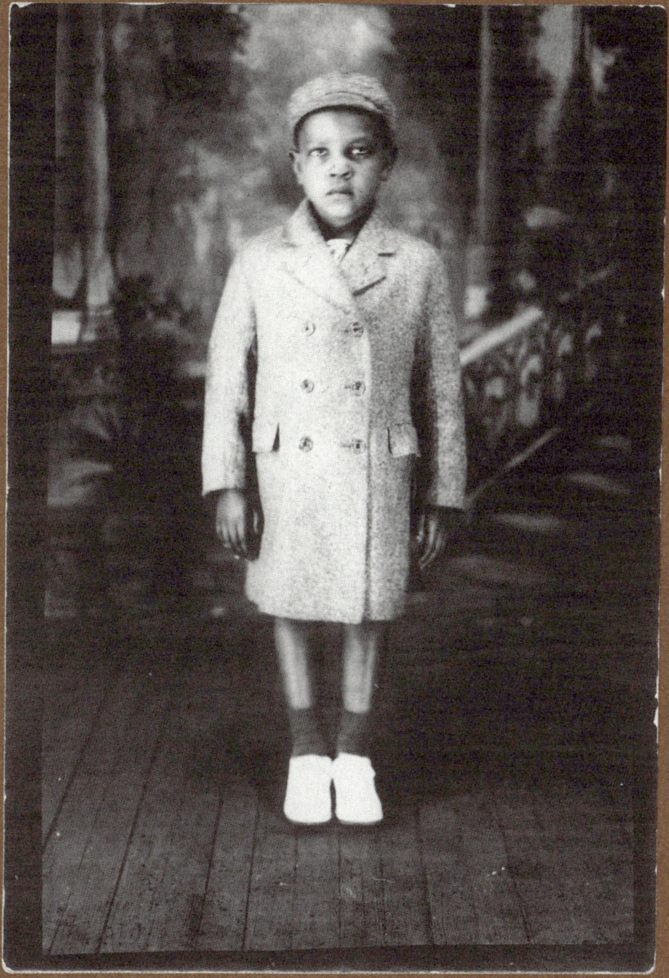

"哦，不。他死了。"

努尔看起来感到有点恶心。我可能一样感到恶心。

"这个时光圈里的成年人都死了，"约瑟夫说，"只有我们这些孩子还活着。"

我们十分诧异。

这似乎让他不高兴了。

"你们从未听说过霍普韦尔吗？"他问。他将下巴抬高了一点，"这是培养人才的好地方。年轻人来这里是为了磨炼他们的技艺，练习最神秘、最复杂的起死回生之术——他们不是为了主持仪式，也不是为了被失去亲人的傻子们呼来唤去，替他们问死去的哈里叔叔他把金子藏在哪儿了。"

他讲话时，那个复活的男仆重新回到房间，手里托着一盘水晶玻璃杯。约瑟夫瞥了一眼茶几，面部做了个动作——像是不由自主的面部抽搐——然后那个人朝桌子转过身，弯下腰，放下托盘。

"说到复活者，大部分人都把他们想象成腐烂的僵尸，但这里的复活者可不是那样！我们的复活者气味芳香，穿着整齐。在正确的指导下，他们几乎可以做活人能做的任何事情。"

男仆走路时绊了一下，约瑟夫脸上闪现出一丝恼怒。约瑟夫从托盘上拿起两个杯子，递给我们："喝点柠檬水吧？"

我们接过杯子，但没有把它们凑到嘴边。这个男孩似乎很想让我们奉承他，所以我继续陪他演戏。

"这听起来可真神奇，"我说，"你如何让他们不腐坏呢？他们睡在冰柜里吗？"

我看着努尔，勉强地笑了笑。她明白了这个主意，也笑了。

"哈哈。哦，不。"约瑟夫的心情正在好转，"他们是时光圈的一部分，他们的身体也随之重启。晚上，他们躺在床上平静地死去，第二天早上，时光圈形成，他们就随之复活了。"

"他们都是这样的吗？"我说，"怎么做到的？"

"化工厂发生了一起事故。一种致命化合物从天而降，整个小镇上的人正在睡眠中，成年人都难逃一死，孩子们大部分都在营地……"

"哦，我的天哪。"我吸了口气。我敢肯定自己脸色煞白。

"是个悲剧，没错，"他说，"但是幸好我们有一位机智的伊姆布莱恩和一位进取的起死回生者。在他们的努力下，我们有了一个出色的学习实验室。小镇人民不仅为我们提供了无数锻炼技能的机会，而且我们让他们有了别的用途，你们也看见了：他们听候我们的命令，做饭，打扫卫生，充当保镖。"他笑了，这是我第一次看见他笑，"我让他们做什么，他们就做什么。除了我们的同类，我们不欢迎其他的访客。我得承认，我为我们的成绩感到自豪。我认为未来就应该这样，世界上死去的人远远多过活着的人，为什么不将他们的力量加以利用呢？"

"你确实有很多值得骄傲的地方。"我放下一点都没沾过的柠檬水杯，"你们努力创建了这个地方。但是幽灵会将其毁于一旦，如果你不阻止的话。"

约瑟夫叹了口气。他正要说些什么，这时一个小女孩从走廊里探出脑袋。

"对不起,约瑟夫。"

我们转过头,看见另两个小孩进入了这个房间:一个伶俐的小姑娘,穿着溅上了血的围裙和一双橡胶靴子,看上去大约十岁,还有一个坐轮椅的男孩,比她大不了多少。推轮椅的是一个驼背的女人,穿着一件亮黄色便服,双唇微张,眼珠滚动着。

约瑟夫皱着眉头看着他们:"尤金妮娅、莱尔,我告诉过你们待在房间里,直到我这儿忙完了。"

"他们真的是来赶走那些陌生人的吗?"小男孩满怀希望地说道。

努尔说:"是的。"

"还有那两个怪物?"女孩说着,眼泪唰唰地往下流,"它昨晚在我房间外面,我想它可以闻到我的气味。"

约瑟夫正要呵斥他们,但他脸色变了,转向了我。

"我不会让任何人破坏这地方,"他说,"但我也不会听信你们的一面之词。"

"那好吧,"我说,"我要怎么做你才相信我说的是实话呢?"

"那些人带来了两个空心鬼。一个陪他们一起去了格雷夫希尔,替他们放哨。另一个在镇上巡逻,确保我们不给他们制造麻烦。"他向我迈出一步,目光更坚定了,"我可以让你的人进来,但有个条件。"

"说吧。"我说着,一阵令我感到恐惧的刺痛感在我肚子里苏醒。

Chapter 11

"证明你自己。"他的眼睛迅速瞟了一眼那个小女孩,"如果你真有猎杀空心鬼的才能,那就把这个怪物处理掉。然后我就会允许你们的人进来。"

我心中充满了恐惧,但也充满了希望。希望我会比我想象的更坚强,更优秀,更勇敢。

努尔握住我的手。"你能做到。"她小声说。

"带我去你上次看到它的地方。"我说。

三十二个霍普韦尔的复活者聚集在房前的草坪上,我希望在空心鬼看来,这就是一场花园聚会。约瑟夫同意帮我们一把,他和另外三个孩子指挥这些复活者:莱尔和尤金妮娅在那栋维多利亚风格的房子里,正透过窗户向我们看过来;约瑟夫和穿背带裤的男孩从马路对面的小房子里走过来。努尔和我藏在街上,躲在一辆巨大汽车的前排——这是一辆二十世纪四十年代的道奇豪华轿车,车头像个大木槌。

约瑟夫说,空心鬼的巡逻是可以预见的,我在那栋维多利亚风格的大房子外面发现的大量空心鬼残留物,证实了它来过这里好几次。我还意识到我的内在罗盘很混乱,因为此时,时光圈里有两个空心鬼:一个我很熟悉,另一个我很陌生。我想象它们是截然不同的,这样更容易分辨它们的信号。如果这些幽灵就是从魔域里越狱的那几个,他们肯定会带着全景敞式时光圈地下室里的那个空心鬼;我希望那就是我熟悉的信号。我感觉它有点遥远,可能它和幽灵一起,在格雷夫希尔墓地。在镇上巡逻的空心鬼很近——而且越来越近。

不出所料，我无法说服努尔放手让我独自处理这件事。说实话，我也不想独自面对，因此我并没有在这件事上和她争吵。

我们坐在道奇车上，视线刚好与它那游艇一样的方向盘齐平。我们注视着街道的尽头。那些复活者四处游荡，在草丛中懒洋洋转着圈。

我们一次又一次地听见远处传来的轰隆声，那是幽灵在掘墓。我的胃在打结。

"他们一定会失去理智的，"努尔说，"我是说我们的朋友。"她从空中抓起一道光，将那些光从一个拳头倒进另一个拳头。

她开始哼起一首歌，与之前是同样的旋律。

"有歌词吗？"我问。

她点点头。"这是我小时候学过的。"她说。然后她抬起头，有点惊讶，好像刚刚想起了什么，"是妈妈教我的。"

"真的吗？"

"妈妈对我说过，遇到麻烦时就可以唱这首歌。"她说，"这会让我感觉好一点。"她看着我，"它几乎总会奏效。"

然后，就在我看见空心鬼的几秒钟之前，我感觉到它了。我身体绷紧，向前倾，下巴靠在方向盘上。

努尔停止了哼唱："你看见它了？"

然后我看见它从一栋房子后面笨拙地进入了我的视野。

"那里。看到它的影子了吗？该死，它很丑。"

那么说它并不恰当。这或许是我见过的最大、最脏的空心鬼，它高九英尺，那张开的黑嘴巴就有两英尺高。它的牙齿又尖又长，远远地我就能看见。它那三条舌头像丛林里的蟒蛇一样肥腻，在它周围旋转着。而且这个空心鬼与我见过的其他空心鬼都不一样，它长着一缕缕又长又粗的黑头发，从它那结了痂的脑袋上垂下来。它乱走一气，像一场降临人间的噩梦。它的工作是让死而复生者惊恐并且听话，这才是重点。尽管他们不能像我一样看见它，但它投下的准确无误、扑朔迷离的影子就像嫁接到巨型猿猴上的海怪，几乎与这个野兽本身一样可怕。

我看着它从街道的一侧游荡到另一侧，用舌头从地上扯出一个邮筒，然后从房子的窗户扔了进去。

"它在干什么？"努尔说。

"向我们走过来。试图让我们害怕。"

"它这样管用吗？"

我胳膊上起了鸡皮疙瘩："是的。管用。"

我把在遮板下找到的钥匙插入了点火装置，车子开始轰鸣。空心鬼在路中间站住了——将它的三条舌头朝向我们，就像三只潜望镜——然后，它朝我们的方向快速走了过来。

我将变速杆拉到驱动的位置，但脚一直踩在刹车上。

空心鬼距离该死的花园派对只有三栋房子的距离，现在它正在加快速度，用三条舌头将自己推得更远，更快。

它继续朝我们走来。

只剩两栋房子的距离了。

我按了喇叭，让它响了三声。按照我们的计划，起死回生者此刻正在房子里面低声喃喃自语、咔嗒着舌头。

在草坪上转圈的复活者们停了下来,转身面对着街道。他们立刻将手伸进腰带,弯下腰,去草丛里取小刀和切肉刀。一个穿着拖鞋的家伙拿起一把花园锄。他们摇晃了几秒钟,然后拥入街道去拦截空心鬼。

我没指望他们能杀死它。他们只是发起第一波攻势。

空心鬼用舌头朝复活者们扫去,想将他们赶走,但他们实在是太多了。他们朝它扑过去,用小刀和切肉刀一顿乱砍乱切。空心鬼厉声叫着,似乎是被激怒了,而不是受伤。他开始一次解决一到两个挑战者:将第一个咬成两半,将第二个折断脖子,将第三个扔到栅栏上,直接刺穿。

"我的天哪,"努尔紧张地笑了笑,说,"它正在消灭他们。"

"现在轮到我了。"我说。我把脚从刹车上抬起,踩下油门,车子摆尾行驶时,车轮发出刺耳的尖叫声,然后找到了抓地力,向前冲去。我们被弹回座位。前方道路上布满了尸体,但空心鬼还在一顿乱扫,想消灭最后一批顽固的敌人。

"坚持,稍等!"我大喊。

我们为冲击做好了准备。

它发出的声音很响亮,带着杂音。一个复活者从挡风玻璃上弹起,玻璃像蜘蛛网一样裂开。还有另外两个在空中飞舞。空心鬼的吼叫声中有痛苦,也有惊奇——它转过身的时候,我们撞到了它——它被撞到了人行道上。片刻之后,它被卷入了汽车的挡泥板下,可怕的身体在地面上拖动着。

前右轮胎爆了,我猛踩刹车。车子猛地急转弯,转了一圈,后窗的玻璃碎了,之后我们才停了下来。

努尔害怕地瞪着我。

"你还好吗?"她说。她的目光在快速地搜索我身上是否有伤痕。

我点点头,迅速扫视了一下她:"你呢?"

"你认为它——"

突然的一击使车子摇晃起来。道奇的车头抬到离地面几英尺高,然后猛地向后倒。

"该出去了!"我说完,我们俩打开车门,在车子升起的时候扑向沥青路面。车子再次猛烈地撞到地上,空心鬼被卡在后轮下方,不停地扭动着,想挣脱出来。我对努尔喊道,让她远离那几条舌头。幸好,这次她听了我的话,退回到人行道上。

我站在马路中间,凝视着那野兽。

躺着别动。我试着用空心鬼语说。

我说得乱七八糟——不太像英语,也不太像空心鬼语。那畜生没理我。

停下。我又试了一次,*躺着别动*。

这次空心鬼语说得好点了,但这畜生正忙着用舌头推挤道奇车,它甚至没有去抓附在它身上的最后一个复活者——那个手无寸铁的家伙,睡裤上带着血,正徒劳地用手抓住它。

我又重复了几次,同时慢慢地走向它。

"请小心!"我听到有人从房子的窗户里大声喊着,是尤金妮娅。

最终,空心鬼成功地使汽车翻转过来,它让车顶着地,车子的金属发出嘎吱嘎吱的响声,玻璃碎了一地。

蹲下,我试着说,*蹲下*。

它坐了起来。

别动。

它把那个正在挣扎的复活者从身上剥离下来,然后把他的头朝前扔向电线杆。然后,它站了起来。它的腿部受伤,牙齿也断了,身上的数十个小伤口中渗出黑血,但似乎所有这些都只是激怒了它。它只有两条舌头可以用来战斗——第三条舌头被用作一条断腿的拐杖——但这数量已经是杀死我所需要的两倍了,而且我完全在它的掌控之中。

我希望那是我认识和能控制住的空心鬼,是全景敞式时光圈和血腥运动竞技场上的那个。我只要打个响指,它就会到我身后。但是,当然不是,没有这么容易的事。

停下。*坐*。*坐下*。我反复地叫喊着。

它的肢体语言有些犹豫,但仅此而已。它朝我伸出一条舌头,在我的腰部和胸部缠了两圈,挤压着我肺里的空气。

"雅各布!"努尔尖叫起来。

"别过来!"我试着说出来,但是它的舌头让我难以呼吸。努尔正朝我走来,还有两个起死回生者的孩子,他们从房子里走出来了,身后跟着更多复活者。

"不,"我想大喊,但我的话是咳出来的,"别靠近!"

空心鬼把我拉向它，我的脚在地面上拖着。也许这个空心鬼与我所交手和驯服过的其他空心鬼不同，它更大，更强壮，意志更坚定。也许幽灵从在魔域里与我打交道的过程中学到了一些东西而我不知道，然后他们以某种方式对空心鬼的大脑进行了升级更新。

"放开他，你个混蛋！"我听到努尔在大喊。

努尔的呵斥声引起了它的注意。空心鬼停了一下，然后转过身，这时我才看到了她所做的事情：在这个晴朗的日子里，一片黑暗翻滚着，遍布整个街道。她的声音来自黑暗中的某个地方，那声音足够形成一个可视屏幕，足以迷惑一个空心鬼。

它将一条舌头伸进那片黑暗，朝向努尔的声音。我的心脏差点爆裂——但那条舌头收了回来，什么也没卷到。

"离得太远！"努尔嘲讽着它，声音从略微偏右的地方传过来。

空心鬼再次出击，还是没击中任何东西。

"再次失手！你太烂了！"

空心鬼懊恼了，又被努尔分散了注意力，于是将我松开了一点，我可以说话了。我开始用空心鬼语朝它低语：

放开我，坐下，停下来。

空心鬼再次袭来，这一次，它将舌头像棒球棍一样在黑暗中高高地举起。我的胸口再次绷紧，担心努尔的性命——但她已经扑倒在地。

我听到她喊道："我们要的是一个打手，而不是破梯子！"

它又一次快速出击，这一次传来了让人心惊肉跳的撞击声，还有一个女人啊了一声。

我更加紧张,用英语高声叫着:"停下!"但无济于事——空心鬼从阴影中卷回了一样东西。

但不是努尔。

是屋子里那个死去的女孩——猫王埃尔维斯·普莱斯利的粉丝——空心鬼将她举起,正要好好看看她时,她开始用略显沙哑、没有曲调的声音唱起猫王的一首老歌。

空心鬼愤怒地吼叫着。那个女孩面不改色,掏出一把藏在口袋里的小刀,插进空心鬼的右眼。

它尖叫着,声音回荡起来。然后空心鬼咬下她的脑袋,将她的尸体扔到一个屋顶上。

放开我! 在随后的沉默中,我喊道。空心鬼的脊柱僵住了。它像一只听到主人哨声的狗一样把头转向我。

放开我。 我又说了一遍。这一次,它把我放到了大街上,将舌头从我腰间解开。

谢谢老天爷。

它眼睛里的那把刀似乎削弱了它的体力和意志力。我不想让这个机会白白流失。

闭上你的嘴。

它骨碌骨碌地把三条舌头放回嘴里,啪的一声合上了嘴巴,因为没有拐杖,它开始摇摆,然后坐在了地上。

那黑暗突然消失了,努尔从人行道上站了起来,我松了一口气。

"那也太近了,"她说着,眼睛搜寻着我,"天哪,你还好吗?能呼吸吗?"

Chapter 11

"我没事，"我咳嗽着，"别再靠近。"

她并没有这么做。

把手放到头上。

空心鬼照我说的做了。

"你能让它滚过来乞求宽大处理吗？"莱尔问着，他的轮椅缓缓地穿过房子门口。

尤金妮娅说："我认为他已经给了它足够的教训。"

我感觉空心鬼浑身无力，它不再抗拒我。

"现在很安全。"我说，"现在，它在我的控制之下。"

努尔冲上街，跨过散落的尸体，一把抱住我。"你真了不起！"她说，"了不起。"

"你才了不起。"我小声说道，"如果不是你……"

"我甚至想都没想，就那么做了。"

"不过，你吓到我了。请不要戏弄空心鬼。"我勉强笑了，"它们真的很讨厌那样。"

那些起死回生者的孩子从房子里出来了，朝我们走近了一些，但保持了谨慎的距离。

更多起死回生者从附近房子里的窗户朝我们看过来，但只有我们遇到过的那几个愿意走上街道。

约瑟夫闯入了这片狼藉之地，他看上去深受震撼。

"我听人说再也没有空心鬼猎手，所以当你说你就是时，我以为你在撒谎。但你显然是有真本事的。"

"现在你愿意让其他人进来吗？"我说。

"我已经把门打开了。"

在我们后面的街道上,我听到了令人欢欣鼓舞的声音,还有我的名字,声音来自布朗温·布伦特利。

Chapter 12

THE CONFERENCE OF THE BIRDS

我们的团聚是愉快的，但时间很短，街道上遍地尸体的可怕景象给我们蒙上了阴影，我快速给他们解释了在这里发生的一切事情。

在这之前，伊姆布莱恩们试着冲破密封的时光圈入口，花了很长时间。幽灵入侵后，那个入口就密封了，努尔和我能进去只是侥幸。过了一个钟头，佩里格林小姐和雷恩小姐正要放弃，准备采取更为极端的破门而入的方法，这时门自己开了。等待的过程中，我的朋友们又是焦虑又是沮丧，疲惫不堪。休气得发抖。每个人都对起死回生者暴怒不已——但目前还有更重要的事要处理。

比如山上的幽灵。是的，他们在上面。在起死回生者告诉我之前我就知道了，空心鬼的存在已经证明了这一点。是的，幽灵来这里是为了寻找本瑟姆清单上的头骨，考虑到他们前天晚上就开始搜索格雷夫希尔，他们可能快要找到了。每多一个坏消息，我的朋友们的脸就绷得更紧。

"他们进来的时候，有没有带着一个女孩？"休向莱尔问道。他将菲奥娜描述了一遍。

"我看见了一个这样的女孩，"尤金妮娅说，"他们给她戴了脚镣。"

休面色一沉。布朗温不得不抓住他，防止他立刻就朝山上跑去。

我们都想继续进攻，但首先我们得制订一个计划。

"你猜他们知道我们在这里吗？"艾玛望着远处的小山问道。

"他们即使还不知道，也很快就会知道的。"佩里格林小姐说，"他们还等着这个空心鬼回去报告，如果它没有回去……"她

Chapter 12

瞪着那个受伤的空心鬼。她当然看不见它,但它身上沾了人的血,所以轮廓依稀可见。"这就是说,如果我们想出其不意——假定我们还能取得这个效果——我们需要现在就采取行动。"

"对不起,佩女士,"米勒德的声音从空中传来,"但你不能和我们一起去。"

"我当然要去!"她声音嘶哑地说。她看上去很疲惫。

"但你是最后的食材,"贺瑞斯说,"如果他们找到了阿尔法头骨,还有你……"

佩里格林小姐想要争辩,幸好,库库小姐和雷恩小姐进行了干预。

雷恩小姐拍拍她的胳膊:"他们说得对,阿尔玛。我们都是孩子们的母亲,但你还是科尔的妹妹。如果那个该死的清单涉及我们中的一个,几乎可以肯定那就是你。"

"你必须待在后方,"库库小姐说,"我们知道这对你来说会很难。"

佩里格林小姐无奈地同意了:"我会留下来,但我不会离开。"

那是必须的。

我们站在草地上,旁边是一道低矮的白色篱笆和狼藉不堪的现场。我们计划着下一场战斗该如何进行。我们会一起登上山,尽量一直躲藏起来,做好万全的准备。几天来,休一直在召集蜜蜂,他肚子里的嗡嗡声已经可以被人听见了。艾玛预热了她的手,当她伸出双手时,火焰在空中荡漾着。克莱尔将后脑勺上嘴巴里的牙齿磨尖了，咬了咬以作示范。伊诺克已经装满了一整个背包的腌渍心脏，准备将这些心脏装在被咬死的人身上——"我可以将更多这样的人修理好，"他对约瑟夫说，"如果你有一些备用零件的话。"

"记住，幽灵喜欢用枪，"库库小姐说，"除非离得很近，否则最好不要直接朝他们跑过去。"

"休……"佩里格林小姐将双手合在一起，"如果你们遇到菲奥娜，请记住，她可能仍在他们的控制之下。因此，靠近她的时候，请谨慎。"

他慢慢地摇摇头，把目光移开，然后以几乎听不见的声音平静地说："好吧。"

该出发了。

约瑟夫给我们指了一条通往山顶的隐蔽小路。说完一大堆令人困惑的转弯和路标指引的话后，他挥了挥手说："没关系，我给你们带路。"

"你确定吗？"尤金妮娅，"这可能很危险。"

"他们准备冒着生命危险解放我们的家园，"他说，"我冒着生命危险去帮他们，这很公平。"

我考虑过把空心鬼留下来，但如果不亲自管着它，我对它的控制力会逐渐减弱，我又得重新驯服它。而且我知道，带着它去面对另一个空心鬼对我是有帮助的，即使它受了伤。于是我们带着这个又大又跛的空心鬼艰难地爬上了山，虽然现在它已经相当温顺了，但我一定要让它远离其他人。

山脚下有一些房子，随着地面逐渐陡峭，这里变成了一个巨大的墓地。

"和我梦里见到的一样。"贺瑞斯说着,惊奇地环顾四周。

有一条铺好的路从半山腰向上蜿蜒,从这里开始,我们走过的那条树荫遮蔽的小路多少有些隐蔽。

佩里格林小姐信守承诺待在后面,雷恩小姐和她在一起——不过我开始担心,如果她落得太远,她会很容易脱离我们,单独行动。也许她根本就不该来。

又一声地动山摇的巨响。

"他们的声音越来越大了。"布朗温焦急地说。

我们能听到幽灵的声音,但还是没看见他们。我希望他们也没有看见我们。幸好,他们似乎完全信任这个又大又脏的空心鬼,让它给他们在山顶上的行动放哨。艾玛曾警告大家,登山过程中可能会遇上一两名巡逻的警卫,但目前为止他们还没出现。

贺瑞斯说:"也许我们真能给他们带来惊喜。"

贺瑞斯戴上一条阔领带参加战斗。前一个晚上,他一宿没睡,修补了大家的羊毛衫。尽管天气暖和,我们当中的许多人现在还是穿着羊毛衫作为保护层。这一切结束后,我一定要将我对他的爱告诉他。

被伊诺克救活的死人中,有几个又死了。他们看上去更糟糕,一瘸一拐地跟在我们身后。我不知道他们会做些什么,因为轻轻碰一下他们就会被击倒。

经过漫长而缓慢的攀爬,墓地变平了,我以为我们到达了山顶——但是当清理了树木,我们看到了第二座几乎是圆形的陡峭小

怪屋女孩 5：群鸟会议
THE CONFERENCE OF THE BIRDS

山从山顶的平台耸起。它的每一面都立着墓碑和纪念碑。

我们在林木线的尽头停了下来。过了我们站立的地方，几乎没有任何视觉上的掩体。我们跪在地上，努尔从我们跪着的地方刮走一层薄薄的光。"这样不会引起他们的注意，"她解释说，"而且可以将正在找我们的人引向别的地方。"

我们跪在她制作的屏风后面，抬起头看。约瑟夫告诉我们，山顶有第二个平台，直径约有一百码，那是公墓最古老的部分。我能感觉到另一个空心鬼就在那里。

又一声地动山摇的巨响，接着，尘土如雨点般降落下来。

"他们会不会毁掉正在挖掘的坟墓？"奥莉弗问。

"魔域里曾经有个异能人，"库库小姐说，"他生活在洞穴里，可以像鼹鼠一样钻入地下，然后用巨大的力量吹爆身后的泥土。我怀疑他们将他当作人质了。"

"我知道那个家伙，"伊诺克说，"他甘露上瘾。他们根本就不用对他进行精神控制。"

"那里！"艾玛嘘了一声，"看！"

两个清晰的身影出现在了山的边缘。

"警卫，"佩里格林小姐说，"大家都不要动。"

布朗温补充说："希望没被他们看到。"

我透过薄薄的一层树枝窥视着他们。因为离得太远，我们看不清他们的脸，但即使离得更近，我怀疑我们也不能通过面部特征认出他们。他们缓缓地转过身，他们的肢体语言表明我们并没有被发现。过了好半天，那两个身影消失了。

"我们得去山顶上。"休说。他已经开始将所有的愤怒聚焦于一点。"我们的战斗策略之一,是永远不要与从地底下钻出来的敌人交战。他们会占尽优势。"

我们一致认为,即使努尔可以抓走光,我们也不能一起隐蔽着登到山顶,所以我们决定兵分两路,一路从左侧,一路从右侧,如果运气好的话,我们可以在神不知鬼不觉中到达顶部并包围他们。也许那时——当他们发现我带着他们的空心鬼——我们能让他们不开一枪便缴械投降。

我的大脑向来都是一部生产希望的机器。

布朗温挨个给大家拍后背、揉肩膀。"没登顶之前可别停下来。"她对贺瑞斯说。

"如果有人靠近你,别害怕流血!"她鼓励克莱尔。

我提醒他们幽灵也有个空心鬼——当我们使用自己的特异能力时,它能感觉到。"在靠近他们之前,尽量不要使用特异能力。"

"直到看到幽灵的眼睛。"伊诺克说。发现没人被他逗笑,他有些生气。

"记住你们的毛衣。"贺瑞斯说着,同时挪开领带向大家展示,"如果不得不中枪,请尽量让伤口落在脖子以下腰部以上。"

"尽管如此,还是尽量不要中枪。"努尔说,"我才认识你们。大家都不准死,好吗?"

"好的,努尔小姐。"奥莉弗说完,抱住了她的屁股(奥莉弗的胳膊刚好够得着努尔的屁股)。

我们分开了。

怪屋女孩 5：群鸟会议
THE CONFERENCE OF THE BIRDS

我们这一队里有我、努尔、休和布朗温，另一队是贺瑞斯、米勒德、艾玛、伊诺克和克莱尔。我指示空心鬼在后面跟着，与我们的队尾保持一定的距离，这样即使它摔倒或者碰到树枝，响声太大，也不会暴露我们的位置。伊诺克让他的跛脚复活者待在树林里。"如果需要的话，你们就发起二次进攻。"他朝他们喊道。有人窃笑了一下。是米勒德，他藏起了衣服，可以在两支队伍之间传达信息。经不住反复请求，佩里格林小姐允许奥莉弗跟她以及库库小姐和约瑟夫一起留下来。

佩里格林小姐不和我们一起去。在我们离开之前，她把我们叫到一起，和我们告别。

"没时间发表演讲了，即使如此，我还是不确定我能否想起足够多的语言表达对所有人深切而持久的关爱。我们将要面临极大的危险，一个谁都不知道什么时候会结束的危险，也不知道我们这个大家庭能否再次团圆。因此，我想让你们知道，我每天都感到遗憾，因为我并没有在你们身上倾注全部的注意力，如果这些话，还有重建我们老家时光圈的事情，导致我推卸了对你们的责任，我要说声对不起。最后，我是你们的校长和仆人，你们对我来说比天空中所有的鸟儿和上方的天堂更加重要。我希望我值得被你们所爱。"她迅速擦了擦眼睛，"谢谢。"

哭的人不仅仅是佩里格林小姐，我感觉自己的胸膛在颤动。她举起手，默默地告别；我们出发了，心情沉重。

我的队伍走右边，另一支走左边。直到我们在山坡上再也看不见彼此，我才真正地感到紧张。

Chapter 12

我们用坟墓作为掩护，在足以掩盖我们四人的石头和纪念碑之间游移。幸运的是这座小山上树木茂密，走了一段时间，我们开始往上爬。

我们很快就爬到了登顶路程的一半。我想知道警卫在哪里，我们一直在寻找他们，但在那之后再也没有看见他们出现。他们在干什么？

我开始担心他们可能知道我们来了，在等待着我们靠近，好将我们一网打尽。

我们冲过一块空地，躲在一个长满霉菌的陵墓后面。"你们得知道，也许他们故意让我们接近。"我说。但是，我还没说完，枪声响起了。

我们一动不动，待在原地。又响起了一阵枪声。

他们没有瞄准我们。他们在朝山的另一侧开枪，目标是我们的朋友。

"在这儿等着！"我小声嘱咐他们。他们没来得及拉住我，我就沿原路往回跑了。我要看看发生了什么事。

我来到一个石质十字架后面，准备歇口气。我可以看到另一支队伍，就在墓地对面。他们蜷缩在一个巨大的大理石天使雕像后面，小碎块从天使的翅膀上飞落，是被子弹撞击而脱落的。

我听到脚步声正在逼近，但没有看见任何人。我意识到自己没有武器——这时米勒德差点撞上我。

"我来告诉你不要来！"他喘着气，"艾玛说继续前进！"

"但是他们受到袭击了！"我说。

"他们掩护得很好,并为你们提供了走到山坡另一边的绝佳机会。"

我说:"很好,但是我要把我的空心鬼派过去。"

"不!你自己需要它!"

但是我已经把它叫到了附近,它正打着呼噜,等着我用空心鬼语发出接下来的指示。我已经足够深入它的意识,我相信它至少可以机械地执行我的命令。

杀死幽灵,我说,*不要杀异能人*。

它蹲下来,就像等待起步枪响的短跑运动员,然后像一匹受惊的马一样,拖着一条腿,伸着三条舌头,跑过墓地。

"去吧!"米勒德说着,用力地推了推我——在我转身之前,我看到艾玛从大理石天使雕像的身后探出,向山顶上的幽灵扔出一枚火弹。

我回到队伍,努尔和布朗温抓住了我,将我拉到安全地带。"计划不是那样的!"努尔又生气又害怕,"你不能那样贸然跑过去!"

我先道歉,然后将我所看到的还有米勒德传的话告诉他们。接着我环顾四周,说:"休在哪儿?"

努尔和布朗温转过身。

"他刚才还在!"布朗温说。

但是现在不见了。

"哦,我的天哪,"努尔指着十英尺外地面上的一个东西说,"看。"

Chapter 12

那是一串紫色的花朵,在墓碑间蜿蜒而过。

哦,休。你这个傻帽。

我们沿着花儿奔跑,不再躲在坟墓后面。

那些藤蔓缠绕在一个内战士兵的纪念碑上,经过一个用空花瓶装饰的坟墓,到了一个坟墓圈。

菲奥娜站在坟墓圈正中央。她穿着飘逸的白色礼服,身上环绕着开着紫色花的藤蔓。她正要离我们远去,休从后面小心翼翼地靠近她,一遍又一遍地叫她的名字,并伸出手来。

"休!"布朗温大喊,"不要!"

菲奥娜转过身,她的眼珠滚了回去。因为某种原因,休停了下来。他低下头,然后再次看向菲奥娜。我听见他说:"亲爱的,不……"

然后我的脚踝被什么东西缠住了,我失去了平衡,跌倒在地。努尔和布朗温也跌倒在我身旁。我们脚下的藤蔓具有了生气,迅速绑住我们,我们动弹不得。

我们用力地挣扎着,但在几秒钟之内,我们就完全被固定住了。

无助。

然后我感觉到了第二个空心鬼的到来。

在它出现在我们上方的山上时,我向朋友们发出警告,然后大声呼唤我曾驯服过的那个大空心鬼。

在一段时间内,艾玛和其他人将得不到它的保护。

"菲奥娜!"休大喊着,"拜托,亲爱的,不要这么做!"

我们周围的藤蔓收紧了。

另一个空心鬼正在朝我奔来，当它觉察出我的空心鬼，它停了下来，困惑了片刻，似乎束手无策。

就在它们撞上之前，我看见两个幽灵出现在山顶，正在观看。

两个空心鬼在斜坡上相互冲撞，像跨栏运动员一样跳过一个又一个墓碑。它们撞成一团，撞击得如此剧烈，以至于都飞向了空中。然后它们落在地上，拼命挣扎，舌头猛烈地相互抽打着，我无法分辨那些舌头究竟属于谁。我试着向我的空心鬼发出命令——*勒住它！咬它！挖它的肉！*——但它正在奋战，这些命令似乎是多余的。

现在，这个家伙不仅在为我而战，也在为自己的生命而战。

这就像观看两个尖叫海怪之间的战斗。我的空心鬼那条断腿并没有很大的劣势。在这么近的范围内，谁能获胜，取决于谁的牙齿更锋利、舌头更有力。老实说，我从没想过会看到这样的场景，这让人入迷。

努尔想要保持克制，但克制不住。"发生什么事了？"她说。

我想要讲述给她听，但两个空心鬼的打斗越来越激烈，我跟不上。

幽灵的空心鬼用两只胳膊和另一条舌头紧紧扼住了我的空心鬼的喉咙——我感觉我的空心鬼生命力开始减弱。它们缠在了一起，都无法动弹。幽灵的空心鬼一秒钟都不愿意松动，即便我的空心鬼咬住了它最后那条舌头——接着，幽灵的空心鬼将一只胳膊伸到身后，从地面拉起一块墓碑，朝我的空心鬼脑袋上砸了下去。

我感到它的意识在消失。

Chapter 12

它死了。

毫无疑问，我们很快也会死。

两个幽灵朝我们走来，他们的空心鬼瘸着脚走过去迎接他们。

我开始朝他们的空心鬼低语，说着与我在血腥运动竞技场和充电室里一样的语言，但它没有反应。我必须拉近与它的距离并且大点声才能重新建立起我们之间的连接。但是这些藤蔓把我固定在地上，我该怎么办呢？

幽灵们穿着商务休闲服，这是为了在现代社会中隐藏身份。我从伊姆布莱恩给我们看过的照片中认出了他们。他们中有一个脖子很粗，长着雀斑——是穆诺。他背上绑着一个皮包。另一个幽灵很瘦，尖尖的鼻子末端挂着一副圆形眼镜。他身后还有一个人。他面孔模糊，就剩一堆烂肉。

我听见枪声继续从山的另一边响起，我们的朋友仍在战斗，所以还有希望。

幽灵们站在我们中间，满脸傲慢，趾高气扬。空心鬼站在他们身后，小声呜咽着，身上的几处伤口在滴液。那个烂脸男人正对菲奥娜小声说着什么，穆诺开始对我说话。

"很有勇气的尝试，孩子，确实令人震撼。如果你没有把才华浪费在那些鸟儿那里，我们可以共同做一些真正具有破坏性的事。好吧。"

我说："也许我们可以解决一些问题。"

"你有很多加入我们的机会，但你总是拒绝。现在为时已晚，而且你也来不及阻止这一步。"他把手伸进书包，掏出一个头骨，因为时间久远，这头骨有些发黑，下巴也不翼而飞，"除非你来这里是出于其他原因。你是来参观卡茨基尔山的吗？"

他把头骨放回去，喃喃地说"我会让主人很高兴"，但我没有听——我正在小声地对那个空心鬼说话，想要控制住它。

一阵嗡嗡的声音传来，所有人都望着休。他张开嘴，蜜蜂开始从里面飞出。

穆诺朝烂脸男人大喊一声。烂脸男人接着朝菲奥娜喊了一声。菲奥娜猛地拉一下，一束藤蔓紧紧地扣在休的嘴巴上。

他可怜地睁大了眼睛。只有几只蜜蜂逃脱了。那个瘦瘦的幽灵拍了拍手，拍死了一只。

对菲奥娜进行精神控制的正是烂脸男人。他不是幽灵——他是甘露上瘾者，这样的人早就发誓效忠于幽灵。精神控制一定是他的特长。

我仍在试图控制空心鬼的意念，但它在抵抗我。

"现在放我们走吧，"布朗温说，"这一切结束后，我们会饶了你们的命。"

穆诺哈哈大笑。

"还有你，"穆诺在努尔面前跪下，说，"找妈妈找得怎么样了？你以为她很想再见到你吧？她抛弃你的原因是不是她非常嫌弃自己的弱智孩子呢？"

努尔注视着他身后，绷紧了下巴。

"去死吧，混蛋。"我朝他吐口水。

"这个男孩迫不及待地保护你，多浪漫啊！"他叹了口气，

"嗯,够了,我厌倦了——我们要赶飞机。"

他站起来,将手伸进外套,掏出一把枪:"谁想先死?"

就在这时,我听到了风声,像是一张床单在风中抖动,随着一阵高声鸣叫,有个东西撞到了穆诺脑袋上。

是佩里格林小姐。

他倒在地上,枪从他手上掉了下来。他赤手向那只鸟扑打过去。她拍着有力的翅膀,用爪子撕裂了他的脸。

"噢!!!放开我的脸!"

那个瘦瘦的幽灵参与了战斗。

"雅各布!"是努尔。她把头转向我,张开了嘴。明亮的光线从她的喉咙里散发出来,"我一直在储存,打算向对方发出致命一击。我该瞄准哪儿?"

佩里格林小姐在穆诺头上,所以我指向烂脸男人。

她发出的声音先是像被呛住了,接着是咳嗽。随后,草地上方出现一道正在旋转的炽热的椭圆形纯净光圈。它缠绕着烂脸男人的小腿,他开始尖叫——他一定是被灼伤了——然后倒在了地上。

然后我听到一声尖叫,是佩里格林小姐发出的。空心鬼把她从穆诺脑袋上拉了下来,用舌头卷着她在空中舞动着。

他们抓住她了,这意味着他们现在得到了所需的一切。我突然被愤怒和恐惧冲昏了头脑。我不得不做点什么,而且要快点。

穆诺开始重新站稳脚跟。

然后我听到了喘息的声音,来自菲奥娜。她的眼珠再次向前滚动,我感觉我们周围的藤蔓开始松动。烂脸男人对她的控制已经松动了。

穆诺一边吼叫着，说着我听不懂的话，一边朝他扑去，手里拿着一个小瓶。他抓住烂脸男人的脑袋，将小瓶里的东西倒进他眼睛里。

藤蔓正在松开，但速度很慢。现在我一条胳膊和一条腿可以动一动了。休也可以吐出他的蜜蜂了，它们飞进空中，开始寻找目标——两个幽灵，一个空心鬼。

烂脸男人双眼中射出两道光。他尖叫着，翻了个身。穆诺顾不上蜜蜂的叮咬——他的脸已经被佩里格林小姐抓得鲜血淋淋——他推着烂脸男人，让他面对着菲奥娜。

菲奥娜又变得僵硬了，藤蔓开始收紧。

在他们还没完全捆住我之前，我用力地猛拉了一下腿，我自由了。布朗温和努尔仍然被他们捆住。

穆诺没看见。

我朝空心鬼跑去。它将佩里格林小姐举到嘴巴上方，像是在玩弄一枚即将被咽下去的糖果。

我猛地朝它撞了过去，紧紧抓住它的脖子。我感觉到了它的惊讶，因为一个如此弱小的生物竟然敢挑战它——这让我有了行动的机会。

我紧紧抓住它的侧脸。

听我说，我尖叫着，用自己的头抵着它的脑袋。我凝视着它那双黑色的哭泣的眼睛。*你是我的，你是我的，你是我的。*

然后它成了我的。

Chapter 12

你好，老朋友。

放下她。

它放下了佩里格林小姐——然后我感到背部一阵剧痛。那个瘦瘦的幽灵用什么东西打了我。

我紧紧抓住空心鬼，没有放手。

杀了他。

空心鬼伸出剩下的唯一一条舌头。下一刻，幽灵死了。

我听到努尔在尖叫，还有布朗温。

转身。

空心鬼就转过身去。烂脸男人正朝菲奥娜吼叫，他的眼睛在冒烟，周围的皮肤在融化——所有的藤蔓都像蛇一样蠕动着。女孩子们和休还在不停地挣扎着，想要摆脱藤蔓，但是却被捆得越来越紧。

杀，杀，杀。

空心鬼的舌头卷掉了烂脸男人的脑袋。那颗脑袋顺着山坡滚了下去，眼睛里的光依然很炫目。

藤蔓松动了，解开了，钻回了大地。我的朋友们倒在地上，终于可以呼吸了。菲奥娜看着他们，被她自己所做的事情吓得惊恐不已。

转身。

佩里格林小姐还活着——谢天谢地——并且变回了人形，这意味着她伤得并不严重。

我寻找穆诺——发现他正在逃跑。我命令空心鬼去追他，但我和空心鬼走了还不到十步，一串子弹落在我周围的地面和墓碑上。有人在掩护穆诺逃生。空心鬼腿部中枪，绊了脚。

"让他走！"佩里格林小姐在我身后喊着，"去找其他人，安全要紧！"

我们围住了菲奥娜。休把她抱在怀里，她浑身无力地倒在了他身上。他拒绝任何帮助，独自抱着她，脸庞僵硬，泪流满面。

我要求佩里格林小姐跟我们一起去，尽管我知道她原本想要去追穆诺——但那可能刚好中了他的计。

我们往回跑，正好见证了令人震惊的一幕：我的朋友们不再躲在天使石像后面，而是向山坡上撤退的其他幽灵冲去。后方是一个非常不拘一格的军团：雷恩小姐骑着一头格里姆熊，伊诺克的瘸腿复活者，还有数量惊人的美国人；一个北方女人胳膊下夹着一棵中等大小的树，一头扎向山坡；一个加利福尼亚州的男子在面前滚着一块巨大的石头；一个双手间闪着火花的男孩；还有几个牛仔正在用步枪开路。

他们占领了这座山，在很短的时间内，我们的军队已经杀死或擒获六个幽灵和几个甘露上瘾的傀儡。

但穆诺不见了。

他悄悄地溜走了，带着一袋子复活食材。伊姆布莱恩们派了一个小组去搜索他，但她们似乎并不抱什么希望。

庆幸的是佩里格林小姐安全了，菲奥娜也回来了。

菲奥娜。

天哪，再次见到她真是太高兴了。我们聚集在格雷夫希尔顶上被挖掘的墓坑里——里面到处都是洞穴、骨头和堆起的泥土,进行盘点。

自从藤蔓松开,休一直没有放开菲奥娜,但最终他被说服了,同意让伊姆布莱恩们对她进行检查。

我们都围过来,焦急地看着。伊姆布莱恩们轻言细语地问了她一些问题。她似乎头脑昏沉,但是没有陷入被催眠状态。她的眼睛是正常的,虽然眼眶充血发红,胳膊和脸上也有瘀伤。

"这是巴士事故造成的吗?"佩里格林小姐问她。

她点点头。

"他们是不是以别的方式伤害了你?"

她眨了眨眼,然后移开了视线。

"亲爱的?"休说着,握住她的手,"他们伤害了你吗?"

她闭上了眼睛。

"请跟我说话。"他恳求她,"告诉我他们对你做了什么。"

她再次睁开眼睛,看着他,缓缓地点了点头。

然后她张开嘴。一股鲜血顺着她的下巴流到她的白裙子上。

新鲜采摘的苗牙舌头。

最终,穆诺还是从她那里得到了他需要的东西。

Chapter 13

THE CONFERENCE
OF THE BIRDS

怪屋女孩5：群鸟会议
THE CONFERENCE OF THE BIRDS

我们把菲奥娜带回魔域，直奔正骨师拉斐尔那，开始对她进行康复治疗。休从未离开过她身边，我们都没有。我们挤在她的房间，跟她说话，向她讲述她错过的所有故事，希望这些能让她觉得回到了家，即便那个家——佩里格林小姐的孤儿院——已经永远地消失了。

我们认为假装欢呼可以让她打起精神。

第一个让她露出笑容的是伊诺克。他讲述了自己跌入高热渠，出来的时候被桥头上的一颗脑袋咬住一条裤腿的故事。很快，我们假装的欢呼开始变成了真的。

她活过来了。

菲奥娜活过来了，回到了我们中间。是的，她受了伤。是的，穆诺现在有了菲奥娜的舌头、阿尔法头骨和本瑟姆那该死的复活清单上所有的其他食材。但他没得到佩里格林小姐——他永远都得不到她。

我们告诉自己我们赢了，我们粉碎了幽灵族，几乎杀死或俘获了所有幽灵——除了一个，以及他们的空心鬼。我把最后一个空心鬼带回了魔域，让它回到我最初驯服它的格里姆熊的围场——血腥运动竞技场。据我们所知，现在只剩穆诺，如果菲奥娜的舌头必须是"新鲜收割"的，那么时间真的很紧迫。

看来我们打败了他们。

被俘虏的幽灵中弥漫着一股沮丧、失败的气氛，这是我从未在幽灵身上感受到的。回来后的第二天，努尔和我就看见他们戴着锁链在魔域穿过，当时他们正被从本瑟姆房子里的审讯室转移出来。

我尽量与他们保持距离，但是努尔看见他们时，还是吓了一跳。她说"噢，我的天哪"，然后突然把我拉向他们。

一名卫兵拦住了我们。

努尔说："是他们。"她的声音有些发抖，然后举起胳膊，指着两个幽灵——一个男人和一个看上去很面熟的女人，"他们就是在学校里看着我的人。"

一切豁然开朗的那一刻，我停止了呼吸。那是副校长那伙人。是他们纠缠了努尔，是他们在她藏身的那栋未建成的大楼里对她发动袭击。

H曾以为他们是平常人，是一心想控制我们的社会秘密组织。

"该死的！"我骂了一句，握住她的手。

他们俩都转过头看着我们，眼里充满仇恨。然后他们被带着穿过一道门廊，消失不见了。

后来，佩里格林小姐证实了这一点：他们没有受过伊姆布莱恩的监护。他们在美国待了多年，下落不明，但一直被列在伊姆布莱恩们最想找到的人的名单上。

他们欺骗了H。他们还欺骗了艾贝很多年，让他相信幽灵的许多罪行应由其他组织负责。

我对自己发誓，我再也不会被他们欺骗。

伊姆布莱恩们将我们送回魔域后便返回马罗伯恩去监督谈判结果。拉莫斯和帕金斯实际上带战士来过霍普韦尔，对所发生的事有所目睹，现在他们似乎很依赖伊姆布莱恩团队。佩里格林小姐说过，里奥已经被说服了。现在只需要办理一些合同手续，就能达成

怪屋女孩5：群鸟会议
THE CONFERENCE OF THE BIRDS

并签署一项稳固的和平协议。

我们继续寻找V，尽管我们现在并没有以前那么紧迫。这件事似乎不会再影响我们的生活和安全，我开始怀疑H的动机，让我们去找她，是否更多地出于他对伊姆布莱恩的不信任，而不是因为V才是事情的关键。这些我都不知道。我所知道的是，找到V对努尔很重要。如果努尔有母亲，最有可能的就是她，她是努尔与她失去的童年最后的联系。

米勒德、努尔和我大部分时间都在搜寻，其他人则在尽可能地提供帮助。米勒德似乎以为我们越来越接近真相。在吃过晚餐后的一个晚上，努尔想起了童年时期的另一件小事，关于一个露天开采的山顶，米勒德据此将俄亥俄州排除在V的时光圈可能的位置范围之外。那就只剩宾夕法尼亚州可以搜索了。感觉找到她只是时间的问题。

在每个醒来的时刻，努尔和我几乎都在一起。艾玛大部分时间都无视我们，她不是故意的，她只是正在经历一些事，而我无法帮她。所以我给了她空间，希望我们真的能很快再次成为朋友。

一切似乎都很好。

甚至是太好了。

努尔和我刚结束了和米勒德在地图室里的马拉松一样漫长的讨论，正在"干枯头颅"酒吧吃着牛里脊肉三明治。我们一直在美国人借给我们的一堆地图册里钻研，寻找与H的地图片段上的地形相似的地方。但是经过五个小时的工作，那堆地图册只是比开始时变矮了一点点，甚至向来对地图痴迷的米勒德也开始动摇了。

Chapter 13

我咬了一口三明治,皱了皱眉头,然后向自己手心吐出一粒小金属球。

"对不起,"一位路过的服务员说,"有时候他们忘记取出动物体内的子弹。"

我把盘子推开了:"赔一杯咖啡怎么样?"

他去给我拿咖啡。我注意到努尔正注视着窗户外桥上的脑袋。它粗鲁地朝路人谩骂着。

"嘿,"我悄悄地说,"你在想什么?"

"我们很快就要找到她了。现在只有一步之遥。"

"真让人激动。"然后我又说,"不是吗?"

"是的,"她慢慢地说,"但是,再次见到她意味着和她交谈,意味着要面对所有的真相,并翻开我很早以前就埋葬的感觉。"

"你还没准备好?"

"可能吧。"她叹了口气,"我不知道。"

"你知道我的想法吗?"

她抬起头。

"我认为也许你可以稍作休息。"我的咖啡到了,它突然落在木质桌子上,我吓了一跳,"也许我们俩都可以休息一下。我们经历了这么多,然后又马上投入到工作中来,而你没有时间处理任何事情。我们都没有。"

但是努尔似乎不敢抱有希望:"也许只是休息片刻。实际上我一直想回纽约拿一些东西,比如衣服、鞋子、我的背包……"她耸了耸肩。

"这是个好主意。"我说。

"我的意思是，如果我真的要住在这里的话。"

"我们走吧。"我说。

"真的吗？"她犹豫了，"几个小时后我们就可以回来，对吧？经过全景敞式时光圈？"

"是的。"我坐回椅子上，"小事一桩。"

我们不到一个小时就到了那里。我们把全景敞式时光圈的门带到了纽约市——此时努尔和我几乎可以随意控制全景敞式时光圈——然后我们乘地铁去了布鲁克林。

列车在地下哐哧哐哧地响着。努尔坐在我旁边，我们的手叠放在她腿上。我们畅想着未来。她想完成学业，她谈到了从魔域到纽约巴德学院的通勤。在巴德学院，她可以学习针对高中生的文艺速成课程。她热爱艺术史和音乐，也热衷于工程学和科学，对此她很纠结。我告诉她，她在两个方向上可能都有前途。

似乎我们已经战胜了预言，避免了最糟糕的结果，现在有可以实现的未来。对她来说，对我们来说，都是如此。

"也许我可以和你一起去学习那门课程。"我说，"如果一切都安定下来，我也想拿个学位。"

"在异能世界和平常人的世界中有立足之地。"她说。

"没错。"

我其他的异能朋友都放弃了与平常人世界的任何关系。我也几乎放弃了。到现在为止，我还没有意识到我在为失去的生活感到悲伤。

也许我和努尔在一起时可以知道同时当个平常人和异能人到底意味着什么,可以知道以十七岁的年纪与活了将近一个世纪的人做朋友是什么感觉,可以知道作为一个被预言的人是什么感受,作为一个传奇人物的孙子是什么感受——有时我会感到尴尬——以及作为一个即将成为传奇的人是什么感受。对于我们俩来说,这都是未开发的领域。

我们在努尔家的站点下车,爬上楼梯,进入日光里,手牵着手沿着绿树成荫的街道走了十个街区。几分钟后,这个世界似乎没有任何不对劲,也从来没有不对劲。最终,我们停了下来,努尔说:"就是这里。"

她的声音里并没有怀旧和思乡之痛。

她输入密码后,我们上了三层楼梯,来到她养父母住的地方。他们不在家,但她养父母家的姐姐安珀正在一个黑漆漆的房间里看电视。

努尔进去时,安珀几乎没抬头。

"我以为你逃跑了呢。"她说,"那是谁?"

我说:"我是雅各布。"

安珀挑着眉毛上下打量着我。

努尔已经离开了客厅。"我的东西呢?"她从一个房间里叫道。

"在柜子里。"安珀喊道,"你没回来,我就占用了房间里属于你的部分。爸爸同意的。"

我们找到了努尔的衣服、鞋子、一些书和她的背包,这些都乱七八糟地堆放在柜子里。她将它们一一拿出，然后她迅速站起来，看着手中的东西。

一张明信片。

"这是从哪儿来的？"她在客厅大喊道，"明信片。"

"呃，寄过来的？"

努尔将明信片翻过来，然后又翻过去。她的手在颤抖。

"那是什么？"我说。

她把它交给了我。它的正面是龙卷风的照片，下方是一个城镇的名称：宾夕法尼亚州的韦诺卡。

背面是努尔的名字和地址，下方是整洁的草书："想你，亲爱的。抱歉过了很久才寄给你。我听到消息了——我为你感到骄傲。这是我最后给你的地址……希望你能收到，希望你能过来看我。"

签名是"爱你，V妈妈"。

还有一个地址。

"我的天哪。"努尔轻声说道。

我看着她，大为震惊："她听说了你的所作所为。她知道你了解她！"

"所以你认为这是真的吗？你认为真的是她吗？"

我朝努尔眨了眨眼，我甚至没有想过明信片可能不是真的。但是过去几个星期里我们经历了太多，我理解努尔的感受，她很难相信任何事情。

但是我讨厌这种本能，我已经厌倦了。我想记住如何再次对事物感到兴奋，我想记住充满希望的感觉。

所以我叹了口气:"是的,我认为是真实的。我的意思是,我认为她是在用寥寥数语告诉你她现在可以安全地见到你。以前并不安全,但是现在,因为我们所做的事情,你可以重新去找她了。"

"是的。"努尔轻声说。

"你没事吧?"我问。

我听到她抽鼻子的声音。她不肯看着我。

她试着笑了笑:"我认为也许我太容易怀疑生命中的美好。"

"我理解。"我平静地说。然后我把她拉近,她把头靠在我胸口。

最后,她抽回了身体。她眼睛发红,但是没有泪水了:"那么——去宾夕法尼亚州的韦诺卡?"

我把地址输入我的手机,只有几个小时的路程。

努尔惊奇地看着我,几乎抑制不住她的喜悦:"想去看望我妈妈吗?"

确切地说,宾夕法尼亚州的韦诺卡离这里有两个半小时的车程,为了到达那里,努尔开了她养父母家姐姐的车。她问都不问,就占用了努尔的空间,这样她俩扯平了,而且不管怎么样,我们还会把车开回来,也许吧。

我们应该先回魔域,然后告诉我们的朋友。这样的话,我会带上他们几个。我们或许应该带上他们,但这样的话我们又要花一个小时来回,而我的朋友们现在担心的是菲奥娜,她刚回到我们这个大家庭。在某种程度上,这段旅程更像是我和努尔两个人的——是我和她开始了寻找V的任务,也应该由我们俩结束。

怪屋女孩 5：群鸟会议
THE CONFERENCE OF THE BIRDS

去韦诺卡并不费劲。我们沿着一条平坦笔直的乡间小路行驶，经过田野、农场和位于长巷尽头的孤零零的房屋。我们在路上见到一些穿着迷彩服的猎人，他们把车停在路边，把一头死鹿绑在引擎盖上。我们来到一棵很久以前被闪电劈开树桩的大树前，好像有点迷路了。该死。

努尔盯着后视镜看了将近一分钟后，说："我有一种奇怪的似曾相识的感觉。"

"好像你以前来过这里？"

她看上去很不安："是的，但是——我想我没来过。"

我们来到了一个低密度的商业区中的一美元商店，一个发薪日借贷的地方。这是一个普普通通的美国小镇——也许有点落后了。我们离开了主路，转了几个弯，最后来到了目的地：一座旧砖房仓库。前面立着一块牌子，上面写着"大摩的任你存"。它紧靠着一条小河泥泞的河岸，这让我觉得它曾经是一座磨坊。现在，它只是一个停车场，存放人们不再需要的废物。

驶入这个几乎空无一人的停车场时，我扫视了一下大楼的外部，快速在脑海里绘制了一张地图：一个主入口，一个供装卸卡车用的大卷帘门，一排排竖起的高达五层楼的工厂窗户，还有一个我看不见的屋顶，没有逃生通道，也没有明显的快速下降通道。

"如果你要在一个旧仓库里放置时光圈入口，"我说，"你会将它放在哪里？"

"屋顶？"努尔说。她的眼睛盯住了它。

我停好车，熄了火，准备下车，但我注意到努尔一动不动。她

G. F. Green,   PHOTOGRAPHER AND JEWELER   WAYNOK, PENN.

在玩弄膝盖间的光。

我侧过身面对着她。

"你没事吧？"

"我和这个女人一起生活了十一年，可那一切却成了回忆，痛苦而美好的回忆。但是在我们走进那里的那一刻，她就会变成现实。"她让光从她手中溜走，随后看着我，"如果她变得很可怕怎么办？或者疯了呢？或者什么都不记得了呢？"

"那我们就离开，忘了她。但如果你不想去，我们也没必要去。也许知道她在那里就够了。"

努尔抬头盯着大楼看了几秒钟。"不。"她说着，抓住门，将它推开，"我一定要见她。我想让她告诉我那天晚上发生了什么。"

她装死的那天晚上。

我也下了车。"你知道发生了什么。"我在车的另一边轻轻说。

"我想听她说。"

在一间用日光灯照明的小房间里，一个穿着伐木工人衬衫、留着胡子的时髦人士坐在电脑前。

"需要帮忙吗？"他看起来很高傲。

我说："到屋顶最快的路线是什么？"

"屋顶是禁区。"

"好吧，"努尔说，"但是我们怎么上去呢？"

"呃，你们不要去。这是不准许的。"他靠在椅子上，挺直了肩膀，"你们在这里有仓库吗？"

"四——嗯——四。"我说着,随机编了一个数字,然后将努尔朝内门推了推。

那个时髦的家伙在后面追我们,但我们没有停下来,他便作罢。

我们进入了仓库——它是"大摩的任你存"的"任你存"部分,曾经是个巨大的磨坊,现在成了幽闭恐怖的铁丝笼。一长排一长排的铁丝笼渐渐消失在黑暗中,间或被一排排苍白的窗户外的光打断。空气中透着寒意,还有一股淡淡的酸臭味。

"这里就像一座坟墓。"努尔低声说。我好像听见她的牙齿在颤动。

她的声音即使是低沉的,但还是像一枚硬币掉进井里一样产生了回响。

来到这里,我想象着等待着我们的是个比较舒适的地方——也许是在森林中斑驳的漂亮树荫。我一度以为我们钻入了儿童读物里的神器入口。但这个地方让人感到压抑、不友好。我不得不时常提醒自己:这是时光圈入口,必须让人们远离。

我们的眼睛稍微调整适应了一下,开始找楼梯或电梯。当我们刚迈出一步时,头顶上的一排荧光灯便闪烁起来。

"什么——"努尔说着,我们都跳了起来。

我抬头看着闪烁的灯,然后沿着储藏室的过道走去,还有几百盏灯,全是黑的。

"运动控制传感器。"我说。

我又向前走了几步,另一排灯突然在我的上方亮了起来。

感觉很奇怪,好像有人在看着我们。

怪屋女孩 5：群鸟会议
THE CONFERENCE OF THE BIRDS

我们沿着一排排储藏室匆忙走着，奔跑时，头顶上的灯就突然亮起来，直到我们来到一个楼梯间，开始往上爬。楼梯的顶端在四楼，屋顶在五楼。四楼的某个地方肯定还有一个楼梯，所以我们去找它。

这一层看上去和第一层一样，一长排一长排的笼子，里面堆满了垃圾：一堆堆硬纸板文件箱、盖着床单的家具、装得满满的垃圾袋、旧运动器材。努尔举起胳膊让我慢下来，然后用一根手指抵住她的嘴唇，抬起了头。我们停下来仔细听。

有那么一会儿，四周一片寂静，突然，一声巨响从前面传来，我的心怦怦直跳。接着是金属在混凝土上摩擦的声音。然后我们听到有人在咕咕哝哝地骂人。我们继续往前走，直到走到右边的过道，才停下来看了看。在黑暗笼罩下的一片蓝光中，一位老人正在把一个笨重的烤箱往一个笼子里推，他气喘吁吁地使着劲儿。

他的一只胳膊上打着石膏。

努尔摇了摇头："我知道我们不该停下来，但是……"

老人弯下腰，想再试一次。他将没有受伤的肩膀和两只手放在烤箱上推了推，但他的脚滑了一下，他摔倒了，他同时用了两条胳膊才支撑住自己。

他翻到一侧，开始呻吟。

他背对着我们，始终没看见我们。

努尔叹了口气："我们有时间，我不能光看着。"

我们沿着过道朝他走去。我们走的时候，头顶上的灯咔嚓一声亮了起来，灯光射向老人。

他坐起来,听到我们说话,迅速地转过身来。"哦!"他吃惊地说。

"你看起来需要有人拉一把。"努尔说。

"我能行。上帝保佑你。"

他说话带着南方口音,脸上灰白的胡子像是蓄了几个星期。他的眼睛浑浊,布满血丝,胳膊上的石膏很脏,棕色的卡哈特工作服和裤子上沾有油污。

我把手递给他,扶他起来,他咕哝着说了一大堆表示感谢的话。我们开始把他的旧烤箱塞进储藏笼子,里面堆满了各种各样的重型电器、野营用具和打开的干粮箱。在仅存的一片空着的地方,我看到了一个卷起的睡袋,我意识到他可能住在这儿。

"我在抢救,你看,"他一边说,一边在烤箱上刮来刮去,"当那些懒汉——我们镇上有很多没钱还债的懒汉——他们不付钱,就没有了储藏室,经理……他和我达成了共识……经理让我挑一些好东西,因为我知道在哪里可以卖到最高价,而不是登上分类广告网站。"他用没有受伤的胳膊指着我们所在的这个大得出奇的储藏室后面的一块空地,"就在那边的角落里,就是……"

我们正要把烤箱塞进狭小的角落,我看到远处有个不一样的空间,有一块形状类似于一扇门的不自然的黑色物体。

我停止推拉,目瞪口呆地看着他。

他以一种新的敏锐的目光凝视着后面,脸色变得凝重了。"你们想进去就进去吧,"他说,"但这不是什么好主意。"

"你在说什么?"努尔厉声说。

他朝那块黑暗点了点头,放低了声音:"时光圈的门在那儿。"

我们惊得下巴差点掉下来了。

"关于这扇门,你知道什么?"努尔说。

"我在这里为V小姐放哨。"

"你认识V?"我吃惊地说。

"当然。不过好些年没见到她了,她再也出不来了。说实话,我想她需要一个小伙伴。"

"我们要进去。"努尔说。

"这是一个自由的国家。但我得提醒你们,这有点危险。"

"为什么?"我说。

"天气可能很恶劣,"他温和地说,"不过,你看起来像个聪明孩子。我相信你们不会有事的。"

我们现在当然不会回头,于是我们开始朝那扇门走去。

"你要来吗?"努尔回过头对他说。

他不自然地朝我们咧了咧嘴:"哦,不。"

Chapter 14

THE CONFERENCE OF THE BIRDS

怪屋女孩 5：群鸟会议
THE CONFERENCE OF THE BIRDS

我在不断往下坠落，处于失重状态，笼罩在天鹅绒般的虚空中。我试着数秒数，但没有数出来。

一、二、三、四、五……

我梦见自己在一个倾盆大雨的夏夜，站在佛罗里达州的灌木丛里。

我梦见爷爷穿着雨衣，拿着手电筒。我想朝他喊，叫他停下来，说快回家吧，你有危险。但我说的是空心鬼语，当他听到我的话时，他看起来很害怕，然后很生气，接着拿着一把开信刀向我扑来。

我跑了，喊着："住手，我是雅各布，是你孙子……"

我梦见他说："住手，你必须住手。"

他把开信刀插进我的肩膀。

我突然感到一阵剧痛，然后我被一道宽阔的弧线射向空中。我旋转着，明亮的天空和土黄色的大地在我眼前交替，接着我降落在一潭泥浆中。我试着坐起来，但我的脑袋晕得厉害，第一次尝试没有成功，又跌回了泥浆里。

一个沉甸甸的东西落在我旁边，溅起一大坨泥，落在我身上。

是努尔。我们迷失了方向，身上满是泥巴，但似乎没有受伤，真是奇迹。

我们跌落了多久？我们是从哪儿来的？

我从未见过这样的时光圈入口。

我扫视了周围的环境：棚子、粮仓、田野。天空是不祥的灰褐色。我听到远处的某个地方传来火车悠长的汽笛声。

Chapter 14

"我们怎么才能出去呢?"努尔说着,环顾着四周。

"希望V能告诉我们。"

我想,如果这个时光圈其余的部分与它的前门一样奇怪,要找到她可能就不是那么容易了。

我和努尔互相帮助,给对方刮掉身上的泥。我们都不想这个样子去见有可能是努尔妈妈的那个人。努尔突然停了下来,把头向一侧倾斜:"那是什么?"

是我之前听到过的那列火车,但是现在它的汽笛声越来越响亮,增加了一层声音,使我想起在大风中撕裂的船帆。

我朝上望去。

一个黑色的小物体高高地悬在我们头顶上方,它在逐渐变大。

"那是什么?"努尔说。

我回答说:"看起来像一栋房子。"

这一幕是如此离奇,我们过了一会儿才确认它真的是一栋房子。

然后我大声喊"房子、房子、房子",同时我们俩都试图从那深深的黏稠泥浆里脱身。我抓住努尔,将她向前拽,努尔站稳后,再反手来拽我——我们俩形成一个靠惯性向前运转的人体链条。

最后,努尔推了我一把,我的脚终于碰到了干燥的地面。我们奔跑着,火车的声音和船帆撕裂的声音震耳欲聋。

大地似乎在开裂,泥浆从后面朝我们扑来。就在这一个瞬间,有个东西猛烈地击打我的后背,我被甩向前方。

我身后的地面上,有一个凹陷的门把手。

我爬起来,来到努尔所站的地方:"你没事吧?!"

她没事，我也没事。然后她凝视着那栋房子，眨着眼睛，一脸的疑惑。

"我想我曾经在那儿住过，"她说，"在那栋房子里。在我很小很小的时候。"

当然，那已经是一个倒塌了一半的废墟，尽管它安然无恙地着地了。

我不知道该说些什么。她闭上眼睛，开始哼起过去用来放松的歌曲，我拥抱着她。

我们俩都惊呆了。

片刻之后，另一种声音使我们回过神来。这就像上帝在清嗓子，从上方厚厚的云层中传来悠长浑厚的隆隆声。

在我们后面，是龙卷风的漏斗。它就像巨象的鼻子，从天上缓缓降落。

"大风。"我呆呆地说。

"有两个。"努尔指着相反的方向说。

两个龙卷风。

它们很安静，除了遥远的嗡嗡声——低沉的、几乎是潜意识里的嗡嗡声——使我们周围的一切甚至我们脚下的地面都在和谐地颤动。片刻之后，两个龙卷风一先一后都触地了，就像立体声里的雷声。但是，与一阵阵的雷声不同，它们发出的声音没有停止，而是不断地滚动着。它们并不在我们头顶，但是我们被它们夹在中间，而且它们似乎正在会合。

我们无处可逃。我们当然不会去努尔住过的那栋倒塌的旧房子

Chapter 14

里，我们只能向前走——但是走哪条路呢？

慌乱中，我开始拉她走："我们必须找到——"

我被打断了——一个消火栓从天上掉了下来，砸穿了那栋房子的房顶，扬起一阵木头碎片。

这冲击似乎让她走出了恍惚状态。"我们必须找个庇护的地方，"努尔说，"也许是一个地下酒窖，或者是银行的金库。"

但是我们现在所在的地方没有真正的庇护场所，只有平坦的田野和筒状的粮仓，龙卷风已经从上面刮过一次，并且可能再次刮过，连根拔起的树木是它们经过的痕迹，玉米地里也出现了风吹过的沟渠，还有难得一见的底盘朝天的旧卡车。

我们冲向公路，可以看到不远处有个小镇。

我们朝它跑去。

雨开始下起来了，而且又大又猛。

"你还记得这个地方的其他情况吗？"我说，"可能有用的东西？"

"我一直在绞尽脑汁地回想，"她说，"但一切都很模糊。"

我转过身去，往回看。其中一个龙卷风就在我们身后，离我们大约半英里，在公路上来来回回、曲折前进。我从未如此近距离、如此清晰地看过龙卷风，甚至连这样的视频都没看过。这景象让我屏住了呼吸。一团紧密、扭曲的螺旋状云朵连接着地面和天空，就像一条一英里长的脐带，在它触地的地方，是一个由尘土和碎片形成的比足球场还宽的可怕旋涡。

它正朝我们飞来，在追我们。

我尖叫着:"它来了!"努尔已经看到或者说感觉到了负压波在空气中噼啪作响。我们开始冲刺,拼命奔跑,直到我的肺部灼痛、腿也疼了,我们才到达小镇。

接下来会怎样?管他呢。

我们在一个广场上停了下来,喘着粗气。广场周围几乎被夷为平地,只剩下几个建筑物了。一群没有羽毛的小鸡从我们身边跑过,它们带着莫名的恐惧,咯咯地叫着。

在小镇的另一边,第二个龙卷风正在咆哮。不知道它是决意要和它的姐妹合力让我们粉身碎骨,还是想独自怒吼。

我们在寻找庇护场所。我走进广场上的一栋房子,努尔走进另一栋,但当我们意识到两栋房子都没有地下室时,我们放弃了。我们刚到离第二栋房子一百英尺的位置,它就开始剧烈响动,接着,它的屋顶被掀开了,翻到了边上的院子里,炸成无数碎块。

我们要死了。

我来不及打消这个念头,它已经掠过我的脑海。

我们飞快地寻找掩体,冲刺着穿过广场,躲到一个土堤后面。一阵被风刮起的碎弹片从我们头顶飞过,我们捂住了脑袋。我躺在努尔旁边,发起抖来,等待着狂风减弱。

"对不起,"她说,"我很抱歉,雅各布,我不该把你带到这儿来。"

"你怎么可能知道会这样呢!"我抓住她的手,"我们说好要在一起的,记得吗?"

附近又传来巨大的爆炸声,一缕火光掠过天空。加油站,我想。

Chapter 14

她又开始哼起歌来。然后她的哼唱变成了歌唱,我第一次听到了歌词。

"一,二,三,麦吉小姐来了。"

就在这时,一位老太太——我们在这里见到的第一个人——抱着一只猫,冲到我们面前。

我浑身发抖。这是怎么了……

"继续唱!"我说。

"二,三,四,跑进商店。"

老太太跑上一家杂货店的台阶,推开门,消失在里面。

我看了看努尔。她也看着我,睁大了眼睛。

"下一句是什么?"

"三,四,五,活着去那里。"

我抓住她的手:"我们必须——"

"到店里去!"她说。

我们一跃而起,跑过马路,就像士兵冲破敌人的防线,猛地撞开了那扇摇摇晃晃的门。不管麦吉小姐是谁,她都已经躲到收银机后面去了。两个穿着杂货店围裙的男人从地板上的一扇门里向外窥视,那儿可能是地窖。

努尔又在唱歌:"四,五,六,肉桂棒。"

我对店员喊道:"肉桂放在哪儿的?"

"第九通道!"其中一个大声说。他很震惊,他的回答不受自己控制。

"过来!"另一个店员喊着,向地窖门这边的我们挥手示意,

"你不是——"

他剩下的话消失在世界末日般的咆哮声中。努尔和我跳到地窖里。空气中弥漫着金属的尖叫声,我紧闭双眼,祈祷着快点死去。然后那个声音越来越轻,接着变大,这只能说明屋顶已经剥落了。在那之后,我想我听到了墙壁倒塌的声音,然后世界安静了,这可能意味着我已经死了。

但我没死。我把头露出来,又睁开了眼睛。

我们两个都没死。

我们没事,整个香料通道都没事,甚至完好无损,精致的小香料罐都摆放得整整齐齐。

然而,店里的其他人,包括麦吉小姐,都被吸到了天上。

"你的歌……"我惊奇地说,同时听见自己的声音在耳边回响。

"妈妈教我的。现在我知道为什么了。"她摇摇晃晃地站了起来,"这应该就是找到她的方法。"

第一个龙卷风正沿着街道移动。另一个正在到来,发出怪物咀嚼玻璃的声音。

"下一句是什么?"我问。

努尔开始哼哼,她在回忆,然后皱了皱眉:"我总是忘记这一部分。"

我在煎熬中默默地等待着。努尔盯着地上,静静地唱着,那狂暴的龙卷风越来越近了。

这不是努尔的错。V并没有告诉她活下来依赖于完整地记住这首歌。

Chapter 14

这没有道理。我一直在想,为什么这个时光圈如此致命?为什么V邀请努尔到这里来,却没有给她以适当的警告呢?

有点危险,看守入口的那个人说过。白痴。

努尔重新开始唱这首歌:"四,五,六,肉桂棒……"

她低下头,喃喃自语。然后,她拍着手,喊着:"五,六,七,钱从天上来!"

她突然转向我,抓住我的胳膊:"钱!银行金库!"

我们跑到街上,只见一个农夫打扮的男人正朝另一个方向跑去。

"银行在哪儿?"我冲他喊道。

他指着我们后面的街道:"拐过那个角!"

他看着我们,就好像看着两个疯子。然后,他正要说些什么,突然一个东西击中了他。他往后一个趔趄,低头一看,惊呆了,只见他胸口伸出一根玉米秆。

他瘫倒在地。我们朝银行跑去,拐过那个角,我们可以看到银行已经起火了。火从窗户喷涌而出,墙壁和屋顶都已经被烧焦。

努尔的歌到此为止。但是我们没有别的地方可以去,也别无选择,只能继续往前,所以我们继续沿着街道走在人行道上,徒劳地希望会出现一个庇护场所。

我们刚经过被烧毁的银行就看到前方有一片模糊的景象——乍一看,就像飘起了雪花。

不,那是纸。

不,那是钱。银行金库里的钱从天上飘下来,就像下起了一场暴风雪。

"五，六，七，"努尔一边喘着气，一边唱着，"钱从天上来……六，七，八……站着，等着。"

她加快了速度，冲在我前面。"这边！"她喊道，"跟我来！"

我们冲进漫天飞舞的钞票雨中，走到中间时，我们停下来站在那里。

然后等着。

一个龙卷风正向我们袭来，但我们等待着。我们附近的每一处建筑要么已经被摧毁，要么正在被摧毁。但现在，我们已经学会了相信这首歌。因此，我们站在这场金钱风暴的中心，钞票在周围飘动着，贴在我们泥泞的身体上，而可怕的龙卷风正向我们袭来。然后，在它移动到我们站的那条路之前，它停了下来，好像要盯着我们看一会儿。然后，它转过身，穿过一个棚子。

轰鸣声渐渐消失了。我们又一次幸免于难。

"下一节！"我一边说，一边在漫天飞舞的钞票中大声呼喊着。

"七，八，九，在呼啸的松树旁！"努尔回忆道。

我们可以看到不远处有一棵大树在大风中摇曳，它高耸在隔壁街道的屋顶上。我们朝它跑去，穿过一个后院——这里到处都是翻腾的鱼，毫无疑问，是从远处的湖里被吸上来的——再经过一匹从谷仓顶向我们嘶鸣的马。

松树矗立在两条街道交会处的一片林地里，周围是被折断或被风吹得七零八落的小树，以及参差不齐的残存木桩。剩下的那棵树又老又大，树干有二十英尺高，风从它的枝头吹过，发出高而刺耳的声音——是哨声，又像是首歌——音调随着风的变化而起伏。

我们凝视着它的树冠，寻找一座树屋，或者一扇隐藏的门——通往V的地堡的入口，我们祈祷着能找到。

但是什么都没有。

"现在怎么办？"我喊道，"我们要爬上去吗？"

努尔摇摇头，皱着眉头思索着。然后她唱道："八，九，十，三个智者！"

我们谁也不知道该怎么办，也没有多少时间去弄清楚。那可能是密码吗？是什么东西的隐喻？这首歌其他的每一句指的都是某一个真实的人或地方，但是智者呢？周围一个人也没有，平常人似乎不是死了，就是躲了起来。

另一棵树倒在离我们不到三十英尺的街道中央，向我们撒下锋利的松针和细小的水晶冰雹，我们只好捂住脸。

当我可以再次睁开眼，我看见街道上有一个我之前没有注意到的路标，在大风中颤抖着。

怀斯曼街

努尔雀跃着，拍着手，我们一起朝它跑去。

房子的编号被喷涂在人行道上，从二十号开始，但怀斯曼街只剩下一栋房子了。

三号。

这是一间可爱但简陋的平房，只有一层楼，外墙刷了知更鸟蛋蓝色的油漆，除此之外并没有特别之处——还有它完全没有受到损害。一根晾衣绳绷得紧紧的，衣服在风中飘动。邮箱在发抖，但站得很直。屋顶上的风向标转了转，但仍直立在那里。

在门廊上，一个女人坐在摇椅上，她只能是V。她现在留着一头灰白色短发，但我记得照片上她那张轮廓分明的脸。她穿着一件旧的红色开襟毛衣，坐在椅子上，腿上放着一把猎枪，轻轻地摇晃着，像观看日落一样看着龙卷风。

看到我们时，她直起身，跳了起来。

然后她举起猎枪。

"别开枪！"我尖叫着，僵在原地，只是手在空中挥着，"我们是为和平而来！"

V向我们走来，眼睛发光。"你们是谁，想要怎么样？"她吼道。

"是我！"努尔说。

那把枪猛地朝她冲过来。V仔细看着努尔的面孔，她显得很惊讶，然后又是困惑，又是难过。接着，她的眉毛拧成一团，怒容满面。

"你们到底来这里干什么？"她喊道。

这不是我们所期待的迎接。

"我是来看你的！"她说。我听得出来，她在努力保持平静和镇定。

"是的，"V不耐烦地回答，"但你是怎么找到我的？"

努尔朝我睁大了眼睛。我们都觉得难以置信！

"我们是根据地址找过来的！"她说。

Chapter 14

"从你寄过去的明信片上！"我补充道。

V看起来很困惑，然后她脸上没有了血色。

"我从没寄过明信片。"

努尔看着V，好像听错了。

"什么？"我说。

V的目光在我们之间来回游移："你们是不是被跟踪了？"

就在这时，晾衣绳从杆子上断了，甩到我们头上，我们都低下头以免受伤。

"进来吧，别那么快就被杀死。"V说着，把猎枪夹在腋下，抓住我们的胳膊。

我们跑了进去。V关上前门，拉下几道沉重的门闩，然后开始在窗户之间飞奔，拉下沉重的金属百叶窗。"有五次，我们险些丧命，"我说，"你为什么住在这么可怕的地方？"

这里既是她住的地方，也像个武器博物馆。三支步枪靠在桌子旁边，桌子上放着茶杯。绿色天鹅绒沙发的扶手上挂着一条弹药带。这让我想起了爷爷的房子。

"因为我把这地方圈起来了。"她说着，拉下一根绳子，一支潜望镜从天花板上伸出来，发出嘎嗒嘎嗒的声音，"根据我的设计，这里是无法进入的。它会在半小时内重复这一地区历史上最致命的事件。"她往潜望镜里面看去，"你们谁能开枪？"

我差点摔倒："等一等，你把它圈起来了？"

她把脸从潜望镜上移开，看着我："我是伊姆布莱恩。你当然能开枪，你是艾贝·波特曼的孙子。"她转过身来，瞥了一眼努

341

尔,努尔惊呆了,说不出话来。她的表情变得柔和起来,"我们本不该再见面的,亲爱的。但是那并不代表我不想见你。我无数次地想见到你……"

"但它并不是无法攻克的,"努尔说,"靠那首歌就能闯进来。"

我站在她旁边,但那一刻,她似乎很孤单。

V将手从潜望镜上移下来:"这么多年了,我从没想过你会记得。"

"我当然记得。"努尔说,外面的风声几乎淹没了她的声音,"你想让我过来。"

V微笑着,穿过房间,走向我和努尔。我想她可能会伸出手来搂住努尔,但她突然停了下来。"这是一个令人伤感的错误。"她的微笑开始淡去,"我知道不该对你产生依恋,但你真是个可爱的孩子。我知道,最终,为了你好,我不得不让你走,但我更愿意相信,也许有一天,你和我可以……"V低下头,深吸了一口气,"我不该教你的。只有最紧急的情况你才能用到它。"她又抬起头来,现在她看上去很害怕,"但前提是我先联系你。"

"但你没有联系我?"

"没有。"

"我不明白,"我说,"如果那张明信片不是你寄的,会是谁寄的呢?"

"是我。"一个欢快的声音从我们身后传来。我们转过身,发现厨房门口站着一个男人。我们在储藏室遇到的那个老人。他现在

Chapter 14

不演戏了,而是拿枪指着我们,"实际上,我往几个不同的地址都寄过。我知道邮寄现在有些过时了……但韦莉亚也是如此。"

"穆诺。"V咆哮道。

他干巴巴地笑了一声,然后放松了姿势,舒展了肩膀,露出那熟悉的傲慢的笑容。突然,透过他的胡子和妆容,我把他看得清清楚楚:穆诺。他背上斜挂着一个皮包。

"我打断了你们一家人的团聚吧?我制造的时机总是那么完美。"他朝我们走了一步。他的枪和大部分注意力都集中在V——也就是韦莉亚身上,"好吧,亲爱的,你想在哪里解决呢?厨房的地板上,还是浴缸里,省得弄脏地毯?放心吧,这些在几个小时之内都不会发生。"

"别动她!"努尔说,"如果有什么问题,你可以找我解决。"

"不,谢谢你。你已经达到你的目的了。但如果你想要花招,我会让你妈妈有的受。"他的目光转向我,"还有你男朋友。"

"我知道你在找什么,"我说,"这里没有你需要的。"

他没有理会我。"你知道这么多年以来我们多么想进入这个时光圈吗?我们浪费了很多人力,却始终无法破解,直到今天。"他朝努尔咧嘴一笑,"你忘了锁后门,韦莉亚。"

然后他朝她开枪了。

枪声停止之前,在V还没落地之前,我还没来得及作出反应,努尔就朝穆诺跑去。她没有武器,身体里没有存储的光,只有一双手和仇恨的力量。但他已经准备好了:他轻轻地闪到一侧,缩回强健的胳膊，把她重重地摔在地板上。然后我向他扑去——准备把他撕成碎片——但在我们之间的距离拉近的时候，他又从腰带上抓起一把枪，将它举起，射击了。

它发出轻轻的爆裂声。我感到身体里一阵剧痛。当我摔倒在地上时，我听到了第二声——

他朝努尔开枪了。

我起不来。

我抓住身体的一侧。有个东西伸了出来。

一支飞镖。

我的视线被黑暗笼罩，我感到灼痛。

然后，过了一会儿，或者说是一分钟——我不知道过去了多久——我感觉雨点落在了我脸上。

我们被拖到外面去了。

我用力睁开眼睛，尽量将我的视线聚焦。我的手被铐在门廊的栏杆上，在我旁边，穆诺正在铐努尔。她很虚弱，眼睛半闭着。

V脸朝下躺在院子里的草地上。天空正在翻腾。

我用尽力气，含糊不清地问他："你不会……要杀了我们吧？"

"不幸的是，我没有这个荣幸。这是老板的命令。"他铐住了努尔，回头看了一眼V，"他想让你亲眼看看，让你感受一下时光圈在你身上崩塌是什么感受。"

"这……你休想，"我徐徐说道，"你甚至……没有……食材。"

他看起来好像想起了什么:"哦,没错。你们这些孩子还在想——"

他笑了——然后我听到砰的一声,他吓了一跳,弯下腰——一支箭刺穿了他的大腿。

他咆哮着,转身面对V。

她用一只胳膊支在地上,浑身是血,手里拿着一把小巧的弩,那是她藏在身上的。

她又射击了,这支箭射入了穆诺的肩膀。

他哀号着,举起枪,又朝她开了一枪。

她的弩掉在地上,随后她瘫倒了。

努尔呻吟着。

穆诺转过身来,看着我们:"就像我说的——"他看上去很痛苦,但疼痛似乎并没有分散他的注意力,"本瑟姆以为他可以用糟糕的翻译愚弄我们,但我们看穿了他的诡计。《伪经》的原文没有提到鸟儿妈妈,没有这种事。逃离崩塌时光圈的配方需要的是一颗仍在跳动的风暴之母的心脏。"他扔掉了左轮手枪,接着从肩上取下皮包,从里面抽出一把长刀。

"就说到这里,我还是去工作吧。"

他一瘸一拐地向躺在草地上的V走去。

漏斗状的云层在天空翻滚着。

我试着大喊,叫着努尔的名字,我想转过头去看她,但我做不到。

我的视线变得模糊不清,世界在旋转。

当黑暗暂时消失，我看到穆诺弯着腰，下方是俯卧着的V。他的胳膊在上下摆动。

然后又是一片黑暗，直到我感觉有什么东西在打我的脸。是树叶、沙砾。我好像听到了货运列车的声音，我费劲地抬起眼皮。

龙卷风正在吞噬街对面的一棵大树，树枝抽打着，好像被魔鬼附身。它的根像胳膊一样从地里面伸了出来——穆诺径直向它走去。他把包挂在肩膀上，手里攥着一个又小又黑的东西，将它得意扬扬地举起来。

就在他被卷走之前，他停了下来，回头看了看我们。我发誓，我看见他在笑。

然后他被风吹了起来，消失不见。

我可能又晕过去了。我记得接下来的是一排强劲的黄云向龙卷风的漏斗聚集，形成一个锥形尖峰，指向天空。那棵树被从地里扯了出来，在那里轻轻地盘旋着。它离地面一百英尺，位于漏斗的中心。

我听到了一个低沉的呻吟，声音越来越大，直到就要让我脑袋开裂。就像有个人在徐徐说着什么，风里有个声音在说着我听不懂的元音，它时高时低，缓慢而悠长。黄色的云越来越厚，与那棵悬浮的树结合在一起，接着，周围的云形成了一个生动的全息图。

那是一张脸。

一张我认识的脸。

然后它张开了嘴，伴随着缓慢、滚动的雷声，在天空中叫出了我的名字。

尾声

THE CONFERENCE
OF THE BIRDS

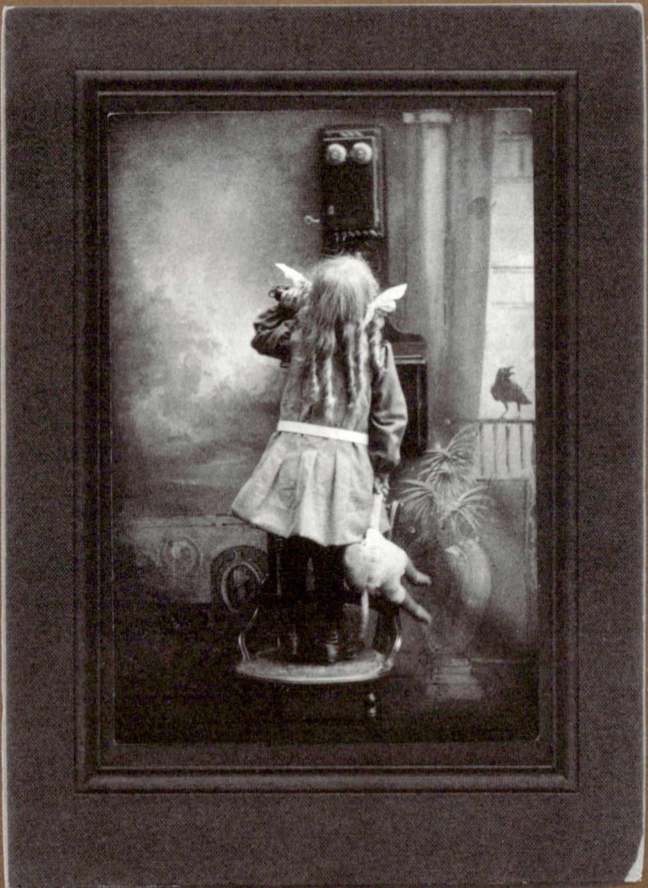

尾声

彭塞沃斯开始低声对小女孩说话的时候,她已经睡得很香了。她不知道自己睡了多久,但是当她睁开眼睛,她发现脑子里全是噩梦。

她知道自己必须做点什么。

小女孩站起身来,穿过房间。

彭塞沃斯继续对她低语。(他几乎没有停止过窃窃私语。)她用一只手吊着他。(她走到哪里都带着他。)

她以前只用过一次电话,彭塞沃斯正好借此告诉她该怎么使用电话。

他总是告诉她,她该怎么做。

她从角落里拉出一把椅子,放在电话下方,然后爬了上去,这样她就可以够到听筒了。

她连续打了六个电话。当第一个伊姆布莱恩落在她的窗台上时,她的电话还没打完。

每当有人接她的电话时,她只说一句话:

"他回来了。"

关于照片

这本书中出现的照片都是真实的老照片，只有少数几张经过了最低限度的后期处理，但照片本身并没有任何改变。这些照片都是收藏者花费好几年从不同的地方辛苦收集而来的，有的来自跳蚤市场，有的来自古老图片展，有的是比我更专业的照片收藏人士从档案馆中发现的。真的非常感谢他们和我分享自己的奇珍异宝，帮我创作这本书。

以下照片都是它们的主人慷慨地借给我的：

页面	标题	收藏者
32	海蒂	杰克·莫德/塔纳托斯档案馆
132	布里德洛夫	约翰·范·诺特
165	马拉车	约翰·范·诺特
172	安东尼·拉莫斯	杰克·莫德/塔纳托斯档案馆
184	埃勒里	约翰·范·诺特
222	埃尔西	比利·帕罗特
279	约瑟夫	比利·帕罗特
323	飓风	杰克·莫德/塔纳托斯档案馆
348	打电话的小女孩	比利·帕罗特

好莱坞奇幻大片
《佩小姐的奇幻城堡》原著小说系列
Miss Peregrine's Peculiar Children

★《纽约时报》年度十大重磅好书
★ 美国亚马逊年度十大好书
★ 销量直逼《达·芬奇密码》《哈利·波特》
★ 亚马逊 YA 奇幻类畅销榜 NO.1
★ 蔡骏力荐

《怪屋女孩1》

一桩离奇的谋杀，一段诡异的遗言，一沓匪夷所思的照片，一个深陷迷局的男孩，一次孤岛追寻之旅，迷雾重重，惊悚又充满真情。佛罗里达州男孩雅各布的爷爷离奇死去，留下支离破碎的怪异遗言。雅各布虽亲眼看见凶手，但同行的朋友却坚称没有看到。加之爷爷生前所讲的离奇故事以及所留下的照片，雅各布陷入了深深的困惑和担忧。但当他讲述所见事实时，却没有人相信，有人甚至将他送去进行精神治疗。为了找出真相，为了证明自己是个正常人，为了证明自己对至亲的爷爷的信任没有错，他远赴威尔士，展开惊心动魄的时光穿越之旅并发现自己的异能人身份。

《怪屋女孩2：空城》

　　一群天赋异禀的孩子，一段艰难诡异的旅程，一个生命还剩三天的鸟人，一次冒死拯救恩人的行动，归根结底，这是一个惊悚中深藏感动的"报恩"故事。凯恩霍尔姆岛上的孤儿院遭到轰炸，孤儿院被焚毁，校长佩里格林女士生命只剩三天。孩子们在起了风暴的大海上狼狈出逃，当他们意识到就要失去佩女士，本来仓皇、漫无目的的旅程变成了一次以死相拼的大营救。

《怪屋女孩3：灵魂博物馆》

　　一个男孩、一个女孩、一条狗，一次孤舟深入"恶魔领地"的惊险之举，一场毫无优势毫无胜算的较量。靠着异能狗的嗅觉，雅各布追踪被绑架的孩子们和伊姆布莱恩到"恶魔领地"。活着进入此地已属奇迹，想要找到幽灵囚禁异能人之处难上加难，而意图阻止幽灵继续盗取异能灵魂似乎异想天开……

《怪屋女孩4：时间地图》

"魔域之战"后，雅各布回到美国，他的异能朋友也来到佛罗里达。一次偶然的机会，他们在爷爷住处发现了地堡，艾贝作为一名双面特工的秘密逐渐浮现……

他们循迹穿越美国西部，找到正在被猎杀的异能人努尔，试图把她送至10044时光圈。可脱离伊姆布莱恩的保护伞，雅各布和朋友的行动障碍重重，甚至引发各方势力间的冲突。这一次的危险使命能否完成？拯救努尔的同时，他们也面临挑起异能部族间战争的风险……

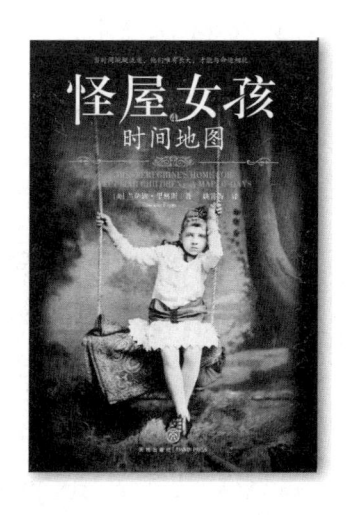

《怪屋女孩5：群鸟会议》

艾贝·波特曼弥留之际，交给他的孙子雅各布一项与他秘密生活相关联的使命：帮助异能女孩努尔从里奥·伯纳姆手中逃出，并把她交给空心鬼猎手V。

关于努尔，有一个古老的预言——她将作为异能世界七名解放者之一，在新的危险时代中解救异能人群体。然而雅各布只有一条扑朔迷离的线索可循,并且他必须想办法找到神秘、强大的V。但V隐藏了起来,她永远也不想被找到。面对身后的敌人和未知的前方,他们该如何走出重围?

《怪屋女孩6:魔域的废墟》

雅各布不知道他和努尔是如何从V的时光圈中逃脱,来到佛罗里达州的,但他可以肯定的是,科尔回来了。

在穿越了历史上最危险的时光圈后,雅各布、努尔与佩里格林小姐还有他们的异能朋友在魔域重逢,却遭遇了来势汹汹的科尔大军。从灵魂博物馆复活的科尔比以往任何时候都更加强大,他的世界末日计划似乎势不可挡。此时,他们唯一的希望就是破译秘密地点,将努尔送到七位解放者的聚集地……异能世界岌岌可危,他们能否力挽狂澜完成终极使命?

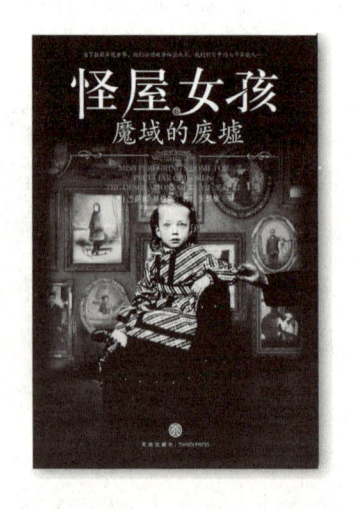